MONICA HESSE

Une fille au manteau bleu

Traduit de l'anglais
par Anne Krief

GALLIMARD JEUNESSE

Titre original : *The Girl in the Blue Coat*

Édition originale publiée par Macmillan Children's Books, Londres, 2016

À ma sœur Paige, et à sa sœur Piper.

JANVIER 1943

Un jour, longtemps avant la mort de Bas, nous avons fait semblant de nous disputer pour savoir qui de nous deux était tombé amoureux le premier. « C'est ta faute, m'a-t-il dit, parce que tu es adorable. » Je lui ai répondu qu'il se trompait. Que c'était un peu facile de m'accuser. C'était même irresponsable.

Je me rappelle toute cette conversation. Ça se passait chez ses parents, dans le salon, et nous étions réunis autour du nouveau poste de radio familial pendant que je lui posais des questions sur un devoir de géométrie qui ne nous intéressait ni l'un ni l'autre. L'Américaine Judy Garland chantait *You Made Me Love You*. C'est comme ça que la discussion avait commencé. Bas a dit que c'était moi la responsable s'il m'aimait. Je me suis moquée de lui parce que je ne voulais pas qu'il sache combien mon cœur s'emballait en l'entendant prononcer les mots « aimer » et « toi » dans la même phrase.

Et puis il a dit que c'était aussi ma faute s'il avait envie de m'embrasser. Après quoi je lui ai dit que c'était sa faute si je le laissais faire. Là-dessus, son frère aîné est entré dans la pièce et nous a dit que c'était notre faute si notre discussion lui donnait mal au cœur.

Ce n'est que bien plus tard ce même jour, en rentrant à la maison – à l'époque où je pouvais encore rentrer à la maison sans m'inquiéter d'être contrôlée par les soldats ou de rater l'heure du couvre-feu ou d'être arrêtée – que j'ai réalisé que je ne le lui avais pas dit en retour.

La première fois qu'il m'avait dit qu'il m'aimait, j'avais oublié de le lui dire aussi.

J'aurais dû. Si j'avais su ce qui allait arriver et ce que j'allais découvrir sur l'amour et la guerre, je me serais arrangée pour le lui dire à ce moment-là.

C'est bien ma faute.

UN

Mardi

– Hé, mignonne. Qu'est-ce que vous avez là-dedans ? Quelque chose pour moi ?

Je me suis arrêtée parce que le soldat était jeune et beau garçon, et parce qu'il y avait quelque chose d'enjoué dans sa voix, et parce que je suis sûre qu'il m'aurait fait rire si on était allés ensemble, un après-midi, au cinéma.

Ce n'est pas vrai.

Je me suis arrêtée parce que le soldat pourrait être un contact utile, parce qu'il serait susceptible de me procurer des choses que nous n'avons plus à notre disposition, parce que les tiroirs de son buffet devaient être remplis de tablettes de chocolat et de bas qui n'étaient pas troués.

Ce n'est pas tout à fait vrai non plus.

Mais il m'arrive de temps en temps d'ignorer la vérité vraie, parce qu'il m'est plus facile de croire que je prends des décisions pour des raisons rationnelles. Il est plus facile de faire semblant d'avoir le choix.

Je me suis arrêtée parce que l'uniforme du soldat était vert. C'est l'unique raison. Parce qu'il a un uniforme vert et que ça signifie que je n'ai pas du tout le choix.

– C'est beaucoup de paquets pour une jolie fille comme vous.

Il a un léger accent en néerlandais, mais je suis étonnée qu'il le parle si bien. Certains membres de la *Grüne Polizei*, la police allemande, ne parlent pas du tout le néerlandais et ils sont bien embêtés quand nous ne parlons pas couramment l'allemand, comme si nous aurions dû nous préparer depuis longtemps pour le jour où ils envahiraient notre pays.

Je gare ma bicyclette sur le bas-côté, mais je n'en descends pas.

– C'est juste ce qu'il faut, à mon avis.

– Qu'est-ce qu'il y a dedans ?

Il se penche sur mon guidon et fouille négligemment d'une main dans le panier accroché à l'avant.

– Vous ne voulez pas regarder ? Vous ne voulez pas ouvrir *tous* mes paquets ? gloussé-je avant de baisser les paupières pour qu'il ne s'aperçoive pas à quel point je connais mon texte.

Étant donné ma position, ma robe s'est relevée jusqu'au-dessus du genou, et le soldat l'a remarqué. Elle est bleu marine, déjà plus étroite qu'elle ne devrait l'être, date de plusieurs années avant la guerre et l'ourlet est effiloché. Je déplace légèrement le poids de mon corps sur l'autre jambe, ce qui fait remonter encore un peu le bas de ma robe, à présent à mi-cuisse ; j'ai la chair de poule.

Cette situation serait beaucoup plus gênante s'il était plus âgé, s'il était tout ridé, s'il avait des dents gâtées ou un gros ventre. Elle serait plus gênante, mais je me conduirais de la même façon. Ça m'est arrivé des dizaines de fois.

Il se penche davantage. Derrière lui, le Herengracht est glauque et empeste le poisson. Je pourrais le pousser dans le canal et rentrer chez moi sur mon pauvre vélo d'occasion avant qu'il ait réussi à en sortir. C'est un petit jeu auquel j'aime bien jouer face à tous les policiers allemands qui m'arrêtent. « Comment pourrais-je bien vous punir et jusqu'où irais-je avant que vous ne me rattrapiez ? »

– C'est un livre que j'apporte à ma mère.

Je désigne le premier paquet enveloppé dans du papier.

– Et ça, ce sont des pommes de terre pour le dîner. Et là, le chandail que je vais faire repriser.

– *Hoe heet je ?*

Il veut savoir comment je m'appelle et m'a posé la question de manière très directe, informelle, comme l'aurait fait au cours d'une fête un garçon sûr de lui avec une fille aux dents en avant ; et ça, c'est une bonne nouvelle, parce que je préfère qu'il s'intéresse à moi plutôt qu'aux paquets que j'ai dans mon panier.

– Hanneke Bakker.

Je pourrais lui mentir, mais nous sommes tous obligés d'avoir nos papiers d'identité sur nous.

– Et vous, soldat ?

Il bombe le torse en s'entendant appeler « soldat ». Les jeunes recrues sont encore fières de leur uniforme. J'aperçois alors un éclat doré autour de son cou.

– Et qu'y a-t-il dans votre médaillon ?

Son sourire s'efface et sa main saisit le pendentif juste sous son col. Le médaillon est doré, en forme de cœur, et il contient probablement la photographie d'une jeune

Allemande aux bonnes joues rondes qui lui a promis de lui rester fidèle, là-bas, à Berlin. C'était un peu risqué de lui poser la question, mais en général ça marche.

– C'est la photo de votre mère ? Elle doit vous aimer beaucoup pour vous avoir offert un si joli bijou.

Il rougit jusqu'aux oreilles et fait disparaître la chaîne sous son col amidonné.

– C'est votre sœur ? insisté-je. Votre petit chien ?

Il n'est pas facile de trouver la bonne dose de naïveté. Je dois m'exprimer avec suffisamment d'innocence pour ne pas le fâcher, mais avec suffisamment de brusquerie pour qu'il préfère se débarrasser de moi au lieu de m'interroger pour savoir ce que je transporte.

– Je ne vous ai jamais vu, dis-je. Vous êtes tous les jours en faction dans cette rue ?

– Je n'ai pas de temps à perdre avec des petites sottes dans votre genre. Allez, rentrez chez vous, Hanneke.

Lorsque je m'éloigne sur ma bicyclette, mon guidon tremble à peine. Je lui ai presque dit la vérité concernant mes paquets. Dans les trois premiers, il y a un livre, un pull et quelques pommes de terre. Mais sous les pommes de terre, il y a pour quatre coupons de saucisses, achetées avec la carte de rationnement d'un mort, et encore en dessous des bâtons de rouge à lèvres et des lotions, achetés avec la carte de rationnement d'un autre mort, et encore en dessous des cigarettes et de l'alcool, achetés avec l'argent que M. Kreuk, mon patron, m'a donné ce matin, précisément pour tout ça. Rien de tout cela ne m'appartient.

La plupart des gens diraient que je fais du marché noir, cet échange de marchandises illégal et clandestin. Je préfère me définir comme une « dénicheuse ». Je déniche des choses. Je trouve un supplément de pommes de terre, de viande et de lard. Au début, je trouvais du sucre ou du chocolat, mais c'est de plus en plus difficile ces derniers temps et ça ne m'arrive que rarement. Je trouve du thé. Du bacon. Les riches Néerlandais sont toujours aussi grassouillets grâce à moi. Je déniche des choses dont nous avons été contraints de nous passer, avant de savoir où les trouver.

J'aurais bien aimé que le soldat réponde à ma dernière question, pour savoir s'il est en faction dans cette rue tous les jours. Parce que si c'est le cas, il faudra que je m'arrange pour être gentille avec lui ou pour changer de chemin.

Mon premier arrêt de la matinée est chez Mlle Akkerman, qui habite avec ses grands-parents dans un de ces vieux immeubles situés près des musées. Pour Mlle Akkerman, ce sont les lotions et le rouge à lèvres. La semaine dernière, c'était le parfum. C'est l'une des rares femmes que j'ai rencontrées qui attache encore beaucoup d'importance à ces choses-là. Mais un jour elle m'a dit qu'elle espérait que son petit ami la demanderait en mariage avant son prochain anniversaire. Il y a des gens qui ont dépensé de l'argent pour des motifs bien plus étranges.

Elle m'ouvre la porte, les cheveux mouillés et mis en plis par des pinces. Elle doit avoir rendez-vous avec Theo ce soir.

– Hanneke ! Entre. Je vais chercher mon porte-monnaie.

Elle trouve toujours un prétexte quelconque pour me faire entrer chez elle. Je crois qu'elle s'ennuie toute la journée, seule avec ses grands-parents qui parlent trop fort et sentent le chou.

À l'intérieur, on étouffe et on n'y voit presque rien. Le grand-père de Mlle Akkerman prend son petit déjeuner.

– Qui est-ce ? crie-t-il.

– Une livraison, grand-père, répond-elle par-dessus son épaule.

– C'est qui ?

– C'est pour moi, explique-t-elle avant de se retourner vers moi et de poursuivre à mi-voix. Hanneke, il faut que tu m'aides. Theo doit venir ce soir demander à mes grands-parents si je peux emménager chez lui. Et je ne sais pas quoi mettre. Attends-moi ici, je vais te montrer ce que j'ai.

Je ne vois vraiment pas quel genre de robe suffirait à convaincre ses grands-parents d'accepter qu'elle aille vivre avec son copain avant le mariage, tout en sachant que ces situations sont plus courantes en temps de guerre.

Quand Mlle Akkerman réapparaît dans l'entrée, je fais mine de m'intéresser aux deux robes qu'elle a apportées, alors qu'en réalité je surveille la pendule. Je n'ai pas de temps à perdre en futiles mondanités. Après lui avoir conseillé de mettre la grise, je lui tends les paquets que j'avais toujours à la main depuis mon arrivée.

– Tenez. Voulez-vous qu'on vérifie si tout y est ?

– Je suis certaine que c'est parfait. Tu prendras bien un café ?

Je ne lui demande même pas si c'est du vrai. Le seul moyen dont elle pourrait se procurer du café, ce serait en passant par mon intermédiaire, et je ne lui en ai jamais apporté. Donc, quand elle parle de café, il s'agit en fait de racines, de plantes ou de glands de chêne moulus, bref d'un ersatz de café.

La deuxième raison pour laquelle je ne reste pas est aussi celle qui me fait refuser sa proposition de l'appeler Irene. Parce que je ne veux pas qu'elle prenne notre relation pour de l'amitié. Parce que je ne veux pas qu'elle s'imagine que, si un jour elle ne peut plus payer, ce ne serait pas grave.

– Non, merci. J'ai une autre livraison à faire avant le déjeuner.

– Tu es sûre ? Tu pourrais déjeuner ici – j'allais le préparer –, comme ça après on pourrait voir ensemble comment arranger mes cheveux pour ce soir.

La relation que j'ai avec mes clients est pour le moins curieuse. Ils pensent que nous sommes camarades. Ils pensent que nous sommes liés par un secret : nous faisons quelque chose d'illégal.

– Merci, mais je déjeune toujours à la maison avec mes parents.

– Bien sûr, Hanneke, répond-elle, gênée d'avoir insisté. Alors à bientôt !

Je reprends ma bicyclette et m'engage dans le dédale des rues étroites ; le temps est gris et couvert, comme tous les hivers à Amsterdam. Notre ville a été bâtie sur des canaux. La Hollande est un pays plat, situé bien en dessous du niveau de la mer, et les paysans qui l'ont débourbé, il y a des siècles, ont élaboré un système complexe de voies d'eau, simplement pour que les habitants ne se retrouvent pas engloutis par la mer du Nord. Un de mes anciens professeurs d'histoire illustrait toujours cet épisode de notre passé par un célèbre dicton : « Dieu a créé le monde et les Néerlandais ont créé les Pays-Bas. »

Il le citait comme un motif de fierté, mais pour moi, il représentait aussi une mise en garde : « Ne comptons sur rien pour nous sauver. Nous sommes tout seuls ici. »

Au début de l'Occupation, il y a deux ans et demi, les Allemands ont bombardé Rotterdam, à soixante-quinze kilomètres au sud, faisant neuf cents victimes civiles et détruisant tous les beaux édifices de la ville. Deux jours plus tard, ils entraient à pied dans Amsterdam. Aujourd'hui, nous sommes obligés de subir leur présence, mais nous avons pu conserver notre patrimoine. C'est un mauvais compromis. Toutefois, ces temps-ci, il n'y a que de mauvais compromis, à moins que, comme moi, on ne s'en sorte en général pas trop mal.

Ma deuxième cliente, Mme Janssen, habite quelques rues plus loin dans une grande maison bleue qu'elle occupait avec son mari et ses trois fils, jusqu'au jour où l'un des fils est parti s'installer à Londres, l'autre en Amérique, et le troisième, le petit dernier, a été envoyé sur le front hollandais où deux mille soldats furent tués en tentant de protéger nos frontières, tandis que le pays tombait en cinq jours. Du coup, nous ne parlons plus beaucoup de Jan.

« Je me demande s'il était à côté de Bas pendant l'invasion. »

C'est la question que je me pose à tout propos en ce moment, quand j'essaie de reconstituer les dernières minutes du garçon que j'aimais. Était-il auprès de Bas ou Bas est-il mort seul ?

Le mari de Mme Janssen est mort le mois dernier, juste

avant qu'elle ne devienne l'une de mes clientes, et je ne lui ai pas plus posé de questions que cela. Peut-être faisait-il partie de la Résistance, ou peut-être s'est-il trouvé au mauvais endroit au mauvais moment, ou peut-être encore n'est-il pas mort et dîne-t-il à Londres en compagnie de son fils aîné ; quoi qu'il en soit, ce ne sont pas mes affaires. Mme Janssen est une nouvelle cliente. Je ne lui ai fait que quelques livraisons. Je connaissais un petit peu son fils Jan, né vingt ans après les deux autres, alors que les Janssen étaient déjà âgés et grisonnants. Jan était un garçon sympathique.

Ici et maintenant, je décide que Jan a pu se trouver au côté de Bas quand les Allemands ont attaqué notre pays. Ici et maintenant, je décide de croire que Bas n'est pas mort seul. C'est une pensée plus optimiste que celles que je m'autorise habituellement.

Mme Janssen m'attend sur le seuil de sa maison, ce qui m'énerve, parce que si vous étiez un soldat allemand chargé de surveiller les comportements suspects, que penseriez-vous d'une vieille dame en train de guetter l'arrivée d'une drôle de fille à vélo ?

– Bonjour, madame Janssen. Vous n'aviez pas besoin de m'attendre sur votre perron. Comment allez-vous ?

– Très bien ! lance-t-elle.

On dirait qu'elle récite le texte d'une pièce de théâtre, sans cesser de tournicoter nerveusement les mèches bouclées qui s'échappent de son chignon. Ses cheveux sont toujours coiffés en chignon, ses lunettes glissent toujours au bout de son nez et ses vêtements me font toujours penser à un rideau ou à un canapé.

– Entre, je t'en prie.

– Je n'ai pas réussi à obtenir autant de saucisses que prévu, mais j'en ai quand même, lui dis-je après avoir garé ma bicyclette et une fois la porte refermée derrière moi.

Mme Janssen se déplace lentement. Elle marche avec une canne à présent et ne sort plus que rarement de chez elle. Elle m'a dit qu'elle avait adopté la canne après la mort de Jan. Je ne sais pas si elle a quelque handicap physique ou si c'est juste le chagrin qui l'a brisée et la fait boiter.

La pièce de devant a l'air plus spacieuse que d'habitude et il me faut un instant pour en comprendre la raison. Normalement, entre le vaisselier et le fauteuil, il y a un *opklapbed*, un petit lit qui ressemble à une bibliothèque mais qu'on peut plier et déplier quand on a un invité.

Je suppose que c'est M. Janssen qui l'a fabriqué, de même qu'il a fabriqué tout ce qui se trouve dans la maison. Maman et moi avions l'habitude de passer devant son magasin de meubles pour admirer ce qu'il y avait en vitrine, mais jamais nous n'aurions pu nous offrir quoi que ce soit. Je ne vois pas ce qu'a pu devenir l'*opklapbed*. Si Mme Janssen l'a vendu aussitôt après la mort de son mari, c'est donc qu'elle a des problèmes d'argent, ce qui ne me regarde pas tant qu'elle peut me payer.

– Un café, Hanneke ?

Mme Janssen disparaît dans la cuisine où je la suis. J'ai prévu de décliner sa proposition, mais elle a déjà sorti deux tasses, de la belle porcelaine bleu et blanc, au motif caractéristique de la ville de Delft. La table est en érable massif.

– J'ai apporté les saucisses, si vous voulez bien…

– Plus tard, m'interrompt-elle. Plus tard. Tout d'abord, buvons du café, avec une gaufre au sirop, et bavardons un peu.

Elle a posé à côté d'elle une boîte couverte de poussière qui sent l'humus. De vrais grains de café ! Je me demande depuis combien de temps elle les garde. Idem pour les gaufres. Les gens n'utilisent pas leurs tickets de rationnement de boulangerie pour acheter des gâteaux, ils s'en servent pour le pain. De même qu'ils ne les utilisent pas pour en faire profiter les petites coursières du marché noir comme moi... Et pourtant, là, Mme Janssen me sert un café dans une tasse en porcelaine sur laquelle elle dépose la double gaufre pour que la chaleur l'amollisse, tandis que le sirop de caramel suinte sur les bords.

– Assieds-toi, Hanneke.

– Je n'ai pas faim, dis-je, tandis qu'un gargouillis en provenance de mon estomac me trahit.

J'ai bel et bien faim, mais il y a quelque chose de gênant et d'inquiétant dans la présence de ces gaufres, l'impatience de Mme Janssen à me faire asseoir et l'incongruité de cette situation. A-t-elle prévenu la *Grüne Polizei* et promis aux policiers de leur remettre une trafiquante du marché noir ? Une femme aux abois au point de vendre l'*opklapbed* de son mari en serait capable.

– Rien qu'un instant ?

– Je suis désolée, mais j'ai encore une tonne de choses à faire aujourd'hui.

Mme Janssen contemple sa table si joliment dressée.

– Mon petit... Jan. C'était ses préférées. Je lui en préparais toujours quand il rentrait de l'école. Vous étiez amis, non ?

Elle me sourit, pleine d'espoir.

Je soupire. Elle n'est pas dangereuse, elle s'ennuie, c'est tout. Comme son fils lui manque, elle voudrait bien offrir à l'une de ses anciennes camarades de classe le goûter qu'il aimait tant. Cela va à l'encontre de tous mes principes, et son ton insistant m'embarrasse terriblement. Mais il fait froid dehors, et c'est du vrai café, et bien que j'aie dit à Mme Janssen que j'avais une tonne de choses à faire, j'ai en réalité une heure devant moi avant le déjeuner avec mes parents. Je pose donc sur la table le colis contenant les saucisses et le beurre, me passe la main dans les cheveux et essaie de me rappeler comment on doit se tenir quand on est invité chez des gens. Il fut un temps où je le savais fort bien. La mère de Bas me servait du chocolat chaud pendant que son fils et moi faisions nos devoirs dans la cuisine, et elle trouvait toujours des prétextes pour y faire irruption afin de vérifier si nous n'étions pas en train de nous embrasser.

– Cela fait tellement longtemps que je n'ai pas mangé de gaufres, dis-je enfin, cherchant à dérouiller mes compétences en matière de conversation. Moi, mes gâteaux préférés, c'était les *banketstaafs*...

– À la pâte d'amandes ?

– Mmm...

Le café de Mme Janssen est fort et brûlant, tel un anesthésiant apaisant. Il me brûle la gorge, alors je continue à en boire, et je ne sais pas combien de gorgées j'ai bues au moment où je repose la tasse sur sa soucoupe et m'aperçois qu'elle est à moitié vide. Mme Janssen la remplit aussitôt à ras bord.

– Il est bon, votre café.

– J'ai besoin de ton aide, Hanneke.

Ah !

Donc le prétexte du café est clair. Elle m'a fait un cadeau. À présent, elle va me demander une faveur. Dommage qu'elle n'ait pas compris que je n'avais pas besoin d'être caressée dans le sens du poil. Je travaille pour l'argent, pas pour la gentillesse.

– J'ai besoin de ton aide pour trouver quelque chose.

– Que voulez-vous ? Davantage de viande ? Du pétrole ?

– J'ai besoin de toi pour retrouver quelqu'un.

La tasse s'immobilise à quelques centimètres de mes lèvres et, durant plusieurs secondes, je ne sais plus si je la levais ou la reposais.

– J'ai besoin de toi pour retrouver quelqu'un, répète-t-elle car je n'ai toujours rien répondu.

– Je ne comprends pas.

– Quelqu'un à qui je tiens.

Elle fixe un point au-dessus de mon épaule et je suis son regard, posé sur une photo de sa famille suspendue à côté de la porte de l'arrière-cuisine.

– Madame Janssen…

J'essaie de trouver la façon la plus adaptée et polie de lui répondre.

« Votre mari est décédé, devrais-je lui dire. Votre fils est mort. Les deux autres ne reviendront pas. » Je ne peux pas retrouver des fantômes. Je n'ai pas de ticket de rationnement pour remplacer un enfant mort.

– Madame Janssen, je ne trouve pas des gens. Je trouve des choses : de la nourriture, des vêtements…

– J'ai besoin que tu trouves…

– Une personne. Vous l'avez dit. Mais si vous voulez

retrouver une personne, il faut vous adresser à la police. Ce sont les policiers qui peuvent s'en charger.

– *Toi*, dit-elle en se penchant sur la table. Pas la police. J'ai besoin de toi. Je ne vois pas à qui d'autre je pourrais le demander.

Au loin, le clocher de Westerkerk sonne la demie de onze heures. C'est l'heure à laquelle je devrais partir.

– Il faut que j'y aille, annoncé-je en repoussant ma chaise. Ma mère a préparé à déjeuner. Voulez-vous me régler aujourd'hui pour les saucisses ou M. Kreuk doit-il le mettre sur votre compte ?

Elle se lève à son tour. Mais au lieu de me raccompagner à la porte, elle me prend par la main.

– Viens voir, Hanneke, s'il te plaît. Rien qu'un coup d'œil avant de partir…

Comme je ne suis pas assez endurcie pour faire lâcher ma main à une vieille dame, je la suis en direction de l'arrière-cuisine et m'arrête docilement devant le portrait de ses fils accroché au mur. Ils sont debout en rang d'oignons, de face, avec les mêmes grandes oreilles et des cous musculeux. Mais Mme Janssen ne s'arrête pas devant la photo. Au lieu de cela, elle ouvre en grand la porte de l'arrière-cuisine.

– Par ici, me dit-elle en tendant le bras pour que je la suive.

Verdorie ! Bon sang ! Elle est encore plus folle que ce que je croyais. On va aller s'asseoir dans le noir maintenant, parmi les bocaux de pickles, pour communier avec la mémoire de ses enfants. C'est là qu'elle a dû ranger leurs vêtements, empaquetés dans de la naphtaline.

L'arrière-cuisine ressemble à toutes les arrière-cuisines :

une pièce étroite avec, le long du mur, des étagères réservées aux épices et aux conserves, mais pas aussi remplies qu'avant la guerre.

– Je suis navrée, madame Janssen, mais je ne sais…

– Attends.

Elle saisit le montant des étagères aux épices et bataille un instant avec un petit crochet que je n'avais pas remarqué.

– Que faites-vous ?

– Un instant.

Elle libère le crochet, et brusquement l'ensemble des étagères pivote, révélant, au fond, un espace plongé dans l'obscurité, long et étroit, suffisamment large pour qu'on puisse y pénétrer, trop sombre pour qu'on y voie quoi que ce soit.

– Qu'est-ce que c'est ? murmuré-je.

– C'est Hendrik qui l'a aménagé pour moi. Quand les enfants étaient petits… Ce grand placard n'était pas pratique, trop étroit, alors je lui ai demandé de le séparer en deux : un côté comme arrière-cuisine et l'autre comme réserve.

Mes yeux s'habituent à l'obscurité. Nous nous trouvons dans un espace situé sous l'escalier. Le plafond descend en pente douce jusqu'au fond, à quelques centimètres du sol. Vers l'avant, je distingue une étagère à hauteur d'yeux, sur laquelle sont posés une bougie, un peigne et une revue de cinéma dont je reconnais le titre. La majeure partie de ce réduit est occupée par l'*opklapbed* manquant de Mme Janssen, ouvert, comme prêt à recevoir un invité. Une couverture à motif d'étoiles est dépliée dessus, avec un unique oreiller. Il n'y a pas de fenêtre. Une fois que la porte dérobée est fermée, seul un fin rai de lumière filtre dessous.

– Tu vois ?

Mme Janssen n'a pas lâché ma main.

– C'est pour ça que je ne peux pas prévenir la police. La police ne peut pas retrouver quelqu'un qui n'est pas censé exister.

– La personne qui a disparu…

– La jeune fille qui a disparu est juive. Et je voudrais que tu la retrouves avant les nazis.

DEUX

Dans l'obscurité de cet espace exigu et confiné, aux vagues relents de pomme de terre, Mme Janssen attend que je lui réponde.

– Hanneke ?

– Vous cachiez quelqu'un ?

J'ai le plus grand mal à prononcer cette phrase, tandis que Mme Janssen referme la porte de l'arrière-cuisine et me reconduit vers la table. J'ignore si je suis plus choquée qu'effrayée ou le contraire. Je sais que ça existe, qu'un certain nombre de Juifs qui disparaissent préfèrent s'entasser chez des gens, dans les sous-sols, plutôt que d'être envoyés dans des camps de travail. Mais c'est tellement dangereux que personne n'en parle.

– Oui, répond Mme Janssen en hochant la tête.

– Ici ? Vous avez caché quelqu'un ici ? Pendant combien de temps ?

– Par où commencer... ?

Elle prend sa serviette et la tortille entre ses mains.

Je n'ai aucune envie qu'elle commence. Il y a dix

minutes, je craignais que Mme Janssen ait appelé la police pour me faire arrêter, à présent, je sais que c'est elle qui pourrait l'être. Cacher quelqu'un est passible d'emprisonnement dans une des cellules humides et glaciales de Scheveningen, où, paraît-il, on croupit pendant des mois sans le moindre procès. Quant au clandestin, l'*onderduiker*, sa peine est la déportation immédiate.

– Peu importe, répliqué-je précipitamment. Peu importe, je ne veux rien entendre. Je m'en vais !

– Rassieds-toi, s'il te plaît, insiste Mme Janssen. Je t'ai attendue toute la matinée.

Elle va refermer derrière nous les étagères pivotantes et revient vite s'asseoir à la table de la cuisine.

– Encore un peu de café ? propose-t-elle en prenant la cafetière. Tu peux en avoir autant que tu le désires. Mais assieds-toi. Si tu ne m'aides pas, je vais devoir m'adresser à quelqu'un d'autre.

Plantée au milieu de la cuisine, je suis complètement désemparée. Je ne veux pas qu'elle me soudoie avec son café, mais je reste clouée au sol. Je me dis que je ne devrais pas partir, pas avant d'en avoir appris un peu plus sur cette histoire. Si Mme Janssen essaie de trouver quelqu'un d'autre, elle risque de se mettre en danger, et moi avec.

– Racontez-moi ce qui s'est passé.

– L'associé de mon mari, commence Mme Janssen dont les mots se précipitent pour sortir, l'associé de mon mari était quelqu'un de bien : M. Roodveldt… David. Il travaillait avec Hendrik depuis dix ans. Il avait une épouse, Rose, tellement timide – elle zozotait, ce qui la complexait terriblement, mais elle tricotait à merveille. Ils avaient deux filles. Lea, qui venait d'avoir douze ans et était la préférée de la famille, et l'aînée, quinze ans, indépendante, toujours à sortir avec ses amis : Mirjam.

Elle se racle la gorge en prononçant ce prénom et doit se reprendre avant de poursuivre.

– Les Roodveldt étaient juifs. Pas très pratiquants, et au début on a cru que ça faisait une différence. Mais non, bien sûr… David a dit à Hendrik qu'ils n'auraient pas de problèmes. Ils connaissaient une femme à la campagne, prête à les recueillir. Mais c'est tombé à l'eau quand celle-ci a pris peur, et en juillet, après la grande rafle où tant de Juifs ont été arrêtés, David est venu voir Hendrik et lui a demandé de l'aider à se cacher, lui et sa famille.

– Et Hendrik les a amenés ici ?

– Non, non. Il ne voulait pas me mettre en danger. Il les a conduits au magasin de meubles. Il a aménagé pour eux une cachette derrière une fausse cloison, au fond de l'atelier de menuiserie. Je n'étais pas au courant.

– Vous n'étiez pas au courant ?

Je ne peux imaginer mes parents capables de garder un tel secret l'un pour l'autre.

– Je voyais bien que Hendrik passait plus de temps au magasin. Je pensais qu'il travaillait davantage parce que David n'était plus là pour l'assister. Je croyais que les Roodveldt étaient partis se mettre à l'abri à la campagne. Je ne savais absolument pas qu'ils étaient tous là-bas, dans cette cachette.

– Quand vous l'a-t-il dit ?

– Il ne me l'a jamais dit. Le mois dernier, j'étais seule à la maison quand j'ai entendu frapper à la porte. Des coups précipités ; c'était après le couvre-feu. J'ai cru que Hendrik avait oublié sa clé, mais quand j'ai ouvert la porte, il y avait cette fille, si pâle dans son manteau bleu. Elle avait tellement grandi. Je ne l'avais pas vue depuis des années, et je ne l'aurais pas reconnue si elle ne s'était pas présentée. Elle m'a expliqué que mon mari les avait cachés et qu'elle avait besoin d'un nouvel abri sûr… et que tout le monde avait été tué.

– Mirjam Roodveldt.

Mme Janssen acquiesce.

– Elle tremblait de tout son corps. Elle avait tellement peur. Elle a dit que les nazis avaient débarqué à la fabrique ce soir-là et qu'ils s'étaient rendus droit à l'atelier de menuiserie. Quelqu'un avait trahi Hendrik, un employé ou un client. Hendrik ne leur a pas indiqué la cachette. Il a dit qu'il ne voyait pas de quoi il s'agissait. Comme il ne voulait pas parler, les policiers ont commencé à le menacer. Mais David les a entendus. Et il a voulu l'aider… Et les policiers étaient armés…

Elle reprend son souffle.

– Quand la fusillade a cessé, Hendrik était mort, ainsi que David, Rose et Lea. Seule Mirjam avait réussi à s'enfuir.

Ç'a dû être la panique. J'avais entendu dire que des gens étaient arrêtés, emmenés pour ne plus jamais revenir. Mais quatre personnes, dont une femme et une enfant, abattues de sang-froid… ?

– Comment Mirjam a-t-elle réussi à s'enfuir ? Ils ont tué tout le monde. Comment une jeune fille a-t-elle pu échapper à des nazis armés ?

– Les toilettes. Il y avait un cabinet de toilette à l'avant du magasin, où les Roodveldt pouvaient se rendre dès la fermeture. Mirjam y était pour se mettre en pyjama quand les nazis sont arrivés. Elle s'est précipitée dehors en entendant les coups de feu et a couru vers le seul endroit où elle savait qu'elle pouvait se réfugier : ici, chez moi. C'était il y a trois semaines. Je l'ai cachée jusqu'à hier soir.

– Que s'est-il passé hier soir ?

Mme Janssen fouille dans la poche de son gilet et en sort un petit papier plié en quatre.

– J'ai tout noté pour pouvoir te donner les heures précises.

Elle suit du doigt la première ligne.

– Elle était ici hier à midi, parce que je lui ai apporté du pain et un exemplaire du *Het Parool*. Elle aimait bien savoir ce qui se passait dans la clandestinité, elle relisait plusieurs fois les articles et apprenait même par cœur les petites annonces codées.

– Vous êtes sûre qu'il était midi ?

– Oui, j'ai entendu sonner Westerkerk et, dans la rue, les gens qui sortaient pour leur pause-déjeuner.

Elle se penche de nouveau sur son papier pour retrouver où elle en était.

– Elle était encore là à seize heures quinze, car je suis entrée la prévenir que Christoffel, mon garçon de courses, allait me déposer quelque chose et qu'elle ne devait pas faire de bruit. Elle était là à dix-sept heures trente, parce que je lui ai demandé si elle voulait manger ; elle m'a répondu qu'elle avait mal à la tête et qu'elle allait se coucher. Juste après, ma voisine, Mme Veenstra, m'a priée de passer la voir. Son fils, Koos, n'était pas rentré et elle s'inquiétait pour lui. Au bout d'une heure, on a vu Koos arriver au bout de la rue. Comme sa bicyclette avait un pneu crevé, il avait dû la pousser sur vingt-cinq kilomètres.

Je suis retournée à la maison et j'ai demandé à Mirjam si elle se sentait mieux. Elle n'a pas répondu. J'ai supposé qu'elle dormait. Un petit peu plus tard, j'ai ouvert la porte pour voir si elle n'avait besoin de rien.

– Elle était partie ?

– Volatilisée ! Son lit était vide. Son manteau avait disparu. Ses chaussures avaient disparu. Elle avait disparu...

– Il était quelle heure à peu près ?

– Dix heures environ. Après le couvre-feu. À un certain moment, entre dix-sept heures trente, heure à laquelle Mirjam a dit qu'elle allait se coucher, et vingt-deux heures, elle a disparu, et c'est inexplicable !

Mme Janssen replie son papier et s'apprête à le remettre dans sa poche, quand elle se ravise et me le tend. Il y a des allumettes à côté de la cuisinière. J'en sors une, la gratte contre la boîte et réduis en cendres le petit récapitulatif de Mme Janssen.

– Qu'est-ce que tu fais ? s'exclame-t-elle.

– Qu'est-ce que vous faites, vous, à garder des notes concernant une fille que vous avez cachée illégalement ?

Elle se masse le front.

– Je n'y avais pas pensé. Je ne sais pas comment ça fonctionne tout ça... C'est pour ça que j'ai besoin de ton aide, Hanneke.

Le carillon de Westerkerk sonne de nouveau au loin. Un quart d'heure s'est écoulé. Il y a quelques instants, je prétextais l'heure pour m'en aller, mais maintenant il est réellement tard. Je croise les bras sur ma poitrine.

– Vous avez passé une heure chez votre voisine. Mirjam n'a-t-elle pu partir pendant ce temps-là ?

– Mme Veenstra habite de l'autre côté de la rue. Nous

étions sur les marches de son perron, en face de chez moi. Il ne faisait pas trop froid hier. Mirjam n'aurait pas pu sortir par la porte de devant sans que je la voie.

– Vous avez une porte de service ?

Je ne devrais pas lui donner de faux espoirs en lui posant ce genre de questions, alors que je n'ai aucune intention de l'aider. Mais la situation qu'elle décrit est si étrange et incroyable que j'ai vraiment l'impression qu'elle ne le fait pas correctement.

– La porte de derrière ne ferme pas bien, et ça depuis des années… J'étais très énervée contre Hendrik, un fabricant de meubles qui ne prend même pas le temps de réparer sa propre porte ! Finalement, l'année dernière j'en ai eu assez de le relancer, alors j'ai installé un loquet moi-même. Quand je me suis aperçue que Mirjam n'était plus là, je suis allée vérifier. Il était toujours rabattu. Elle n'aurait pas pu sortir par la porte de service et refermer le loquet de l'extérieur.

– Et par la fenêtre ?

Je pose la question alors que c'est invraisemblable. Le quartier est cossu, c'est le genre d'endroit où les gens remarqueraient tout de suite une chose aussi incongrue qu'une fille enjambant une fenêtre.

– Non, pas par la fenêtre. Tu ne vois donc pas qu'elle n'avait aucun moyen de sortir d'ici ? Et aucune raison non plus. C'était le dernier endroit où elle était en sécurité. Et elle n'a pas pu non plus être découverte. Si les nazis étaient venus la chercher, ils m'auraient emmenée moi aussi.

Il y a forcément une explication rationnelle. Mme Janssen avait dû tourner le dos quelques instants chez

Mme Veenstra et la sortie de la fille lui échapper. À moins qu'elle ne fasse erreur dans le déroulement des événements, et que la fille ait disparu pendant que Mme Janssen faisait la sieste.

En fait, peu importe l'explication. Je ne peux pas l'aider, même si son histoire est terriblement triste. C'est trop dangereux. La survie avant tout ! Voilà ma devise de guerre. Après Bas, ce pourrait être ma devise de vie. La survie avant tout, la survie d'abord ! Avant, j'étais plutôt insouciante. Et voyez où ça m'a menée ! Aujourd'hui, je fais du marché noir, mais uniquement parce que ça me permet de nous nourrir, moi et ma famille. Je flirte avec les soldats allemands, mais uniquement parce que ça me sauve la vie. Me lancer à la recherche d'une jeune fille disparue ne m'apportera rien du tout.

De la cuisine, j'entends la porte d'entrée s'ouvrir lentement et une voix de jeune homme lancer un : « *Hallo ?* ». Dehors, un chien aboie. Qui est-ce ? La Gestapo ? Le NSB ? Nous détestons tous la Gestapo, et la police allemande, mais c'est le *Nationaal-Socialistische Beweging* que nous haïssons par-dessus tout. Les nazis néerlandais qui ont trahi leur propre pays.

Mme Janssen écarquille les yeux avant de reconnaître la voix.

– Christoffel, je suis dans la cuisine ! crie-t-elle. J'avais oublié qu'il devait venir aujourd'hui, me chuchote-t-elle. Bois ton café. Comporte-toi normalement.

Christoffel, le garçon de courses, a les cheveux blonds, de grands yeux bleus et la peau douce d'un adolescent qui ne se rase que depuis peu.

– Madame Janssen ? dit-il en tortillant sa casquette entre

ses mains, gêné de nous avoir interrompues. Je suis venu pour le lit pliant. C'est l'heure que vous avez dite, non ?

– Mais oui, bien sûr.

Mme Janssen va se lever, mais Christoffel lui fait signe de se rasseoir.

– Je peux me débrouiller tout seul. J'ai un ami avec une charrette qui m'attend dehors.

Il indique de la tête la fenêtre devant laquelle un grand gaillard, dans la rue, agite la main.

À peine Christoffel est-il parti chercher la charrette et son ami que Mme Janssen surprend ma mine affolée et tente de me rassurer :

– Non, non, pas ce lit-là, pas celui de Mirjam. Il emporte celui du bureau de Hendrik. Je ne mets pratiquement plus jamais les pieds dans cette pièce. J'ai demandé à Christoffel s'il ne pouvait pas me trouver un acheteur et je voulais employer l'argent de la vente pour subvenir aux besoins de Mirjam.

– Et maintenant ?

– Maintenant, je vais l'utiliser pour te payer afin que tu m'aides.

Je secoue la tête en signe de protestation, mais elle poursuit :

– Il faut que tu la retrouves, Hanneke. Mes grands fils, peut-être que je ne les reverrai plus jamais. Mon plus jeune est mort, mon mari est mort en cherchant à protéger la famille de Mirjam, et sa famille à elle a péri en essayant de protéger Hendrik. Je n'ai plus personne, maintenant, et elle non plus. Nous devons donc faire office de famille l'une pour l'autre, Mirjam et moi. Je ne veux pas la perdre. Aide-moi, s'il te plaît.

Le grincement des roues de la charrette de Christoffel, sur laquelle celui-ci et son ami ont attaché l'*opklapbed*, m'empêche opportunément de répondre. Ce lit est plus ouvragé que l'autre, le bois mieux poli et ciré, et il s'en dégage une légère odeur d'une huile citronnée pour meubles.

– Madame Janssen ? Je m'en vais, indique Christoffel.

– Attends, lui dis-je. Madame Janssen, vous n'avez peut-être pas besoin de vendre ce lit tout de suite. Attendez un jour pour réfléchir.

C'est ma façon de lui faire comprendre que je ne serai pas en mesure d'accéder à sa demande.

– Non, non, je le vends tout de suite, déclare fermement Mme Janssen. Je suis obligée. Christoffel, combien je te dois pour ta peine ?

– Rien du tout, madame Janssen. Je suis content de vous rendre service.

– J'insiste.

Elle tire son sac vers elle, sur la table, et commence à sortir de l'argent de son petit porte-monnaie.

– Oh, non… Je croyais que j'avais…

– C'est bon, madame Janssen, insiste Christoffel.

Il rougit de nouveau et se tourne vers moi, troublé, pour que je vienne à son secours.

– Madame Janssen, dis-je doucement, Christoffel a d'autres livraisons à faire. Pourquoi ne le laisserions-nous pas partir ?

Elle cesse de fouiller dans son sac et le referme, contrariée. Une fois le garçon de courses parti, elle se tasse de nouveau sur sa chaise, l'air las et âgé.

– Tu vas m'aider ?

J'avale le fond de mon café froid. À quel résultat s'imagine-t-elle que je pourrais aboutir ? Je ne sais même pas par quoi commencer. Même si Mirjam avait réussi à s'enfuir, jusqu'où une jeune fille de quinze ans portant une *jodenster*, une étoile jaune, pourrait-elle aller ? Je n'ai pas besoin que Mme Janssen me paie pour savoir ce qui arrivera à Mirjam, si ce n'est déjà arrivé : elle sera arrêtée et envoyée dans un camp de travail en Allemagne ou en Pologne, du genre de ceux d'où on ne revient jamais. Mais d'abord, comment a-t-elle réussi à sortir de cette maison ?

Il doit y avoir une explication rationnelle. Les gens ne disparaissent pas dans la nature par enchantement.

Mais ce n'est pas vrai en réalité. Les gens disparaissent bel et bien dans ce pays occupé. Des centaines de personnes, arrachées à leur foyer.

Comment peut-elle imaginer que je réussisse à en retrouver une seule ?

TROIS

Maman pince les lèvres quand j'arrive à la maison.

– Tu es en retard, me reproche-t-elle du pas de la porte.

Elle devait me guetter par la fenêtre.

– Il est midi quinze…

– Midi dix-neuf !

– Pour quatre minutes de retard, maman ?

Notre appartement sent le panais frit et les saucisses que j'ai rapportés la veille. Il n'est pas grand : un salon, une cuisine et deux chambres minuscules, le tout au deuxième étage d'un immeuble qui en compte cinq. Confortable.

Papa lit un livre dans son fauteuil en se servant d'un cale-page qu'il a conçu pour tenir le livre ouvert pendant qu'il tourne les pages de son bras gauche valide. Son bras droit handicapé repose sur ses genoux.

– Hannie.

Il m'appelle par mon diminutif tandis que je me penche pour l'embrasser.

Mon père a été blessé au cours de la Première Guerre mondiale, avant ma naissance. Il vivait du côté flamand de la clôture électrique érigée pour séparer la Belgique occupée de la Hollande, *De Dodendraad*. Comme ma mère habitait du côté hollandais, il a voulu la franchir pour l'impressionner. Il l'avait déjà fait une fois. Quand il m'a raconté cette histoire, je ne l'ai pas cru, mais après il m'a montré un livre expliquant comment des gens avaient réussi à franchir la clôture de la Mort grâce à toutes sortes de stratagèmes aussi fous qu'ingénieux, à l'aide d'échelles ou en garnissant leurs vêtements de porcelaine, matériau non conducteur, pour ne pas prendre de décharge. La fois où il l'a repassée, son soulier s'est accroché dans le fil électrifié et mon père s'est effondré à terre; c'est ainsi qu'il a immigré en Hollande.

Depuis, il a tout le côté droit du corps paralysé, de la jambe à la moitié du visage, ce qui lui confère une élocution lente et déformée. Ça me gênait quand j'étais petite, mais maintenant je n'y fais même plus attention.

Papa m'attire vers lui pour me parler à l'oreille.

– Ta mère est inquiète parce qu'ils sont venus chercher M. Bierman. Sois gentille avec elle.

M. Bierman est le marchand de fruits et légumes en face de la maison. Cela fait des mois que les Juifs n'ont plus le droit de posséder un commerce, mais comme sa femme est chrétienne, il a mis tous les papiers à son nom à elle. Ils n'ont pas d'enfant, rien qu'un chat blanc très câlin qui s'appelle Neige.

– Qui est venu ? demandé-je. Les flics du NSB ?

Papa pose un doigt sur ses lèvres, puis indique le plafond.

– Chut…

Le voisin du dessus est membre du NSB. Sa femme me faisait des nattes et me préparait des biscuits à la cannelle pour la Saint-Nicolas. Dans mon dos, j'entends maman qui apporte le plateau du déjeuner ; elle le pose sur notre petite table. J'embrasse papa sur l'autre joue et m'assieds.

– Pourquoi étais-tu en retard, Hannie ? veut savoir maman.

– Pour t'apprendre à ne pas paniquer quand je n'ai que quatre minutes de retard…

– Mais ça ne t'arrive jamais !

« De même qu'on ne m'a encore jamais demandé de retrouver une fille disparue », songé-je. Je revois sans le vouloir le visage si inquiet de Mme Janssen dans la réserve désertée.

Maman me sert une cuillerée de panais. Nous mangeons mieux que la plupart des gens. Si mes parents sortaient davantage de chez eux, ils commenceraient certainement à se demander par quel moyen je rapporte autant de nourriture à la maison.

– Ce n'était rien, dis-je alors que la saucisse poivrée me brûle la bouche. J'ai été arrêtée par un policier allemand.

C'est vrai, bien sûr. Sauf que je ne précise pas que ça s'est passé tôt ce matin, avant que j'entende parler de l'existence de Mirjam.

– J'espère au moins que tu ne l'as pas provoqué ! lance maman d'un ton sec.

Je ne suis pas la seule de la famille que la guerre a changée. Avant, ma mère donnait des leçons de musique dans notre appartement, et Chopin résonnait dans tout le salon. Plus personne n'a d'argent à consacrer à la musique, ni aux traductions que mon père faisait.

– Il parlait néerlandais, ajouté-je, façon de répondre sans vraiment répondre. Plutôt couramment…

– Nous l'avons engraissé après la dernière guerre, intervient papa, afin qu'il puisse revenir nous affamer lors de celle-ci.

L'Allemagne était tellement pauvre après la Première Guerre mondiale que de nombreuses familles avaient envoyé leurs enfants en Hollande pour qu'ils profitent des fromages et des laitages de notre pays. Ils seraient morts de faim sans nous. Aujourd'hui, une fois devenus grands, certains de ces garçons sont revenus ici.

– À quelle heure dois-tu retourner travailler ? s'informe maman.

– J'ai encore vingt minutes.

Officiellement, je travaille comme réceptionniste dans une entreprise de pompes funèbres. Ce n'était pas ce dont j'avais rêvé, mais je n'avais pas beaucoup de possibilités. Personne ne tenait à engager une jeune fille sans expérience professionnelle ni compétences en dactylographie. M. Kreuk pas davantage, mais je ne lui ai pas donné le choix. Je venais d'essuyer plusieurs refus dans sept autres boutiques, quand j'ai aperçu l'annonce dans sa vitrine, et j'ai refusé de m'en aller tant qu'il ne m'avait pas donné un travail.

M. Kreuk est un brave homme. Il me paie correctement. Il m'a confié un autre petit travail, secret celui-là, qui rapporte encore plus.

En Hollande, et probablement partout ailleurs en Europe, les Allemands nous délivrent des cartes de rationnement mensuelles, avec des coupons pour la nourriture, les vêtements, le pétrole, les pneus. Les journaux nous informent de ce qu'on peut acheter : cinq cents grammes de sucre, deux litres de lait, deux kilos de pommes de terre. C'est là qu'intervient M. Kreuk : il utilise les tickets de rationnement des morts pour faire des provisions qu'il revend ensuite plus cher. Du moins, je crois que c'est comme ça que ça marche. Je ne pose pas de questions. Tout ce que je sais, c'est qu'il y a quelques mois, M. Kreuk m'a montré un paquet de cartes de rationnement et m'a demandé si je voulais bien aller faire des courses.

J'étais terrorisée la première fois, mais j'avais encore plus peur de perdre mon travail. Au bout d'un certain temps, je me débrouillais assez bien et, encore un peu plus tard, j'ai même commencé à trouver ça honorable. Car c'était les nazis qui nous avaient obligés à avoir des cartes de rationnement, et si je me moquais de leur système, je me moquais d'eux également. Du jambon très cher : la seule revanche que j'aie réussi à m'offrir envers ceux qui ont tué Bas, mais je m'accrocherai à cette infime satisfaction.

Ce que nous faisons est théoriquement interdit. Cela pourrait s'appeler : profiter de la guerre. Mais M. Kreuk n'est pas riche, et moi non plus, loin de là. Moi, j'ai l'impression que ce qu'on fait, c'est simplement une tentative pour réorganiser un système devenu absurde dans un pays qui l'est devenu lui aussi.

– *Hannie !*

Apparemment, maman cherchait à attirer mon attention depuis un moment.

– Je t'ai demandé ce que tu avais dit au policier allemand !

Mais elle est obsédée par ça, ma parole ! Si elle savait combien de soldats je croise toutes les semaines…

– Je lui ai dit de ficher le camp de notre pays et de ne

plus jamais y remettre les pieds. Je lui ai suggéré d'aller faire ses cochonneries avec les bulbes des tulipes.

– Hannie ! s'exclame ma mère, horrifiée, en mettant la main sur sa bouche.

– J'ai fait ce que je fais toujours dans ces cas-là, maman, soupiré-je. Je suis partie le plus vite possible.

Mais maman ne m'écoute plus.

– Johan…

Sa voix n'est plus qu'un chuchotis et maman saisit le bras valide de papa.

– Johan, ils reviennent. Écoute…

J'entends aussi. Des cris dans la rue… Je cours à la fenêtre regarder derrière les rideaux.

– Hannie ! me met en garde maman.

Mais comme je ne bouge pas, elle renonce. Trois policiers du NSB dans leur uniforme noir tambourinent à la porte du magasin de M. Bierman et lui ordonnent de sortir.

Sa femme ouvre ; ses mains tremblent si violemment que cela se voit, même de loin.

– Votre mari était censé se présenter pour être déporté la semaine dernière, déclare celui qui a l'air le plus âgé.

Notre rue est étroite, et l'homme n'est pas discret. Donc j'entends tout ce qu'il dit.

– Il… il n'est pas là, répond Mme Bierman. Je ne sais pas où il est. Je ne l'ai pas vu depuis des jours.

– Madame Bierman…

– Je le jure. Je ne l'ai pas vu. Quand je suis revenue des courses, il n'était plus là. Je l'ai cherché dans toute la maison.

– Poussez-vous ! lui ordonne le policier avant de la bousculer car elle ne bouge pas.

Maman s'est approchée de moi. Elle me serre le bras si fort que je sens ses ongles à travers mon chandail. « Pourvu que M. Bierman soit vraiment parti ! Pourvu qu'il se soit enfui pendant que sa femme faisait les courses ! »

Maman bouge les lèvres, elle prie. C'est ce que je suppose, bien qu'à la maison nous ayons cessé de prier. Les policiers réapparaissent à la porte. Cette fois, ils traînent quelqu'un derrière eux. C'est M. Bierman, l'œil droit éclaté et tuméfié ; il saigne du nez.

– Bonne nouvelle, madame Bierman ! dit le soldat. Nous avons fini par retrouver votre mari !

– Lotte ! s'écrie M. Bierman tandis qu'on le pousse sans ménagement vers un camion.

– Pieter…

– Je devrais vous emmener aussi pour lui tenir compagnie, dit l'homme. Mais ça m'embêterait de punir une bonne chrétienne qui est assez stupide pour ne pas savoir où était passé son mari.

L'homme est de dos, de sorte que je ne vois pas son visage, mais je perçois son ton sarcastique.

– Tout va bien, Lotte, lance M. Bierman du camion. Je vais revenir très vite.

Mais Mme Bierman ne pleure pas. Elle ne fait rien d'autre que regarder en secouant la tête comme pour dire : « Non, non, tu ne vas pas revenir très vite. »

Le camion s'éloigne et Mme Bierman n'a pas quitté le pas de sa porte. C'est terriblement indiscret de la regarder ainsi fixement, mais je ne peux m'en empêcher. Elle aussi m'offrait des cadeaux pour la Saint-Nicolas. Et quand je me rendais dans leur boutique, elle me laissait goûter les fraises, même si nous n'en achetions pas.

Maman m'éloigne de la fenêtre en me tirant par le chandail jusqu'à la table.

– Finis de manger, dit-elle sèchement. Ce ne sont pas nos affaires, nous n'y pouvons rien.

Je me dégage, prête à protester, pour lui rappeler les Bierman et leurs fraises. Mais elle a raison. Je ne peux rien faire pour réparer ce qui vient de se passer.

Nous terminons notre déjeuner presque en silence. Maman fait quelques vaines tentatives de conversation. La nourriture n'a plus de goût. Lorsque vraiment je n'en peux plus, je m'excuse en prétextant un certain nombre de choses à faire avant de retourner travailler.

– Ne sois pas en retard, tu as un bon travail, me rappelle maman.

Elle aime mon travail, elle sait qu'il représente le seul apport régulier d'argent à la maison.

– Tu ne voudrais pas que M. Kreuk se demande s'il a fait le bon choix en t'engageant !

– Ça ne risque pas.

Je veux juste passer un moment seule, sans mes parents, mon travail – un moment d'où serait exclu le reste du monde. Dans ma chambre, je ferme les volets, j'ouvre le tiroir du bas de la commode, et je tâtonne jusqu'à ce que je l'aie trouvé : le journal intime tout défraîchi de mes neuf ans. Pendant une semaine entière, j'avais écrit avec application, décrit les camarades que j'aimais bien et les professeurs qui n'étaient pas gentils avec moi. Et puis, je l'ai abandonné durant cinq années et ne l'ai repris que lorsque j'ai rencontré Bas, le transformant en *scrapbook*.

Il y a la photo de l'école qu'il m'a donnée, en échange

d'une photo de moi. Il y a le mot qu'il avait glissé dans mes livres, où il me disait que mon chandail vert était assorti à mes yeux. Il avait signé B, et c'est la première fois que j'ai réalisé qu'il préférait Bas au lieu de Sebastien. Un surnom formé avec le milieu de son prénom, ainsi que le font de nombreux jeunes Hollandais, plutôt qu'avec le début.

Il y a le ticket de cinéma du premier film que nous sommes allés voir ensemble, celui pour lequel j'avais demandé à ma meilleure amie, Elsbeth, de m'accompagner, au cas où je serais muette comme une carpe face à Bas. Ce souvenir est doublement douloureux car je n'ai plus Elsbeth non plus : elle a suivi un autre chemin.

Il y a le ticket du deuxième film.

Il y a le mouchoir que j'avais utilisé pour essuyer mon rouge à lèvres, le premier soir où il m'a embrassée.

Il y a le mouchoir que j'ai utilisé pour sécher mes larmes le soir où il m'a dit qu'il allait s'engager dans l'armée dès qu'il aurait dix-sept ans. Il y a la mèche de cheveux qu'il m'a donnée lors de la fête organisée en son honneur, la veille de son départ. Je lui ai offert quelque chose aussi : un médaillon avec ma photo à l'intérieur. C'est pour ça que je sais que les jeunes Allemandes peuvent faire de même. J'étais tellement bête à l'époque.

Je me dépêche de refermer le journal, l'enfouis au fond du tiroir et le recouvre de vêtements. Je pense à Bas. Et, sans le vouloir, je repense également à Mirjam Roodveldt. Je m'en veux de perdre mon temps à songer à cette fille qui a disparu de sa cachette, cette fille dont je ne sais rien et qui ne peut que m'attirer des ennuis.

Sauf que je sais une chose d'elle : la revue de cinéma

qui était posée sur une étagère de la réserve – je suis à peu près certaine qu'elle était ouverte à la page d'une photo tirée du *Magicien d'Oz*, un film sur une fille prise dans une espèce de tornade et qui se réveille dans un pays enchanté. Je mourais d'envie de le voir, mais il n'était pas encore sorti en Hollande au moment de la déclaration de guerre. Donc je n'ai jamais vu *Le Magicien d'Oz*, mais en ce moment je pense à Judy Garland en train de chanter dans le petit salon de Bas, pendant que celui-ci me déclare qu'il m'aime, assis sur le canapé, et nous rions comme des fous en chantant avec elle.

Bas aurait accepté d'aider Mme Janssen. J'en suis absolument certaine. Bas aurait dit que cette guerre était l'occasion pour nous de faire quelque chose de concret et d'important. Il aurait considéré ça comme une aventure. Il aurait dit : « Bien sûr que tu vas décider de l'aider toi aussi, la fille que j'aime ne peut qu'être entièrement d'accord avec tout ce que je dis. » Parce qu'il n'aurait rien su de la fille que je suis devenue entre-temps.

Et qu'aurais-je répondu ? Peut-être cela : « Tu crois que je vais être d'accord avec tout ce que tu diras ? C'est vraiment prétentieux de ta part ! » Ou : « Mes parents dépendent entièrement de moi pour leur survie. Venir en aide à Mme Janssen risquerait de mettre en danger toute ma famille. » Ou encore : « Les choses ont bien changé aujourd'hui, Bas. Tu ne peux pas comprendre. »

Je donnerais tant pour pouvoir lui répondre n'importe quoi. N'importe quoi !

Je ne suis plus celle qui aurait été prête à se lancer sur les traces de cette fille. C'est une bonne action idéaliste, et moi je suis pragmatique. C'est un acte plein d'espoir, et moi je n'ai plus d'espoir. Le monde est fou. Je ne peux rien y changer.

Alors pourquoi suis-je encore en train de penser à Mirjam Roodveldt ?

Alors pourquoi ai-je la conviction que cet après-midi, à moins que je ne parvienne à m'ôter cette idée de la tête, je retournerai chez Mme Janssen ?

QUATRE

Qu'est-ce qui a changé dans mon pays depuis deux ans ? Tout et rien.

Au moment où j'enfourche ma bicyclette après déjeuner, le commis de M. Bierman est en train de vendre des légumes à un client, comme si le propriétaire de la boutique n'avait pas été embarqué dans un camion vers un camp d'internement, comme si le monde de Mme Bierman ne venait pas de s'écrouler.

M. Kreuk avait bel et bien du travail pour moi, mais qui faisait partie de mes attributions officielles. Il y a un enterrement demain ; je dois rédiger un faire-part pour le journal et m'arranger avec le fleuriste pour les fleurs. Mais, à treize heures trente, M. Kreuk me montre mon brouillon : je me suis trompée dans l'adresse de l'église.

– Tout va bien, Hanneke ? En général, tu ne fais pas d'erreur.

M. Kreuk est un petit bonhomme tout rond, avec des lunettes rondes qui lui donnent des airs de tortue.

Il cligne des yeux et regarde fixement le bout de ses

chaussures. Cela fait près d'un an que nous nous connaissons, mais il est toujours aussi mal à l'aise. Il y a des jours où je me dis qu'il est devenu entrepreneur de pompes funèbres parce que ça lui était plus facile de passer du temps avec les morts qu'avec les vivants.

– Excusez-moi, je crois que je suis un peu distraite en ce moment.

Il n'insiste pas.

– Je pourrais peut-être m'occuper du faire-part et des fleurs, j'ai d'autres commissions pour toi cet après-midi : passer chez le boucher et ensuite chez Mme de Vries.

Il grimace en prononçant son nom, et je comprends alors pourquoi il ne m'a pas tenu rigueur de mon erreur. En échange, ce sera à moi de traiter avec Mme de Vries.

– Je vous remercie, lui dis-je en enfilant mon manteau avant qu'il ne change d'avis.

Je passerai plus tard chez elle. En attendant, je vais aller voir Mme Janssen.

Dehors, et c'est nouveau, l'inscription « Longue vie au Führer » a été tracée à la peinture blanche encore fraîche sur la façade du bâtiment d'en face, et désormais je verrai ce slogan toutes les fois que je quitterai mon travail. Le propriétaire du magasin l'a-t-il fait pour manifester son soutien aux nazis ou ceux-ci l'ont-ils écrit à des fins de propagande ? C'est toujours difficile à dire.

Des actions ont eu lieu en signe de protestation dès le début de l'Occupation – une grève organisée par les ouvriers, rapidement écrasée, qui a fait de nombreuses victimes. Papa affirme qu'il devrait y en avoir davantage, des grèves. Ça lui est facile à dire, lui dont la jambe l'empêche d'y participer ! Maman pense que les nazis sont des brutes, mais ça ne la dérangerait pas plus que ça s'ils restaient chez eux en Allemagne, elle désire simplement qu'ils quittent son pays à elle. Après la guerre, les gens se retrouveront pour évoquer avec quel courage ils se sont opposés aux nazis, et personne ne voudra se rappeler que le summum de leur « rébellion » aura consisté à arborer un œillet en l'honneur de notre famille royale en exil. À moins que tout le monde ne se mette à parler allemand, parce que les Allemands auront gagné. Il y en aura aussi qui se réjouiront, ceux qui sont pour les nazis, ou qui ont décidé qu'il valait mieux être du côté des envahisseurs. Comme Elsbeth. Elsbeth qui…

Qu'importe !

J'ai failli rebrousser deux fois chemin en me rendant chez Mme Janssen. Une fois en passant devant un soldat qui interrogeait une jeune fille de mon âge, dans la rue, et une autre juste avant de sonner chez elle. Mme Janssen avait une telle mine réjouie et soulagée en m'ouvrant que j'ai failli faire demi-tour une troisième fois, pour la bonne raison que je ne sais pas très bien ce que je fabrique là.

– Tu as décidé de m'aider ! s'exclame-t-elle en ouvrant la porte en grand. J'en étais sûre. Je savais que j'avais eu raison de te faire confiance. Je l'ai vu sur ton visage. Hendrik disait tout le temps…

– Vous n'avez rien dit à personne, hein ? Avant ou après m'en avoir parlé ?

– Non. Mais si tu n'étais pas revenue, je ne sais pas ce que j'aurais fait. Je n'ai pas cessé d'y penser…

– Madame Janssen… Arrêtez. Rentrons…

Je l'attrape par le coude et l'emmène dans son salon

où nous nous asseyons sur le canapé au tissu à fleurs défraîchi.

– D'abord, je n'ai pas accepté de vous aider, lui dis-je pour que les choses soient claires. Je suis venue en discuter avec vous. Pour y réfléchir. En attendant, nous allons juste parler de Mirjam et je réfléchirai. Mais je ne suis pas détective, et je ne vous promets rien du tout.

– Je comprends, répond-elle en hochant la tête.

– Parfait. À présent, dites-m'en un peu plus.

– Tout ce que tu voudras. Que veux-tu savoir ?

Ce que je voudrais savoir ? J'ignore totalement quel genre de question pourrait poser un policier. Mais, en général, quand je me mets en chasse de quelque marchandise au marché noir, je m'arrange pour avoir une description précise de la chose. S'il s'agit de chaussures, je me renseigne sur la couleur et la pointure désirées.

– En supposant que je serais prête à vous aider, ce serait bien que je sache à quoi ressemble Mirjam. Vous avez des photos ? Mirjam en avait-elle emporté ? Des photos de famille ?

– Elle n'a eu le temps de rien prendre du tout. Juste les vêtements qu'elle avait sur le dos.

– Lesquels ? Comment était-elle habillée quand elle a disparu ?

Mme Janssen ferme les yeux et réfléchit.

– Jupe marron. Chemisier crème. Et son manteau. Il y avait tellement de courants d'air dans l'atelier de menuiserie qu'il fallait garder son manteau tout le temps. Elle le portait donc par-dessus ses habits. Il était bleu.

– Ce bleu-là ? demandé-je en montrant les soucoupes bleu roi en porcelaine de Delft dans le vaisselier.

– Plutôt bleu ciel… par beau temps. Avec deux rangées de boutons argentés. Je lui ai prêté d'autres vêtements quand elle était là, mais lorsqu'elle a disparu il ne manquait que ceux avec lesquels elle était arrivée.

Je lui pose des tas de questions sur tous les détails physiques qui me viennent à l'esprit, dressant mentalement le portrait de cette fille. Cheveux bruns bouclés jusqu'aux épaules. Nez fin. Yeux gris-bleu.

– Les voisins des Roodveldt ont peut-être une photo, suggère Mme Janssen. Après leur disparition, ils ont peut-être essayé de sauver des affaires dans leur appartement.

– Que savez-vous de leurs voisins ?

Mme Janssen secoue la tête : cela signifie que je ne peux pas aller chez eux et leur poser des questions, dans la mesure où l'appartement des Roodveldt doit déjà être occupé par une famille du NSB. Amsterdam est une ville très peuplée où, même en temps normal, il est difficile de se loger. Donc en ce moment, dès qu'une famille juive disparaît, une famille de sympathisants nazis surgit à sa place en faisant comme si elle avait toujours habité là. Par ailleurs, la guerre monte les gens les uns contre les autres ; il se pourrait que ce soit leurs propres voisins qui aient dénoncé aux autorités allemandes la cachette des Roodveldt.

Où pourrais-je trouver une photo ?

– Êtes-vous allée voir à l'atelier de menuiserie, là où ils se cachaient ?

Mme Janssen acquiesce.

– Le lendemain du jour où Hendrik a été… le lendemain du jour où tout est arrivé. Complètement saccagé. Les Allemands ont presque tout emporté, à moins qu'il n'y ait pas eu grand-chose à prendre. La secrétaire de

Hendrik a peut-être essayé de sauver quelques bricoles, mais elle est partie en voyage de noces le lendemain de la rafle. Je peux lui écrire, mais j'ignore la date de son retour.

– Mirjam allait-elle en classe ?

– Oui, au lycée juif depuis la guerre. Je ne sais pas où c'est.

Moi, oui. Il est au bord de l'Amstel, dans un grand bâtiment de briques rouges aux hautes fenêtres. Je passe devant tout le temps, et l'ajoute à présent au dossier de Mirjam. J'ai enfin un lieu où situer la fille que j'ai imaginée dans ma tête.

– Qu'est-ce qui va se passer maintenant ? demande Mme Janssen. Tu vas en discuter avec tes amis ?

– Mes amis ?

– Ceux qui vont t'aider ? Qui connaissent ce genre de choses ?

Je commence à comprendre pourquoi Mme Janssen a fait appel à moi. Parce qu'elle n'a aucune idée de la façon dont fonctionnent les activités clandestines. La Résistance, le marché noir… elle croit qu'il s'agit d'un seul et même réseau qui partage les informations et conspire contre les Allemands. Mais ce que je fais pour M. Kreuk ne marche que parce que je ne suis qu'un minuscule maillon de la chaîne. Si j'étais arrêtée et interrogée sur les activités de mon patron, je pourrais dire que j'ignore totalement qui y est mêlé, et ce serait la vérité.

Je n'ai aucun réseau de Résistance. Les petits commerçants qui profitent de la situation ne me seront d'aucune utilité pour mes investigations. À vrai dire, je n'ai rien, hormis le portrait imaginaire d'une fille que je n'ai jamais vue et que je n'ai pas encore promis de retrouver.

– Il faut que je revoie encore une fois la cachette.

Mme Janssen débloque le crochet secret et me fait entrer.

– J'ai déjà regardé ! me lance-t-elle. J'ai tout fouillé hier avant que tu arrives.

J'attends que mes yeux s'habituent à l'obscurité. L'espace, d'environ un mètre cinquante de large, est presque entièrement occupé par le lit déplié. Je retire la couverture, j'examine le drap en dessous, et fais de même avec le matelas et l'oreiller. Posée sur l'étroite étagère, la revue que j'avais remarquée la veille, un numéro datant d'avant la guerre. Mme Janssen devait l'avoir gardée parmi d'autres vieilleries et donnée à Mirjam pour qu'elle ait quelque chose à lire.

Aucune annotation sur les pages du magazine, mais je découvre, glissé dessous, le dernier numéro du *Het Parool*, le journal que Mme Janssen m'avait dit avoir prêté à Mirjam. Les gens lisent avidement les journaux issus de la Résistance, et se les passent. Le jeune coursier de Mme Janssen ou ses voisins ont pu lui remettre celui-ci.

Je replie l'*opklapbed* pour inspecter le sol en dessous et soulève la carpette.

Rien. Rien nulle part.

Mais qu'espérais-je trouver ? Une lettre de Mirjam indiquant où elle allait ? Une trappe sous laquelle un nazi aurait pu se cacher avant d'emmener Mirjam ? Quand je ressors à la lumière en me frottant les yeux, Mme Janssen refait du café.

– Votre voisine d'en face est-elle chez elle en ce moment ? Mme Veenstra ? Celle dont le fils a eu des ennuis avec son vélo…

– Je ne crois pas. Tu voulais lui poser des questions ? me demande Mme Janssen en fronçant les sourcils. Elle n'est pas au courant de l'existence de Mirjam.

Je secoue la tête.

– Mettez-vous derrière la porte et, d'ici cinq minutes, ouvrez-la et sortez. N'importe quand dans les cinq minutes. Et ne me prévenez surtout pas avant !

Serrant mes bras autour de ma taille pour me protéger du froid, je traverse la rue et me poste sur le perron de chez Mme Veenstra, en tournant le dos à la maison de Mme Janssen. Au bout d'une minute, je l'entends : un cliquetis parfaitement audible, immédiatement suivi par un aboiement. Je me retourne : Mme Janssen me regarde, l'air intrigué.

– Je ne comprends pas, m'avoue-t-elle une fois rentrée chez elle. Qu'est-ce que tu fabriques ?

– Je m'en suis aperçue ce matin quand Christoffel est reparti avec le lit pliant. Votre porte est si vétuste et lourde qu'on ne peut pas l'ouvrir discrètement. Aussitôt le chien d'à côté...

– Fritzi, précise Mme Janssen. Le schnauzer du fils des voisins.

– Oui, dès que ce chien entend la porte, il aboie. Quand bien même auriez-vous regardé dans l'autre direction, vous auriez entendu le chien et vu Mirjam sortir par la porte de devant.

– C'est bien ce que je disais, réplique-t-elle avec humeur. Je te l'ai dit : elle n'a pas pu sortir par cette porte. Et j'ai déjà fouillé toute sa cachette. Tu perds ton temps à refaire ce que j'ai fait !

– Et vous l'avez retrouvée ?

Mon ton est beaucoup plus cassant que nécessaire ; je masque mon inexpérience par une assurance factice.

– Vous n'arrêtez pas de me dire que je fais des choses que vous avez déjà faites, mais tant que vous ne l'aurez pas retrouvée, je dois tout vérifier par moi-même. Maintenant, conduisez-moi à la porte de derrière.

Elle ouvre la bouche, probablement pour me répéter que Mirjam n'a pas pu s'enfuir par là à cause du loquet intérieur, puis se ravise.

C'est une porte en chêne massif, et l'on voit tout de suite qu'elle ne ferme plus bien. L'âge et le tassement de la maison l'ont voilée, de sorte que la partie supérieure s'écarte de l'encadrement. C'est pourquoi Mme Janssen a installé un loquet. Il est lourd, en métal et, une fois enclenché, il maintient la porte hermétiquement close. Sinon, un filet d'air s'infiltre par le haut.

Elle a raison. Je ne vois pas comment on pourrait sortir par cette porte et refermer le loquet derrière soi.

Mme Janssen me regarde fixement. Je ne lui ai pas dit que je l'aiderais, pas formellement en tout cas. Et pourtant, je suis toujours là. C'est tellement dangereux, beaucoup plus que tout ce que je me suis autorisée à entreprendre jusqu'à présent.

Mais Mme Janssen a fait appel à moi, tout comme M. Kreuk, et je suis imbattable pour dénicher des tas de choses.

Je sens que je suis en train de me laisser absorber par ce mystère. Peut-être parce que Bas aurait agi de même à ma place. Peut-être parce que c'est une autre façon d'enfreindre les règles. Mais peut-être aussi parce que, dans un pays où plus rien n'a de sens, dans une situation mondiale que je suis impuissante à résoudre, il représente un tout petit élément à ma portée. Il faut que je me rende à son lycée, là où ils auront peut-être une photo d'elle, là où je comprendrai un peu mieux qui elle est. Car, à supposer que Mme Janssen ne se trompe pas dans les horaires, à supposer que le chien aboie dès qu'on franchit le seuil de cette maison, à supposer que Mirjam n'ait pas pu sortir par la porte de derrière, à supposer que tout cela soit exact, cette fille m'a tout l'air d'être un fantôme.

CINQ

Cela fait près d'une heure que j'ai suspendu mes missions quotidiennes. Si je ne reprends pas mes livraisons, c'est Mme de Vries qui va se plaindre.

La queue chez le boucher s'étire presque au-delà de la porte ; des ménagères harassées vont échanger leurs combines sur les endroits où se procurer des produits si difficiles à trouver. Je n'attends pas. Je n'attends jamais. À peine le boucher m'a-t-il vue entrer qu'il me fait signe d'approcher avant de disparaître dans son arrière-boutique. Il m'a fallu au moins une dizaine de visites pour arriver à établir cette relation. La première fois, je l'ai entendu dire à l'une de ses clientes que sa fille adorait dessiner. La deuxième fois, je lui ai apporté des crayons de couleur en lui disant que je les avais retrouvés au fond de mon placard. Or ils étaient manifestement tout neufs, et j'ai guetté sa réaction : allait-il s'autoriser à croire un petit mensonge s'il lui permettait d'obtenir ce dont il avait envie ? Ensuite, j'ai fait allusion à une certaine grand-mère malade, et à ses riches amis, malades eux aussi, mais prêts à payer un peu plus cher pour un supplément de viande.

Le boucher revient avec un paquet enveloppé dans du papier blanc.

– Ce n'est pas juste ! proteste une femme derrière moi.

Elle a raison : ce n'est pas juste. Les autres clientes ne m'aiment pas particulièrement. Elles m'aimeraient davantage si j'étais aussi affamée qu'elles, mais pour ma part je ne tiens pas à mourir de faim.

– Sa grand-mère est malade, explique le boucher. Elle doit s'occuper de toute sa famille à la maison…

– C'est ce qu'on fait toutes ! renchérit la femme.

Elle est fatiguée. Tout le monde est fatigué de faire la queue depuis si longtemps dans toutes les boutiques.

– C'est uniquement parce que c'est une jolie fille, poursuit-elle. Est-ce que vous laisseriez un garçon nous passer devant ?

– Certainement pas s'il ressemblait à ton fils !

Dans la file, les gens éclatent de rire, soit parce qu'ils trouvent ça drôle, soit parce qu'ils tiennent à se faire bien voir de l'homme qui leur fournit de quoi manger. Le boucher se tourne vers moi avec un sourire et me chuchote qu'il a ajouté un petit quelque chose dans mon paquet, pour moi et ma famille.

Il a commencé à pleuvoir pendant que j'étais chez le boucher, de grosses gouttes de neige fondue. Les rues sont sombres et glissantes. Je range la viande dans mon panier en la cachant sous un journal, trempé en moins de cinq minutes. En arrivant devant chez Mme de Vries, je claque des dents tandis que ma jupe dégouline et que mes chaussures se remplissent d'eau, ce qui aurait été plus embêtant si je n'avais pas déjà eu les pieds mouillés. Les semelles de mes souliers sont complètement usées et prennent l'eau. Je frappe à la porte, derrière laquelle j'entends de légers tintements de vaisselle en porcelaine.

– *Hallo ! Hallo !*

Mme de Vries finit par m'ouvrir, toujours aussi élégante, en robe de soie bleue et bas avec couture. Elle a une trentaine d'années, une mine hautaine, deux jumeaux exaspérants et un mari éditeur d'un magazine féminin qui passe tellement de temps au bureau que je ne l'ai croisé qu'une seule fois.

– Entre, Hanneke.

Mme de Vries m'invite d'un geste vague, sans songer à prendre au passage son paquet ni à me remercier d'avoir fait le déplacement sous une pluie battante rien que pour lui apporter un morceau de bœuf.

– Nous prenons le thé avec ma voisine. Tu n'as plus d'autres courses, n'est-ce pas ? Alors attends à la cuisine que nous ayons terminé.

Elle fait un petit signe de tête à la femme plus âgée assise sur le canapé mais ne nous présente pas. Il est clair qu'elle n'a pas l'intention d'interrompre leur conversation pour s'occuper de moi. Mme de Vries fait partie de ces gens qui se comportent comme si la guerre n'était qu'un épiphénomène quelque peu désagréable. Aujourd'hui, je décide d'ignorer sa proposition de l'attendre à la cuisine, bien que pour elle il s'agisse évidemment d'un ordre. Comme je ne tiens pas à lui faciliter la tâche ni à ce qu'elle m'oublie, je pose son colis sur une table dans l'entrée et patiente, ruisselante.

La voisine en question, une femme grisonnante, lève un sourcil en me considérant et se racle la gorge avant de se retourner vers Mme de Vries.

– Comme je vous le disais : disparus. Je ne l'ai appris que ce matin.

– C'est incroyable ! réplique Mme de Vries. Personne ne sait où ils sont allés ?

– Comment le saurions-nous ? Ils ont filé en pleine nuit.

– Hanneke, veux-tu bien aller nous chercher d'autres petits gâteaux à la cuisine ? me lance Mme de Vries en tendant vers moi une assiette pleine de miettes pour que je vienne la prendre.

Une boîte de biscuits achetée dans le commerce, à demi entamée, est posée sur la table de la cuisine. J'en fourre deux dans ma bouche tout en remplissant l'assiette. Une paire d'yeux me contemple gravement du coin de la pièce. L'un des jumeaux. Je suis incapable de me rappeler leurs prénoms et de les distinguer l'un de l'autre ; ils sont également pourris gâtés. Je pourrais lui donner un petit gâteau mais, au lieu de cela, j'en enfourne exprès un autre dans ma bouche et me lèche les babines.

– Alors vous pensez qu'ils sont allés se cacher ? demande Mme de Vries à sa voisine. Ils n'ont pas été raflés ?

– Non, non, certainement pas. Je le saurais. J'ai des amis au NSB. Je leur ai dit plusieurs fois qu'une famille juive habitait dans mon immeuble. S'ils avaient été arrêtés, j'aurais été au courant. Les Cohen sont partis comme des voleurs en pleine nuit !

J'apporte les biscuits au salon en faisant le plus de bruit possible afin d'attirer l'attention de Mme de Vries. Elle boit son café à petites gorgées.

– J'ai du mal à croire que personne ne les ait vus ! Vous êtes sûre ?

– J'espérais au moins pouvoir jeter un coup d'œil sur leur appartement. Mon fils et son épouse voudraient quelque chose de plus grand – elle attend un bébé, vous comprenez – et ce serait tellement pratique de les avoir dans l'immeuble.

La voisine est ignoble. Elles le sont toutes deux, avec leur soutien mielleux et obséquieux aux nazis. Mais elles sont riches aussi. Cela m'étonnerait que M. Kreuk ait des scrupules d'ordre moral au moment de choisir ses clients. S'ils peuvent payer, ils peuvent acheter.

– Madame de Vries…

Je me décide à l'interrompre en indiquant la fenêtre ; le ciel est couvert mais il ne pleut plus.

– Excusez-moi, je vais devoir partir. Il pleuvait à seaux tout à l'heure, mais on dirait que ça s'est calmé. Puis-je vous laisser vos affaires ?

Si sa fouineuse de voisine n'avait pas été là, Mme de Vries aurait insisté pour vérifier le contenu de son paquet. En l'occurrence, elle se contente de lever un sourcil.

– Je ne savais pas que ton emploi du temps était si rempli, Hanneke. Va me chercher mon sac dans le placard de l'entrée.

Elle me tend plusieurs billets, que je ne prends même pas la peine de recompter avant de les ranger dans ma poche et de m'en aller, en laissant derrière moi des traces de pas humides sur le parquet.

Le lycée juif. Y vais-je tout de suite ? Il est un peu plus de quinze heures, et cette journée, que j'ai commencée en déposant un rouge à lèvres à une femme logée chez ses grands-parents, s'est révélée fort différente, et je me sens brusquement épuisée. Je suis épuisée par la dimension qu'elle a prise. Je suis épuisée par ces défis quotidiens qui ne cessent de m'épuiser : les soldats, les panneaux, les secrets, les stratagèmes et les difficultés. Je suis assez épuisée pour savoir que je n'irai probablement pas tout de suite au lycée, car, alors, je ne réfléchis pas assez vite. Ça, je l'ai appris grâce au marché noir.

Par contre, c'est le moment idéal pour pénétrer discrètement dans une école. C'est l'heure où les élèves doivent sortir de cours et rentrer chez eux, et cette agitation est propice à ce qu'une étrangère à l'établissement puisse y circuler en toute tranquillité. Le lycée n'est pas très loin, je dois pratiquement passer devant pour rentrer à la maison. Et quand on doit trouver des choses, autant les dénicher le plus vite possible, avant de se faire doubler par quelqu'un d'autre. C'est aussi le marché noir qui m'a appris ça.

Je pousse ma bicyclette jusque devant le lycée. L'architecture du bâtiment me rappelle celle de l'établissement que je fréquentais.

Trois ans plus tôt, à cette heure-ci, mes amis et moi étions tous assis sur les marches de notre lycée et discutions de ce que nous allions faire avant de rentrer chez nous. Elsbeth déclarait qu'elle n'avait pas assez d'argent pour aller où que ce soit, avant de se rasseoir, tandis que deux ou trois garçons se chamaillaient pour savoir lequel d'entre eux lui offrirait un café ou un gâteau, et elle me faisait un clin d'œil pour que je comprenne qu'en réalité elle avait assez d'argent – mais elle adorait faire son cinéma ! D'autres protestaient, arguant du fait qu'ils avaient du travail. Pour finir, Bas annonçait qu'on irait tous chez Koco et que, pour sa part, il raterait délibérément le contrôle pour que la moyenne générale soit favorable à ceux qui s'inquiétaient tellement pour leurs devoirs.

Aujourd'hui, Elsbeth a disparu, mais d'une manière à laquelle je préfère ne pas penser.

Et les propriétaires du Koco étaient juifs. Neuf mois après l'invasion, une bagarre a éclaté dans leur boutique, ce qui a conduit à la première des grandes rafles et fait des centaines de victimes.

Et Bas n'aura plus jamais aucun devoir à faire.

Ma vie s'est écroulée tout entière, brique après brique. C'est arrivé il y a deux ans et demi, mais quand je me retrouve devant ce lycée, j'ai l'impression que c'était il y a deux semaines. Ou que c'est encore en train d'arriver, encore et encore, jour après jour…

Tout est calme dans l'établissement. D'un calme inquiétant. Pas un élève dans les couloirs, pas un bruit dans les salles. Au début, j'ai cru que j'avais mal calculé mon heure, et que la journée était terminée, mais en jetant un coup d'œil dans l'une des classes, j'ai vu qu'il y avait bel et bien des élèves en cours ; ils étaient simplement peu nombreux, rien que cinq dans cette salle. Les autres avaient dû disparaître, pris par les Allemands ou cachés quelque part, voire pire. Toute une école ravagée. C'était l'univers de Mirjam. Jusqu'au jour où elle a dû se cacher, c'est là qu'elle passait ses journées et qu'elle a laissé des traces de sa présence, du moins je l'espère.

Deux élèves, d'une douzaine d'années, lèvent la tête à mon passage devant leur salle de classe. Je leur fais un petit signe pour leur signifier que je ne leur veux aucun mal, mais la peur se lit aussitôt sur leur visage et elles me suivent des yeux jusqu'à ce que j'aie dépassé la pièce.

Dans la salle suivante, un homme mince à lunettes fait cours devant un tableau noir, pendant que, dans un coin, une jeune fille prend sagement des notes. C'est à cette place que j'avais l'habitude de m'asseoir, devant au coin à droite, et Bas cherchait toujours à attirer mon attention quand il passait dans le couloir, écrasant son nez contre la vitre ou articulant « baaar-bant » en désignant le professeur. À l'autre coin, l'un des garçons croise mon regard. Et il me fait un clin d'œil. Puis il rit, alors le professeur se retourne et lui ordonne de se tenir tranquille. Le garçon est brun, il a le visage tout rond et n'a rien à voir avec Bas, mais son expression lui ressemble tellement que je recule aussitôt en m'efforçant de chasser ces souvenirs.

Ce n'était pas une bonne idée de venir au lycée. Je ne sais pas pourquoi je ne me suis pas écoutée. C'était dangereux et trop improvisé. N'importe qui pourrait me surprendre, et je n'ai aucune fable à leur servir au cas où. Il faudra que je revienne pour la photographie. Je reviendrai avec du vrai café, je reviendrai avec un cadeau en échange.

« Baaar-bant », disait Bas derrière la vitre de la salle de classe.

Ce bâtiment est un véritable labyrinthe. Je ne sais plus par où je suis entrée. Il y a une sortie en face de moi, et tout en sachant que je ne suis pas passée par là, je me dirige droit devant.

– Je peux t'aider ?

Une jeune femme se tient sur le seuil de ce que je suppose être le secrétariat scolaire. Elle est plus grande que moi, mais ne semble pas être beaucoup plus âgée, le regard vif et méfiant, les cheveux remontés en chignon sur le sommet du crâne. Elle porte un cardigan sur lequel est cousue une étoile jaune : *Jood*.

– Tu es perdue ?

– Je partais.

Elle me rattrape et s'interpose entre la porte et moi.

– Mais que faisais-tu ici ? Tu n'es pas du lycée.

– Je…

Mais aucun mensonge ne me vient à l'esprit, contrairement à d'habitude.

– Je cherchais une photo.

– De ?

– D'élèves.

– D'élèves, répète-t-elle. Et de quels élèves ?

– Ce n'est pas grave. Je reviendrai à un autre moment. Je ne voulais pas vous déranger.

J'essaie de la contourner, mais elle se déplace de sorte que la seule façon dont je pourrais sortir ce serait en la poussant franchement. Elle me teste, pour voir jusqu'où je suis prête à aller pour obtenir ce que je suis venue chercher.

– De qui ? insiste-t-elle. Pour quelle raison es-tu là en vérité ?

Elle m'attrape par le bras.

– Pour quelle raison es-tu là en vérité ? répète-t-elle plus doucement.

– Bas, murmuré-je sans réfléchir.

Ça m'a échappé. La contenance qui était la mienne un quart d'heure plus tôt s'effrite peu à peu. Tout dans ce lycée me le rappelle : l'odeur du tableau noir et des tables, son emploi du temps que j'avais appris par cœur pour savoir à quelle minute précise je pourrais le croiser dans le couloir. Ce n'était pas un élève appliqué, mais il réussissait parce que tout le monde l'aimait, ses camarades comme ses professeurs.

Elle redresse vivement la tête et me serre plus fort le bras.

– Nous n'avons aucun élève de ce nom-là. Qui est Bas ?

Et là, je donne libre cours à toutes les émotions que j'ai eu tant de mal à contenir.

– Bas est mort. Je l'aimais.

Ses traits s'adoucissent, mais son regard est toujours aussi soupçonneux.

– Je suis désolée. Mais nous n'avons pas de photo de lui. Qui qu'il soit. D'ailleurs nous n'avons aucune photo. Elles ont toutes brûlé dans un incendie il y a quelques semaines.

– Je vais y aller…

Elle ne m'avait toujours pas lâchée.

– Non, je ne crois pas. Je devrais te conduire chez le principal. Tu n'avais pas le droit d'entrer ici !

Reprenant peu à peu mes esprits, je tords le bras pour l'obliger à lâcher prise et lui passe devant.

– Il faut que j'y aille !

– Attends. Comment tu t'appelles ?

Mais elle ne me dénoncera pas. Auprès de qui le pourrait-elle ? Une Juive ne tiendrait à attirer l'attention sur elle sous aucun prétexte, même pour signaler un délit. Elle n'a aucun recours.

– Attends, répète-t-elle, mais sans grande conviction.

Je me dirige vers la sortie, et elle ne fait rien pour me retenir. Je la sens toutefois me suivre du regard alors que je franchis les portes d'un bâtiment qui me rappelle tant de souvenirs douloureux.

Tandis que je pédale vers la maison, le vent froid me cingle le visage et me ramène à la raison. Je suis furieuse contre moi. Tout ce que j'avais à faire, c'était trouver une photo et j'avais échoué. J'aurais dû venir avec mon vrai café en guise de petit cadeau et une histoire bien ficelée. J'aurais pu raconter que je recherchais une fille que je gardais quand elle était petite ou qui était ma voisine. J'invente ce genre d'histoire tous les jours. C'est ce que j'aurais dû faire, et là j'ai gâché l'une des rares pistes que j'avais. Stupide. Pas sérieux. Dangereux.

Je fais encore quelques courses pour maman, et au moment où je m'apprête à rentrer à la maison, des soldats ont bloqué les rues que j'emprunte normalement. Ils défilent, une fois de plus ; l'occasion pour eux de parader avec leurs casques et leurs bottes noires. Ils chantent aussi. Aujourd'hui, c'est *Erika,* une chanson où il est question de filles et de fleurs allemandes. Elle me rentre dans le crâne malgré moi et n'en sort plus, musique et paroles tournant en boucle.

Lorsque j'arrive enfin devant chez moi, je ne tiens plus debout. Une odeur veloutée m'accueille dès l'entrée. Maman a fait du chocolat chaud. Pourquoi ça ? Je lui ai pourtant dit que le peu qu'il nous reste devait être réservé à un événement particulier. Maman n'est pas du genre à fêter n'importe quoi, du moins plus maintenant.

Du chocolat chaud… Aurais-je oublié un anniversaire ?

Je défais mon écharpe encore mouillée et la suspends au crochet, près de la porte. Si j'avais été plus jeune, je me serais installée tranquillement devant mon chocolat et j'aurais raconté ma journée à maman. Si je n'avais pas eu à faire marcher cette maison, j'aurais dit à mes parents qu'on m'avait chargée d'une mission trop compliquée pour moi et j'aurais laissé ma mère me caresser les cheveux.

– Nous avons une visite, m'annonce-t-elle.

Je ne saurais dire si elle arbore son sourire sincère ou bien le faux, car ses lèvres ont oublié ce que c'était de sourire avec naturel. Celui-ci a presque l'air sincère.

C'est seulement alors que je découvre la personne assise en face de mon père – les cheveux, les taches de rousseur, le nez légèrement busqué – que mon cœur fait un bond dans ma poitrine et se serre dans le même mouvement.

«Bas.»

Évidemment ce n'est pas Bas. Je me sens suffisamment seule pour y croire une fraction de seconde, mais je n'ai pas assez confiance en l'avenir pour y croire une seconde supplémentaire. Ce n'est pas Bas, c'est Ollie.

SIX

Ollie. Olivier. Laurence Olivier, quand Bas faisait de l'esprit, en hommage au grand acteur anglais. Le frère aîné de Bas, si sérieux, qui lui ressemble sauf qu'il n'a pas les cheveux aussi roux, ni les yeux aussi bleus; et maintenant que je le vois assis en compagnie de mon père, je m'aperçois qu'il ne ressemble pas tant que ça à Bas, pas du tout même. C'était juste une illusion d'optique et du cœur.

Ollie finissait sa première année de fac à la mort de Bas; aujourd'hui, il doit avoir pratiquement terminé ses études. Ils n'ont jamais été proches. Bas était prompt à rire, et Ollie se prenait très au sérieux. Chez eux, les samedis soir, Ollie poussait de gros soupirs dès qu'il trouvait que Bas et moi l'empêchions de travailler. Je ne l'ai pas revu depuis la commémoration, l'horrible cérémonie sans corps où Mme Van de Kamp s'accrochait en pleurant à Ollie, tandis que moi, j'avais tellement mal au ventre parce que j'avais aussi envie de pleurer et que je ne m'en sentais pas le droit. Un jour, au début, j'ai essayé de m'arrêter chez eux, mais

Mme Van de Kamp m'a fait comprendre qu'elle ne voulait pas me voir, et franchement, je ne peux pas lui en vouloir.

Mais aujourd'hui Ollie est chez moi, dans mon salon, en train de perdre aux échecs contre mon père.

– Qu'est-ce qui t'amène ?

Il s'est levé pour m'embrasser poliment sur les deux joues.

– Ma mère. Elle se demandait ce que tu devenais, alors je lui ai dit que la prochaine fois que je serais dans votre quartier je passerais vous voir, toi et ta famille.

– Et c'est une bonne surprise, se réjouit mon père. Parce qu'Ollie est mauvais aux échecs et qu'il a accepté de jouer de l'argent.

Voilà pourquoi je ne veux pas me trouver dans le voisinage d'Ollie. Parce qu'il n'y a pas que son apparence qui soit un problème. Bas aurait battu mon père à plate couture aux échecs, tout en le mettant allègrement en boîte, tandis que mon père aurait fait semblant d'en être affecté. Ollie perd méthodiquement et avec grâce. Ollie n'est qu'un ersatz de Bas.

– Vous avez fait le chocolat, remarqué-je pour dire quelque chose.

Et aussi parce que je ne peux m'empêcher d'insinuer que cette visite ne méritait pas un tel traitement.

– Elle n'en avait pas l'intention, dit mon père en montrant ma mère. C'est moi qui ai insisté.

– Et moi, j'ai insisté pour qu'elle ne le fasse pas, intervient Ollie. Je savais que je ne pouvais pas rester longtemps. C'était inutile de le gâcher pour moi.

Il n'a pas dû insister beaucoup. Sa tasse est presque vide.

– Voulez-vous rester pour dîner, Olivier ? demande ma mère. Ce sera épinards et pommes de terre avec la peau.

De l'autre côté de la pièce, mon père grimace à cette précision. Le Bureau de l'éducation à la nutrition a distribué des tonnes de prospectus pour nous encourager à manger les pommes de terre avec la peau, à boire du lait écrémé, à goûter à la cervelle de génisse. Ma mère suit religieusement les recettes proposées, son unique façon de reconnaître l'état de guerre.

– Je serais ravie d'ajouter une assiette. Mais nous allons dîner tard ce soir, et vous n'aurez peut-être pas le temps de rentrer avant le couvre-feu.

Maintenant, je sais que le sourire de ma mère est forcé. Il est à peine plus de six heures du soir et le couvre-feu n'entre pas en vigueur avant huit heures. Ollie aurait largement le temps de rentrer chez lui. C'est simplement qu'en invitant Ollie à dîner, même si elle l'aime bien, ça la change de ses habitudes, ce qui l'inquiète toujours.

– Merci, madame Bakker. Mais j'ai déjà dîné. En fait, je pensais que Hanneke aurait pu faire un petit tour avec moi.

Il se masse exagérément le cou.

– J'ai passé presque toute la journée à travailler, penché sur mes bouquins. Ce serait bien de sortir un peu et d'échanger des nouvelles.

Maman jette un coup d'œil sur la pendule.

– Juste au bout de la rue, lui assure-t-il. Je la ramène avant le couvre-feu.

Il tend le menton en direction du manteau que je n'ai pas eu le temps d'ôter.

– Et regarde, tu es toute prête. Mais si tu préfères, on peut aussi rester ici et discuter avec tes parents.

Quelque chose dans sa dernière suggestion me laisse à penser que son invitation n'en est pas véritablement une, après tout. Il propose que nous allions nous promener tous les deux, mais il précise que, sinon, il dira ce qu'il a à dire devant mes parents.

– Je reviens tout de suite, rassuré-je ma mère, avant de me retourner vers Ollie : tout de suite.

Bien que la pluie ait cessé, il fait encore très humide, ce genre d'humidité qui vous transperce et vous glace jusqu'aux os.

Ollie ne prend pas la peine de m'offrir son bras. Il enfonce juste soigneusement ses mains dans ses poches et se met en marche, supposant que je vais le suivre, et comme je n'ai pas le choix, c'est ce que je fais.

– Ça fait longtemps, me dit-il. Tes cheveux ont poussé. Tu as vieilli.

– Ça vaut mieux que l'autre possibilité, lancé-je du tac au tac en reprenant la plaisanterie de mon père chaque fois que quelqu'un lui dit qu'il a vieilli.

Ollie penche la tête sur le côté.

– C'est quoi l'autre ?

Alors là, je ne sais plus quoi dire, car l'unique alternative c'est la mort, et depuis celle de Bas, Ollie et moi avons abandonné ce genre de plaisanteries.

– Où va-t-on ? demandé-je au lieu de répondre à sa question.

Il hausse les épaules, comme s'il n'y avait pas réfléchi.

– Het Rembrandtplein ?

C'est l'une de mes places préférées à Amsterdam, avec la statue du peintre au centre et des cafés tout autour, où maman m'emmène quand on veut se faire plaisir. Un café pour elle et un lait chaud à l'anis pour moi. Cela fait deux ans et demi que je ne peux plus supporter le goût du lait anisé. J'étais en train d'en boire quand j'ai entendu à la radio que les Pays-Bas avaient capitulé.

Ollie m'a posé des questions sur mon travail, et moi sur ses études ; il m'a dit qu'il n'habitait plus chez ses parents et qu'il avait emménagé avec un camarade, plus près de l'université. Mais je sens bien que nous nous écoutons à moitié et, une fois au coin de la rue, je cesse de faire semblant.

– Pourquoi es-tu venu en réalité, Ollie ? Je ne crois pas que ta mère ait juste pensé à moi…

– Je suis persuadé qu'elle pense à toi tous les jours, car tu es intimement liée à Bas.

J'ignore s'il a dit ça en sachant à quel point ça me fait mal.

– Mais tu as raison, poursuit-il. Ce n'est pas pour ça que je suis venu.

Devant nous, un autre couple marche lentement, la tête penchée l'un vers l'autre, comme deux personnes tombées amoureuses depuis peu. Ollie s'arrête, sous prétexte de lire une plaque sur un mur, mais j'ai moi-même assez utilisé ce subterfuge pour comprendre qu'il veut mettre une certaine distance de manière à ce que le couple ne l'entende pas.

– Qu'est-ce que tu faisais au lycée juif, Hanneke ?

– Où ça ?

Il repose sa question.

J'avale ma salive.

– Pourquoi serais-je allée au lycée juif ?

– Tu crois vraiment que tu as besoin de me mentir ?

– J'ai terminé mes études au lycée. Pas avec des notes comme les tiennes, mais j'ai mon diplôme et tout !

– Hanneke, cesse de faire l'idiote ! Ce n'est pas ma mère qui m'attend tous les soirs et s'inquiète à cause du couvre-feu. On peut en discuter jusqu'à l'aube ou jusqu'à ce qu'on se fasse arrêter. C'est comme tu voudras…

Il a un sourire crispé, et je renonce.

– Et même si j'y étais, comment tu le sais ?

– Mon amie Judith est la secrétaire du lycée. Elle est passée me voir il y a une heure car elle trouvait étrange ce qui venait de se produire.

Judith. Ce devait être la jeune femme juive au regard pénétrant et au chignon en bataille.

– Judith m'a dit qu'une fille était entrée dans le lycée, sous prétexte de chercher des photos d'un garçon prénommé Bas, qu'elle aimait et qui était mort. Elle a eu très peur. Elle a pensé qu'il pouvait s'agir de quelqu'un envoyé par les nazis, et elle est venue me voir parce qu'elle était terrorisée.

Le couple devant nous s'est arrêté lui aussi. La femme a l'air furieuse. Donc, il ne s'agit pas d'un premier rendez-vous, contrairement à ce que je croyais, mais de gens qui se connaissent depuis assez longtemps pour se disputer.

– Mais comment sais-tu que c'était moi ?

– J'ai demandé à Judith de me décrire la personne qui s'est présentée, et elle m'a dit que c'était une fille assez grande, de dix-huit ans environ, aux cheveux blond miel et aux yeux verts… furibards. Elle m'a dit que c'était… attends que je retrouve exactement ses termes… « … la fille idéale pour la propagande aryenne de Hitler ».

Il se tait, me laisse la possibilité de me défendre. Je n'essaie même pas. Il y a des photos de moi chez les Van de Kamp. Il a fort bien pu en montrer une à Judith, lui permettant de confirmer que c'était bien moi qu'elle avait vue.

Nous sommes arrivés au pied de la statue, au centre de la place. Ollie me tire par la manche pour m'obliger à lui faire face et il se penche vers moi, dans l'ombre de Rembrandt.

– Alors ? Qu'est-ce que tu fabriquais là-bas ?

– Je cherchais quelque chose, c'est tout.

– Ça, je le sais. Mais ce n'était certainement pas une photo de Bas, qui n'était pas juif et n'a jamais fréquenté ce lycée.

– Je ne peux pas te le dire.

Il me fait les gros yeux, comme si j'étais une petite fille insupportable.

– Tu ne peux pas me le dire ? Tu crois que je ne serais pas capable de comprendre ?

C'est le ton que j'avais adopté avec Mme Janssen pour lui reprocher d'avoir écrit noir sur blanc l'histoire de Mirjam, et ça m'énerve qu'Ollie me parle de la même manière. Que sait-il de ce qu'il est apte à comprendre ou pas ? J'ai peut-être trois ans de moins que lui, mais lui il est bien à l'abri dans son université. Il ne connaît rien au monde réel.

– À moins que…, reprend-il en battant des paupières. Hanneke, tu n'étais pas là pour le compte du NSB, j'espère ? J'ai entendu dire par plusieurs personnes que tu faisais du marché noir, mais es-tu avec le NSB ?

Lui dire oui aurait été malin. Comme ça, il m'aurait

fichu la paix. Mais mon amour-propre m'empêche d'adhérer à un mensonge aussi grotesque.

– Bien sûr que non !

– Alors quoi ? Dis-moi ! Je te promets que je ne me fâcherai pas.

Je le regarde dans les yeux – ils ne sont pas aussi bleus que ceux de Bas. Le lycée juif, c'est la seule piste qui m'est venue à l'esprit.

– Tu peux me présenter formellement à Judith ? Tu peux lui demander de me rencontrer ?

– C'est Judith qui t'intéresse ?

– Non. Je... je recherche quelqu'un, c'est tout. Et je pense que Judith pourrait me donner des renseignements.

Il s'est détourné de moi à présent, face au piédestal de la statue de Rembrandt, et fait mine de lire l'inscription, mais il met beaucoup plus de temps que nécessaire. Lorsqu'il reprend la parole, il est très calme.

– Tu veux avoir des informations sur *het verzet* ? La Résistance ?

– Non, Ollie, je ne suis pas folle.

Je suis étonnée qu'Ollie fasse même allusion à la Résistance. Il n'a jamais été particulièrement rebelle.

– C'est autre chose.

– Hanneke, je ne t'aiderai pas si tu ne me dis pas de quoi il s'agit.

– Ce n'est rien de mal, Ollie. Mais je ne dirai rien parce que c'est trop d...

Je m'arrête net. J'ai failli dire que c'était trop dangereux, mais ce simple mot suffirait à lui ôter toute envie de m'aider.

– Parce que ce serait malhonnête envers quelqu'un. J'ai promis de me taire.

– Parce que c'est trop dangereux ? C'est ce que tu allais dire ?

Je serre les lèvres et détourne la tête.

– Hanneke, murmure-t-il si bas que j'ai du mal à l'entendre et dois plutôt lire sur ses lèvres. Quoi que tu fasses, arrête. Arrête tout de suite.

– S'il te plaît, conduis-moi à Judith. Dis-lui que ça ne prendra pas plus de quelques minutes. Je ne lui causerai aucun ennui.

– C'est l'heure de rentrer, Hannie. Ta mère va s'inquiéter à cause du couvre-feu.

Il a repris son ton pragmatique, il m'échappe. Je finis par prendre une décision tout à fait calculée parce que je ne vois pas d'autre solution. Parce que cela fait déjà presque vingt-quatre heures que Mirjam a disparu. Parce qu'Ollie peut se montrer pontifiant et barbant, mais jamais il ne pourrait être nazi.

– Ollie, il faut que je parle à Judith parce que je recherche une fille. Elle s'appelle Mirjam. Elle a juste quinze ans. Comme Pia.

C'était manipulateur de ma part de faire allusion à la petite sœur d'Ollie et de Bas. Toute la famille adore Pia. Moi aussi, je l'aimais, et la façon dont elle me répétait qu'elle était impatiente que j'épouse son frère pour qu'on devienne véritablement sœurs. « Il te fera sa demande dès qu'il aura terminé ses études, m'assurait-elle. Il est fou amoureux de toi. »

– Tu mêles Pia à cette histoire ?

Ses yeux bleu pâle me foudroient. Qu'il s'énerve donc !

J'ai déjà dit des choses bien pires pour arriver à mes fins. Et j'en dirai probablement encore de bien pires d'ici la fin de cette guerre. Mon calcul a fonctionné, à voir la façon dont il serre et desserre les mâchoires.

– Dix minutes. J'ai juste besoin de parler dix minutes à Judith. Je peux retourner au lycée pour la voir s'il le faut, mais ça m'étonnerait que ça lui convienne. Je ne fais rien de mal, Ollie, au contraire. Je te le promets.

Il se détourne et passe la main dans son épaisse chevelure blond vénitien. Lorsqu'il se retourne vers moi, sa voix est un peu plus forte, presque normale.

– C'est trop dommage que tu ne sois pas allée à l'université, Hanneke. Il y a des gens vraiment sympas. Je fais partie du club des étudiants, un « club souper ». C'est là que j'ai rencontré Judith ; on y va ensemble deux fois par semaine.

– Quand ça ?

– On doit se retrouver demain.

– Où ça ?

Avant qu'il ait pu me répondre, on entend un petit rire rauque et sonore. Des soldats allemands, deux. Je saisis assez de leur conversation pour comprendre que, curieusement, ils discutent de Rembrandt. L'un dit à l'autre que son tableau préféré est *La Ronde de nuit*, au Rijksmuseum. Dommage pour ce soldat qu'au début de la guerre les conservateurs aient sorti cette toile du musée, l'aient roulée et mise à l'abri dans un château, quelque part à la campagne.

– Rembrandt !

L'amateur d'art montre du doigt la statue puis le brandit vers nous.

– Un bon peintre, précise-t-il dans son mauvais néerlandais. Rembrandt !

Ce soldat est plus âgé que les autres. Je devrais me comporter face à lui comme une enfant, sa fille et non une petite amie. Je m'apprête à le féliciter pour son bon goût, mais Ollie me devance.

– Rembrandt ! L'un de nos meilleurs peintres, répond-il posément en allemand, avec un excellent accent. Vous connaissez Van Gogh ?

Le soldat se pince le nez et agite la main pour chasser une odeur imaginaire, nous faisant clairement comprendre qu'il ne pense pas grand bien de Van Gogh. Son compagnon rit, et Ollie rit avec lui.

– Pas Van Gogh ! plaisante-t-il.

Ça me soulage que quelqu'un d'autre fasse à ma place les frais de la conversation, ce qui m'épargne la peine d'avoir à tenir encore une autre discussion hypocrite. Au bout de quelques instants, Ollie pose la main au creux de mes reins et m'éloigne de la statue.

– Bonne nuit ! lance-t-il aux soldats qui répondent en agitant chaleureusement la main.

Après que nous avons quitté la place, Ollie reste silencieux pendant tout le chemin du retour, et moi de même.

En ce moment, ma vie est pleine de culpabilité, souvent ; de colère, fréquemment ; de peur, la plupart du temps. Mais, en règle générale, ce ne sont pas les doutes qui m'assaillent. Je me suis construit cette nouvelle vie assez soigneusement pour savoir que je protège au mieux ma famille et moi-même. Mais ces dernières douze heures, je me suis lancée dans une entreprise dangereuse. J'ai perdu mon sang-froid face à une inconnue et fait craquer les points de suture d'une blessure à l'effigie de Bas, une fois de plus, parce qu'elle semble ne jamais vouloir se refermer. Et à présent, me voilà pleine de doutes. Ai-je raison de faire ce que je fais ?

Ce n'est qu'après qu'Ollie m'a reconduite à la maison, après que j'ai fini, sur ordre de maman, mon chocolat chaud, que je réalise qu'il ne m'a pas dit où elle avait lieu, cette réunion du « club souper » avec les étudiants. Mais ce soir-là, avant de me coucher, je découvre dans la poche de mon manteau la serviette qu'avait utilisée Ollie, sur laquelle est griffonnée l'adresse d'un endroit proche du campus de l'université d'Amsterdam.

La première fois que j'ai rencontré Bas :

Il avait quinze ans et moi quatorze. Je l'avais aperçu à l'école et j'avais bien aimé ses yeux de petit chat curieux et la façon dont une de ses boucles retombait systématiquement sur son front, malgré ses efforts pour la rabattre en arrière. Elsbeth avait un an de plus que moi ; elle était donc déjà dans la même classe que lui. Elle connaissait ses deux amis, et un jour où nous sortions du bâtiment, l'un des deux, le brun, a hélé Elsbeth et lui a demandé si elle pouvait répondre à une question : « Les filles préfèrent les blonds ou les bruns ? » Elsbeth a éclaté de rire, mais comme elle ne voulait pas laisser passer une occasion de flirter avec l'un ou l'autre des garçons, elle a dit qu'elle aimait les deux, les blonds et les bruns.

– Pose la question à ma copine, a-t-elle ajouté. Demande à Hanneke.

C'était toujours ce qu'elle faisait afin de s'assurer qu'on m'accorde autant d'attention qu'à elle et de me mettre en avant, d'une manière qui d'abord m'avait gênée, puis m'avait bien arrangée.

– Et toi, alors ? Qu'est-ce que tu préfères ? m'a demandé le blond.

Et je ne sais toujours pas comment j'ai pu être aussi culottée, car je les ai ignorés tous les deux pour n'avoir d'yeux que pour Bas, assis sur un muret, dont les cheveux roux luisaient au soleil.

– J'aime bien les rouquins, ai-je affirmé avant de piquer un fard.

La première fois que j'ai embrassé Bas :

Il avait seize ans, et moi quinze. C'était après notre première sortie au cinéma, notre première vraie sortie, celle où je n'avais pas éprouvé le besoin de me faire escorter par Elsbeth. À une rue de la maison, je lui ai proposé de marcher en poussant nos bicyclettes. J'ai dit que c'était parce qu'il faisait beau, mais en réalité je voulais rester seule avec lui avant que mes parents ne nous voient par la fenêtre.

– Tu as quelque chose dans les cheveux, m'a-t-il dit.

Et je l'ai laissé l'enlever, tout en sachant qu'il n'y avait rien du tout ; et, quand il m'a embrassée, il a lâché sa bicyclette qui est tombée par terre dans un grand fracas, ce qui nous a fait rire.

La dernière fois que j'ai vu Bas :

Il avait dix-sept ans, et moi seize.

Il était tard. Mes parents étaient eux aussi venus à sa fête de départ, mais ils étaient déjà repartis. Maman m'avait autorisée à rester une heure de plus, du moment qu'Elsbeth rentrait avec moi. Bas et moi avons passé notre temps à nous embrasser dans un coin sombre de sa salle à manger jusqu'à l'heure de mon départ. Je n'oublierai jamais sa main collée contre la vitre pendant qu'il me suivait des yeux…

Ce n'est pas ainsi que les choses se sont passées en réalité.

Je ne suis pas prête à repenser à la dernière fois que j'ai vu Bas.

SEPT

Mercredi

– Je ne comprends vraiment pas !

Mme de Vries baisse la tête, comme si elle était trop contrariée pour même me regarder en face.

– J'ai demandé des Amateur…

Je contemple fixement le paquet de cigarettes vert et blanc dans ma main, tout en cherchant à arborer l'expression compréhensive qu'on attend de moi, alors que je meurs d'envie de la gifler. Je lui ai trouvé deux paquets de cigarettes ! En 1943, dans ce pays absurde qui est le nôtre, j'ai réussi à lui trouver deux paquets de cigarettes – et non simplement du papier et du tabac à rouler, déjà assez difficiles à se procurer, mais des vraies cigarettes – et elle se met dans tous ses états parce que ce n'est pas la bonne marque ?

– Je n'ai pas pu avoir votre marque, madame de Vries. Je suis désolée. J'ai tout essayé.

– Franchement, je ne demandais tout de même pas la lune, non ? Je ne comprends pas pourquoi c'est si difficile. Je t'ai noté précisément ce que je voulais.

Si, justement, elle demande bel et bien la lune, ou peu s'en faut. J'ai dû contacter quatre intermédiaires différents pour finalement obtenir ces cigarettes grâce à une femme qui les tenait d'un soldat allemand. Elle a prétendu que c'était son petit ami et qu'il les lui avait offertes. À mon avis, elle les a volées. Laslo pense qu'il n'est pas son petit ami, mais quelqu'un qui la paie pour ce qu'ils font dans la chambre; moi, je ne pose pas de questions. Et je n'ai recours à elle que lorsque je n'ai plus d'autres solutions.

Mes tempes battent fort. Je ne sais plus si je dois me mettre en colère contre Mme de Vries ou lui rire au nez. Ses soucis sont si prosaïques, si ridiculement réconfortants, sorte de parenthèse éloignée des préoccupations des vraies gens. L'un des jumeaux tire désespérément sur la jupe de sa mère pendant que l'autre, celui qui a toujours l'air sournois, comme s'il avait quelque chose à cacher, essaie de plonger la tête dans mon sac pour voir ce que j'ai pu apporter d'autre.

– Arrête! ordonne Mme de Vries au jumeau qui tirait sur sa jupe. Nous dînerons dès que Hanneke sera partie.

– Madame de Vries...

Je fais une nouvelle tentative pour capter son attention.

– Si vous n'en voulez pas, je n'aurai aucun mal à les proposer à quelqu'un d'autre.

L'aiguille des minutes de l'horloge de son grand-père avance encore d'un cran en direction de l'heure pile. Il faut que je m'en aille, j'ai autre chose à faire.

– Non!

Elle m'arrache les cigarettes des mains et les serre contre sa poitrine, comprenant soudain que je ne suis pas obligée de les lui laisser, et qu'elle pourrait bien se retrouver sans rien à fumer.

– Je les garde. Je pensais... que tu en avais peut-être d'autres...

Que s'imagine-t-elle ? Que je n'ai qu'à me frapper le front et à m'exclamer : « Bon sang, mais c'est bien sûr ! J'avais complètement oublié que j'avais celles que vous désiriez. Mais je vous les avais cachées. »

– Maman, il y a trop de monde ici, déclare le vilain jumeau en me tirant la langue. J'en ai assez de tous ces gens.

– Je m'en vais, lui assuré-je.

Sale gosse !

C'est à l'université municipale d'Amsterdam que j'aurais pu aller si la guerre n'avait pas éclaté. Je n'aurais pas pris mes études au sérieux. Ç'aurait été juste une façon de passer le temps jusqu'au jour où la mère de Bas aurait jugé que son fils était enfin en âge d'hériter de l'alliance de sa grand-mère. Bas s'y serait inscrit également. Qu'y aurait-il étudié ? Il ne parlait jamais de ses projets d'avenir, il n'était pas du genre à voir au-delà de quelques mois, et je suis incapable de m'imaginer Bas adulte. Ça m'inquiète et me rassure à la fois de savoir que, dans mon esprit, il aura toujours dix-sept ans.

L'université ne possède pas d'établissement centralisé : ses bâtiments sont dispersés dans toute la ville. Mais ici tout le monde connaît l'Agnieten Kapel. C'est l'un des plus anciens édifices d'Amsterdam, un couvent médiéval, et l'endroit dont Ollie m'a noté l'adresse se trouve dans la même rue.

J'avais prévu de me changer avant de m'y rendre, me

raccrochant à quelque vague souvenir de coquetterie de l'époque où j'allais à des fêtes, mais Mme de Vries m'a retardée et je n'ai plus le temps. Je porte une robe en laine violacée héritée d'Elsbeth, qui me va bien mais dont la couleur est tellement laide qu'on l'appelait entre nous l'« amygdale ». Sa grand-mère la lui avait offerte. Elsbeth a été soulagée le jour où elle lui a été trop étroite, et elle me l'a donnée. C'était comme une espèce de plaisanterie entre nous chaque fois que je la mettais. Aujourd'hui, je ne vois plus en elle que son aspect pratique ; il est tellement difficile d'acheter de nouveaux vêtements que je mets tous ceux qui me vont encore, même les plus laids, même ceux qui me rappellent le bon temps.

Ce « club souper », ça va encore être une pièce remplie de garçons, les poches pleines de crayons mâchonnés – probablement des étudiants en architecture, comme Ollie – et de filles citant des philosophes dont je n'ai jamais entendu parler. Les rares fois où il m'arrive de croiser l'un de mes anciens camarades de classe qui ont continué leurs études, je me sens à la fois inférieure et méprisante. Aucun d'eux ne serait capable de se débrouiller seul dans la vie s'il y était contraint. Avant même d'avoir frappé à la porte, j'ai une méfiance instinctive vis-à-vis de tous les membres du « club souper » d'Ollie.

Ollie jette un coup d'œil par la porte vitrée, et je lui montre mon pot de pickles au moment où il m'ouvre. J'avais envie d'apporter quelque chose de mieux, mais je n'ai pas eu le temps de préparer quoi que ce soit. À la place, j'ai pris le bocal de petits légumes qu'un épicier m'a offert discrètement cet après-midi. De toute façon, personne n'aime les conserves au vinaigre à la maison.

Ollie n'a pas mis la veste et la cravate auxquelles je m'attendais. Ses vêtements sont bien plus élimés que les miens, et ses manches de chemise couvertes de traces de crayon noir, comme s'il avait passé la journée devant une table à dessin.

– Bienvenue, me dit-il d'un ton si crispé que je doute d'être véritablement la bienvenue.

Il me fait entrer dans une petite garçonnière. Un canapé et deux chaises sont poussés contre un mur, face à une kitchenette avec des tasses dépareillées séchant sur le plan de travail. Il n'y a que deux autres personnes dans la pièce : un garçon aux lèvres charnues et aux paupières lourdes, et un autre, plutôt séduisant, aux cheveux ondulés, qui ressemble à l'acteur américain William Holden. Tous deux boivent du thé, ou un ersatz, dans des tasses ébréchées.

– Voilà le fameux « club souper » ! dis-je en plaisantant. Moi qui m'inquiétais de ne pas te retrouver dans la foule…

Ça ne fait pas rire Ollie. Il tend les mains pour prendre mon manteau et le suspend à une patère branlante. Je ne sais pas pourquoi je suis vache. Il me rend service. Je crois que je suis stressée. S'il était un de mes nouveaux contacts à impressionner, je serais capable de me montrer plus charmante, mais je ne peux pas oublier qu'il s'agit d'Ollie, que je connais depuis des années.

– Judith n'est pas là, fais-je remarquer. Elle viendra, non ?

– Oui.

Il a les yeux fatigués, battus d'avoir veillé et travaillé toute la nuit.

– Mais tu ne peux pas lui tomber dessus dès qu'elle

passera la porte. Tu vas d'abord assister à notre réunion. Elle n'était pas du tout partante pour discuter avec toi. Le moins que tu puisses faire, c'est manifester une certaine retenue et montrer que tu n'es pas complètement dingue.

– À moitié dingue ?

– Tu me promets ?

– Promis.

– J'ai pris des risques pour toi, alors je ne tiens pas à ce que tu m'attires des ennuis.

– Ollie, est-ce que tu vas me présenter aux autres, ou dois-je rester sans rien dire dans mon coin et tâcher de ne pas respirer ?

Il fait une grimace, puis cède et se tourne vers les deux autres garçons.

– Et… Ollie ? dis-je.

– Oui ?

– Je te remercie de m'avoir invitée.

Il hoche la tête puis me conduit vers la table basse.

– Voici Leo, annonce-t-il en désignant le garçon aux lèvres charnues. Il habite ici. Nous sommes chez lui.

Puis il se tourne vers celui qui ressemble à William Holden.

– Et voici Willem, mon colocataire.

Celui-là, au moins, je ne risque pas d'oublier son prénom. Willem est la version hollandaise de William, l'acteur américain dont il est le sosie.

Leo repose bruyamment sa tasse sur la soucoupe, s'essuie la main sur son pantalon et heurte la table basse en se penchant pour serrer la mienne. Willem m'embrasse en douceur sur les deux joues et me cède sa place sur le canapé, s'asseyant sur une chaise à l'air nettement moins confortable. Il a un visage amical et ouvert. Je suis certaine que tout le monde, en le voyant pour la première fois, a l'impression de l'avoir déjà rencontré.

– Tu étais la petite amie de Bas, hein ? me demande-t-il une fois que je suis installée et que j'ai tiré ma robe sur mes genoux. On ne s'est vus qu'une seule fois, mais il m'a fait bien rire. D'après Ollie, il faisait rire tout le monde.

– Oui, c'est vrai.

Normalement, je devrais me méfier d'un ami d'Ollie qui prétend tout savoir de Bas, mais Willem a l'air trop honnête pour qu'on ne l'aime pas immédiatement.

– Ma mère disait qu'il aurait pu séduire les aiguilles d'une pendule, ajouté-je.

– Je suis ravi de faire ta connaissance. On attend encore deux personnes. Un thé ?

Je décline son offre en secouant la tête.

– Ce club est moins important que je ne l'imaginais. Intime...

– On est plus nombreux. Nous essayons de nous réunir par petits groupes au lieu d'être tous ensemble en même temps, explique Willem. S'il y a une rafle, autant qu'on ne se fasse pas tous arrêter. La seule fois où nous nous sommes tous retrouvés dans la même pièce, c'était pour le mariage de notre ami Piet. Autrement, uniquement par petits groupes. C'est préférable pour nos activités.

– Vos activités ?

– Oui, nous faisons des tas de choses, intervient Leo en ouvrant le bocal de pickles que j'ai posé sur la table et en l'entamant. En ce moment même, nous essayons de savoir si...

– Attends...

De l'autre côté de la pièce, toujours posté près de la porte vitrée, Ollie l'interrompt :

– Attends que Judith et Sanne soient arrivées.

– Je suis désolée de ne pas avoir apporté plus à manger, dis-je à Willem et Leo. Je suis venue directement du boulot.

Leo ricane et pêche un autre petit légume.

– Tu as remarqué qu'on n'avait rien apporté, non ?

– Donc ce sont les autres qui se chargent de la nourriture ? À moins que ce soit chacun votre tour, ou bien…

Un filet de vinaigre coule sur le menton de Leo qui l'essuie juste avant qu'il ne goutte sur la table.

– De quoi tu parles ?

– La nourriture pour le dîner ? Est-ce qu'une personne s'en charge et apporte tout, ou est-ce chacun votre tour ? demandé-je.

Il a l'air ahuri. Il ne comprend absolument pas de quoi je parle. Je tourne la tête vers Ollie, toujours posté près de la porte. Il est penché en avant, de sorte que ses cheveux blond vénitien disparaissent dans son col de chemise, et la légère inclinaison de sa tête, dans les épaules, m'indique qu'il n'a rien perdu de notre conversation. Leo attend toujours que je m'explique.

– Je suis désolée, dis-je avec raideur. Je me suis embrouillée. Tu veux bien m'excuser un instant ? J'ai oublié de demander quelque chose à Ollie.

Celui-ci ne se retourne pas vers moi, alors qu'il faudrait être sourd pour ne pas m'entendre arriver derrière lui. Lorsque je suis si proche que nos manches se touchent, je lui parle à l'oreille le plus bas possible pour que ni Willem ni Leo ne m'entendent.

– Ollie, dans quoi m'as-tu attirée ?

– Qu’est-ce que tu veux dire ? s’étonne-t-il en levant les sourcils.

– Tu sais parfaitement ce que je veux dire. Quel genre de réunion est-ce ? Judith ne va même pas venir, hein ? Qui es-tu en train de guetter, là ?

Mon cœur commence à battre la chamade.

Étais-je complètement inconsciente après tout d’avoir fait confiance à Ollie ? Je pensais qu’il était fiable, mais ce n’est pas comme si on pouvait reconnaître un informateur nazi rien qu’à son apparence. Je m’approche de la patère, mais avant que j’aie pu reprendre mon manteau, Ollie fait un signe de tête vers la porte. Deux silhouettes se profilent derrière la vitre, dont l’une est manifestement Judith.

– Qu’est-ce que c’est que cette réunion ? demandé-je de nouveau.

– Ça va commencer, me répond-il en levant une deuxième fois les sourcils. Si tu pars, fais attention en sortant. La porte se referme vite.

Donc il ne me retiendra pas si je m’en vais, mais si je choisis de m’en aller pour de bon, je raterai par là même l’occasion de me renseigner sur Mirjam auprès de Judith. Ma seule piste, mon seul indice, et une décision à prendre en moins d’une seconde. À quel point ai-je vraiment envie de retrouver cette fille ?

– C’est nous, chuchote une voix claire et nette. Judith et Sanne.

Ollie ouvre la porte et je ne la franchis pas.

Judith est assez impressionnante, avec son teint pâle, ses cheveux couleur mélasse et un regard à couper le verre. Sanne, l’autre fille, a l’air avenante, plutôt potelée et mignonne avec ses cheveux blond clair qui se dressent sur sa tête quand elle ôte son chapeau, à cause de l'électricité statique.

– Désolées pour le retard, les rues étaient bloquées, explique Sanne tout en donnant une petite tape sur l'épaule d'Ollie et en s'avançant pour saluer Leo et Willem.

Avant que j'aie pu dire quoi que ce soit à Judith, celle-ci passe devant moi également – soit par distraction, soit en m'ignorant délibérément – et va s'asseoir entre Leo et Willem sur le canapé.

– Judith…, commencé-je.

Mais Ollie m'empêche de continuer en se raclant la gorge.

– Plus tard. Après la réunion. Tu as promis.

Il s'assied au bord du canapé tandis que Sanne prend l'une des chaises. Ses gestes sont fluides, comme si elle les avait répétés des milliers de fois, comme si tout le monde à cette réunion savait quelle était sa place.

– Hanneke ?

Ollie me regarde. Je suis la seule à être restée debout, à mi-chemin entre la porte et le canapé.

– Hanneke, tu viens t'asseoir ?

Il reste un siège, un gros pouf en imitation velours vers lequel je me dirige lentement et m'assieds.

– Je vous présente Hanneke, annonce Ollie.

Comme il n'en dit pas plus à mon sujet, j'en conclus que tout le monde m'attendait. Il a dû y avoir un vote, ou tout au moins une discussion, concernant ma présence ici parmi eux.

– Comme je vous l'ai déjà dit, je me porte garant d'elle.

Il prononce ces derniers mots avec gravité, et me met ainsi dans une position terriblement embarrassante. Parce que désormais je ne peux plus dire qu'il ne devrait pas se porter garant de moi. Comment Judith accepterait-elle de me parler de Mirjam si je dis que je ne suis pas digne de confiance ? Mais quand même... que sous-entend-il en affirmant qu'on peut me faire confiance ? Dans quoi m'embarque-t-il ?

– Bon, reprend Ollie, le premier point à l'ordre du jour dont on doit discuter est la difficulté d'approvisionnement en cartes de rationnement. Les Allemands sont de plus en plus durs en matière de...

– Non ! objecte Willem. Le premier point est de nous mettre d'accord sur ce que nous fêtons ce soir. J'ai déjà fêté deux fois mon anniversaire ce mois-ci !

– Et Leo et moi nous sommes déjà fiancés à plusieurs reprises, ajoute Sanne.

Willem se tourne vers moi pour m'expliquer :

– Nous ne pouvons pas dire aux gens ce que nous faisons en réalité, donc nous devons toujours avoir en tête une célébration à prétexter au cas où on se ferait arrêter.

– On racontait qu'on se réunissait pour étudier la Bible, intervient Sanne. Mais un jour, je me suis fait arrêter et le soldat m'a demandé quel livre on lisait. J'ai répondu que c'était la Genèse, parce que c'était le seul dont je me souvenais ; c'est là qu'on a décidé qu'aucun d'entre nous ne connaissait assez bien la Bible pour qu'elle nous serve de couverture.

– Ça pourrait être mon anniversaire, propose Leo. C'est plausible puisqu'il tombe la semaine prochaine.

– Comme je le disais, reprend Ollie, il y a une pénurie de cartes de rationnement. Les fausses ne sont pas fabriquées assez rapidement. Nous avons seize personnes de plus à prendre en charge, rien que depuis le mois dernier. La production de toutes ces cartes exige beaucoup de temps pour un seul homme. On doit trouver un autre faussaire ou une autre solution.

Je n'aime pas du tout la façon dont son regard se pose sur moi à la fin de sa phrase.

– À Utrecht, ils ont quelqu'un au sein même du bureau de rationnement, annonce Willem. Ils ont organisé un faux cambriolage. L'employé a déclaré que le bureau avait été visité. En réalité, c'est lui qui avait volé les cartes pour les faire passer aux résistants.

La conversation roule autour de moi tandis que j'essaie de suivre. Fausses cartes de rationnement. Je suis une criminelle qui agit en solo, tombée au beau milieu d'un repaire… de criminels. Mais au lieu d'utiliser les cartes de rationnement pour ensuite revendre des marchandises dans un but lucratif, comme moi, ils les transmettent à la Résistance. Pour se procurer quoi ? De la nourriture et des produits destinés aux résistants ? Aux clandestins qui se cachent ?

– Judith, tu crois que ton oncle pourrait connaître quelqu'un ? demande Ollie. Avec ses relations au conseil…

Le Conseil juif. La facilité qu'a Judith à sortir le soir et son comportement au lycée s'expliquent quand on sait que son oncle fait partie du conseil. Le conseil est formé de représentants de toute la communauté juive, qui servent d'intermédiaires avec les nazis et qui transmettent les ordres des Allemands ; ses membres jouissent donc d'un petit peu plus de liberté que les autres Juifs.

Judith secoue la tête.

– Quand bien même connaîtrait-il quelqu'un, je ne

pourrais pas lui demander. Il m'étriperait s'il savait que je participe à ces réunions.

– Je vais voir si Utrecht a des idées, propose Willem. Peut-être que leur contact au bureau du rationnement connaît quelqu'un du nôtre.

Ces cinq jeunes Amstellodamois font donc partie d'un réseau plus vaste, aux ramifications s'étendant jusque dans les faubourgs et peut-être dans tout le pays. Malgré la peur que j'ai à me retrouver parmi eux, je ne peux m'empêcher d'éprouver une certaine curiosité professionnelle. Leur opération doit être gigantesque. Comment font-ils pour trouver assez de fournisseurs prêts à travailler avec eux ? Leur faussaire est-il compétent ? Les militaires cantonnés à Utrecht sont-ils plus ou moins arrangeants que ceux d'Amsterdam ?

C'est en saisissant soudain la fin de la phrase de Judith que je reviens à la réalité :

– … et tu apportes les cartes au Hollandsche Schouwburg.

– Au théâtre ? interviens-je en me demandant ce qui m'a échappé de la discussion. Pourquoi rapporter les cartes au théâtre ?

– Tu n'as jamais entendu parler du Hollandsche Schouwburg ?

C'est la première fois qu'Ollie m'adresse la parole depuis le début de la réunion, et il a l'air déçu.

Bien sûr que oui. J'y ai été avec lui, même s'il ne s'en souvient pas. L'hiver de mes quinze ans, les Van de Kamp m'avaient invitée à assister avec eux à la première du spectacle de Noël au Schouwburg, un vieux théâtre. Maman m'avait prêté son collier de perles pour l'occasion. Toute la famille Van de Kamp était présente. J'étais justement assise à côté d'Ollie, et je tenais la main de Bas, de l'autre côté. Ollie venait d'entrer à l'université, il avait de nouvelles lunettes qui lui donnaient un air sérieux et important.

– C'est un théâtre, déclaré-je. Ou c'en était un. Il est fermé maintenant, non ?

Ollie acquiesce.

– C'était un théâtre. Ils l'ont rebaptisé le Théâtre juif. Et maintenant, c'est un centre de détention avant la déportation. Les Juifs raflés dans toute la ville sont conduits au Schouwburg, où ils restent plusieurs jours avant d'être internés – à Westerbork la plupart du temps, mais parfois dans d'autres camps de transit.

Le majestueux théâtre aux rideaux de velours rouge est devenu une gigantesque cellule de détention provisoire pour les prisonniers des Allemands. J'ai des clients qui habitent tout près. La façon dont les Allemands font main basse sur notre patrimoine et le dénaturent est vraiment révoltante.

– Je ne savais pas, avoué-je.

– Où croyais-tu qu'étaient envoyés les Juifs ? demande Judith.

– Dans des camps de travail, ou dans d'autres pays. Je ne suis pas idiote !

On m'a toujours dit que c'était dans des camps de travail. Seulement, je ne m'étais jamais demandé comment précisément les prisonniers Juifs faisaient pour s'y rendre.

– Des camps de travail ! s'insurge Judith. On dirait à t'entendre que les Juifs vont juste bosser. Tu n'as aucune idée des horreurs qui se passent dans ces camps.

Avant que j'aie pu lui demander de m'en apprendre davantage, Sanne intervient et tente de calmer le jeu.

– C'est normal que tu ne saches pas grand-chose. Les nazis font tout pour cacher leurs agissements. Ils s'arrangent pour que personne ne sorte du Schouwburg jusqu'au moment du transfert. Le conseil se charge des vivres et des couvertures, et c'est tout ce qu'il peut faire. Judith est bénévole au théâtre plusieurs fois par semaine, et sa cousine travaille à la crèche.

– Il y a une crèche ?

Judith fait la grimace.

– Oui, parce que les nazis ont trouvé que ça créerait trop de désordre si les enfants restaient avec leurs parents. Les tout-petits et les enfants les plus jeunes sont regroupés à la crèche jusqu'au départ de leurs familles.

Je ne sais pas quoi répondre à cela, et je n'ai pas à le faire. Ollie se racle de nouveau la gorge pour reprendre les rênes de la réunion.

– Donc Willem discutera avec Utrecht. Quand penses-tu pouvoir le faire, Willem ?

– Attendez, dis-je.

– Ensuite, une fois que Willem et Judith auront consulté…, commence Leo.

– Attendez !

Tout le monde se tait et me regarde.

– Le Schouwburg… Est-ce que tout le monde y est conduit ou uniquement les gens qui ont reçu une convocation ?

Leo a l'air perdu.

– Que veux-tu dire ?

– Si une personne n'a pas été convoquée pour être

déportée, mais a simplement été arrêtée dans la rue, avec des papiers juifs, est-ce qu'on la conduirait au théâtre, ou bien ailleurs, dans une autre prison ?

Ollie répond à ma question sur un ton neutre :

– Il existe d'autres centres d'internement, plus petits, dans différents quartiers de la ville. Mais oui, il y a de fortes chances qu'une personne juive qui ne se trouve pas là où elle est censée être soit conduite au Schouwburg.

Je note son emploi du féminin, preuve qu'il a compris que je ne suis pas simplement curieuse de la procédure en général, mais du sort d'une personne en particulier. Cette discussion sur les cartes de rationnement à apporter au théâtre m'a ramenée à la raison première de ma présence ici ce soir.

– Mirjam pourrait donc s'y trouver ? En ce moment même ? demandé-je.

Judith et Ollie se regardent.

– En théorie, répond prudemment Ollie.

– Comment pourrais-je savoir si elle y est ou pas ?

– C'est difficile.

– À quel point ?

Ollie pousse un soupir.

– Ce Juif qui a été désigné pour faire fonctionner le Schouwburg, nous avons recours à lui pour un certain nombre de choses. Je ne peux pas lui demander de service personnel. Nous devons utiliser nos soutiens de manière stratégique. On doit déterminer quelles actions seront les plus bénéfiques pour le plus grand nombre, pour le mouvement dans son ensemble.

– Mais peut-être que si je lui fais juste parvenir un message ? Ce serait possible ?

Il se frotte les yeux des deux mains.

– Pouvons-nous en finir d'abord avec les ordres du jour au programme ? Et ensuite on discutera de ça ?

– Au programme ?

Si j'assistais de l'extérieur à cette discussion, je me prierais de me taire, car personne ne tient à aider quelqu'un qui se comporte de façon aussi puérile. Mais c'est plus fort que moi. Ollie m'a fait venir sous un prétexte fallacieux. Or j'ai fini par apprendre quelque chose qui pourrait m'être utile, mais il m'a rétorqué qu'il ne pourrait pas m'aider, et ce sans me donner vraiment d'explication.

Les autres se remettent à discuter de la pénurie de cartes de rationnement et de faux papiers d'identité. Rien de cela ne peut m'aider concernant Mirjam. Elle a quinze ans. Comment saurait-elle s'y prendre pour trouver de faux papiers par l'intermédiaire de la Résistance ? Comment saurait-elle d'ailleurs s'y prendre pour quoi que ce soit ? Elle est très certainement toute seule, isolée et terrorisée, et cela fait à présent quarante-huit heures qu'elle a disparu. Une jeune fille de quinze ans peut-elle éviter de se faire arrêter dans la rue durant quarante-huit heures ?

Pendant que sont traitées les affaires courantes, je rive mon regard sur Judith et l'accroche dès qu'elle a fini de parler.

– Judith ?

– Oui ?

– On peut parler un instant ?

– C'est ce qu'on est en train de faire, réplique-t-elle sèchement.

Mais en réalité, chacune de ses interventions me fait

comprendre qu'elle ne voit toujours pas pourquoi Ollie m'a fait venir.

– Je voulais d'abord m'excuser. Pour m'être introduite dans le lycée comme je l'ai fait, et pour t'avoir fait peur.

– Tu ne m'as pas fait peur, riposte-t-elle avec malice. Il en faut tellement plus pour me faire peur au point où j'en suis !

– Alors pour t'avoir surprise. Je suis désolée d'être entrée dans le lycée et de ne pas t'avoir dit ce que je cherchais véritablement.

– Tu aurais pu m'attirer des ennuis.

– J'étais désespérée.

– Nous sommes tous désespérés.

Si Judith était un soldat, c'est le moment où je devrais baisser les yeux et reconnaître à voix basse que, oui, elle avait raison et que, non, je n'avais rien compris à rien. Mais Judith n'est pas un soldat. Et elle n'est pas du genre à aimer la flatterie.

– Je me suis excusée, et c'était sincère. Et je peux recommencer si tu veux. Mais je suis venue ici ce soir parce que j'avais besoin d'aide, pour une fille qui a fait aussi ses études dans ton lycée.

Je contemple l'arête de son nez, ce qui m'est plus facile que de la regarder dans les yeux, et ce dans le but qu'elle s'exprime en premier. Je suis assez têtue pour garder le silence un bon moment.

– Mirjam Roodveldt, dit enfin Judith, fendant l'air entre nous deux. Il y a quelques mois, elle était encore au lycée…

– Tu la connaissais. Tu m'as menti ? Je veux dire, quand

tu m'as dit que les photos avaient été détruites dans un incendie, c'était vrai ?

– Non, je ne t'ai pas menti. On a brûlé les photos. C'est moi qui ai mis le feu.

Elle pointe le menton en avant, me mettant au défi de lui en demander la raison.

– Je ne voulais pas que les Allemands puissent encore récupérer la liste des élèves qui restaient. Pour ce que ça change... Ils finissent par retrouver tout le monde...

Un déclic s'opère dans mon cerveau. Au début de la guerre, quand les Allemands ont incendié des bâtiments, nous les avons haïs pour cela. Mais récemment j'ai entendu dire que des bâtiments abritant des archives avaient brûlé et je me demande s'il ne s'agit pas pour certains d'actes de protection commis par les résistants.

– Mais tu la connaissais, non ? Brune ? Petite ? Avec un manteau bleu, paraît-il ?

Judith se mord la lèvre.

– Je me rappelle le jour où elle est arrivée avec ce manteau. Elle avait trébuché et déchiré l'ancien sur un morceau de ferraille rouillée de la clôture. Salement esquinté, son manteau, de même que son genou. Je me souviens de m'être dit qu'elle en garderait une cicatrice toute sa vie. Elle est revenue quelques jours plus tard avec des points de suture et un manteau neuf. Il pleuvait ce matin-là et elle m'a demandé si elle pouvait rentrer avant l'ouverture des portes pour ne pas le mouiller.

– De quoi d'autre te souviens-tu à son sujet ?

J'ai le plus grand mal à m'exprimer. Quelque part au fond de moi, je ne m'attendais pas à rencontrer quelqu'un qui l'ait connue. Dans mon esprit tordu, j'ai voulu croire que Mirjam Roodveldt était une chimère née de l'imagination de Mme Janssen. Mais Mirjam existe bel et bien.

– Pourquoi t'intéresse-t-elle autant ? me demande finement Judith. C'est une de tes amies ?

– Non. Je... je suis payée pour la retrouver.

D'un point de vue technique, c'est la vérité. Et pour l'instant, c'est plus simple que de tout expliquer : moi, et Bas, l'impression qu'en retrouvant Mirjam je remettrai un peu d'ordre dans ce monde... Je suis encore très gênée par la vulnérabilité qui était la mienne en face de Judith, quand je l'ai croisée au lycée.

– Rien qu'elle ? s'étonne Judith. Tu es ici parce que tu ne recherches qu'une seule personne ?

– Tu ne te souviens de rien d'autre à son sujet ?

Judith soupire.

– Pas grand-chose, non. Elle était belle, je crois qu'elle avait de nombreux admirateurs.

– Personne dont elle était plus particulièrement proche ? Personne chez qui elle aurait pu se réfugier ou à qui elle aurait dit où elle allait se cacher ?

– Je ne suis que la secrétaire. Je ne discute avec les élèves que lorsqu'ils ne sont pas à l'heure et qu'ils ont besoin d'un billet de retard ou autre. Je suis navrée.

– Tu ne sais vraiment rien d'autre ?

– Je t'ai quand même apporté deux ou trois petites choses, mais je ne suis pas sûre que ça te soit d'une grande utilité.

Elle se penche sur son sac et en sort une grande enveloppe blanche, rectangulaire, non cachetée et sans adresse.

– Ce sont juste de vieux devoirs que j'ai retrouvés dans son casier. Il arrive que des élèves disparaissent sans avoir pu emporter leurs livres et leurs papiers. Je me dis toujours… au cas où certains reviendraient… Bon, j'ai trié parmi ce que j'ai récupéré et voilà tout ce qui appartenait à Mirjam.

Elle me tend l'enveloppe. Je feuillette rapidement son contenu. Les trois premières feuilles sont des devoirs de maths, les deux suivantes des interrogations écrites de biologie. Aucune photo, rien qui semble intéressant au premier abord. J'essaie de dissimuler ma déception; c'était gentil de la part de Judith de m'avoir apporté tout ça, et je ne tiens pas à me montrer plus désagréable qu'au début de cette réunion.

– Ollie dit que tu as des relations, affirme Judith.

– Ça dépend de ce que tu entends par relations.

– Ollie dit que tu peux trouver des choses. Il nous faut davantage de fournisseurs fiables et des gens capables de nous en présenter.

– Ce n'est pas pour ça que je suis ici ce soir!

– Je vois.

Elle me fixe d'un air imperturbable. Je dois faire un effort pour ne pas soutenir son regard, et me concentrer plutôt sur les devoirs de Mirjam, posés sur mes genoux. Avant que j'aie pu examiner de plus près les autres documents, Ollie pose la main sur mon épaule et je relève la tête avec soulagement.

– C'est bientôt l'heure du couvre-feu. Je te raccompagne chez toi. Judith, Willem et Sanne partiront dans quelques instants.

Judith se lève pour mettre son écharpe.

– Merci d'avoir essayé de m'aider, dis-je poliment.

Judith suspend son geste.

– Ma cousine a peut-être mieux connu Mirjam. Elle ne vient pas à nos réunions parce qu'elle est trop jeune, mais elle nous donne des coups de main de temps en temps. Elle est encore élève au lycée. Je pourrais organiser une rencontre avec elle. Éventuellement…

– S'il te plaît ! insisté-je. Je pourrais venir au lycée demain matin ?

Je suis certaine de pouvoir trouver une course à faire dans ce quartier pour M. Kreuk.

– Passe dans l'après-midi au Schouwburg. Nous y faisons toutes les deux du bénévolat demain. On se retrouve dehors. Comme ça tu verras mieux ce qu'on fait.

Je ne veux pas voir ce qu'ils font, et Judith le sait parfaitement. C'est avant tout pour ça qu'elle m'a proposé de passer au Schouwburg. Elle m'a peut-être offert de m'aider un peu plus, mais son aide a un prix.

Ollie repose la main sur mon épaule.

– Prête ?

Je glisse l'enveloppe de Judith dans la ceinture de ma jupe pour ne pas avoir à la tenir à la main dans la rue.

– Soyez prudents ! lance Ollie à Judith et Willem.

– Prends soin de toi, lui répond Willem.

HUIT

– Tu n'avais pas le droit.

– Pas le droit de quoi ? demande Ollie.

Il scrute les deux côtés de la rue avant de me tirer vers la gauche en refermant la porte derrière lui.

– Tu es dans la Résistance.

Ce n'est pas une question de ma part, c'est une affirmation. Ollie marche d'un pas régulier devant moi, mais ses épaules se raidissent. Il fait un froid maussade et incisif, plus rude que depuis des mois, et mon souffle se vaporise dans l'air à chaque respiration tandis que nous nous pressons le long du canal.

– Pas le moment de discuter de ça.

– Tu es dans la Résistance. Tu m'avais dit que tu m'invitais à un « club souper ».

Il s'arrête.

– C'était bien un « club souper ». Avant. Nous discutions de livres et de politique. Je l'ai rejoint en même temps que Willem et Judith. Le jour où Judith a dû quitter son école parce qu'elle était juive, certains d'entre nous ont décidé qu'on ne pouvait plus se réunir rien que pour dîner. Nous devions essayer de remédier à ce qui nous révoltait.

Il se remet en marche et je le rattrape. Il a l'air tellement content de lui avec ses demi-explications, et si désinvolte quant au fait de m'avoir embarquée dans cette histoire.

– Je ne peux pas te croire, Ollie.

Tout ce que j'ai ressenti ces deux derniers jours, toutes les émotions, les frayeurs, les choses désagréables que je n'ai pas dites à Mme de Vries, tous mes doutes concernant les chances de retrouver Mirjam Roodveldt, tout cela je le lance d'un coup, en pleine rue, à la tête d'Ollie.

– Comment as-tu osé me faire ça ? Pourquoi ne m'as-tu pas dit où tu m'emmenais ?

– Parce que tu aurais pu te faire arrêter en chemin et que se serait-il passé à ce moment-là ? Je voulais que tu puisses répondre en toute franchise que tu allais chez une amie. Je ne pouvais pas savoir si tu savais mentir ou pas.

Je sais très bien mentir, mieux qu'il ne le pense. Ollie ne m'a jamais vue flirter avec les militaires alors que la nausée me prend à la gorge, ou raconter à mes parents que mon boulot consiste à commander les fleurs et à consoler les familles endeuillées. Ollie n'a jamais vu la façon dont je fais croire à tout le monde que je suis la même depuis la mort de Bas. S'il y en a un qui devrait être incapable de mentir, c'est bien Ollie.

– Toi ? Dans la Résistance ! Tu es tellement respectueux des lois…

Il émet un petit rire jaune, explosif.

– Ne crois-tu pas que ce sont justement les gens les plus indiqués pour lutter contre les nazis ? Il n'y a pas que les sauvetages risqués et les bombes. Mais tout un travail de fourmi, toute une paperasserie fastidieuse.

– Ollie, pourquoi m'as-tu emmenée ? insisté-je, alors qu'il marche toujours devant moi. Je ne t'ai rien demandé. Je ne voulais être mêlée à rien de ce genre. Tu aurais pu simplement t'arranger pour que je retrouve Judith dans un café. Et d'abord, pourquoi me fais-tu confiance ? Je pourrais raconter à la police tout ce que j'ai vu.

Il fait volte-face, le regard glacial.

– Tu en as l'intention ? Tu vas aller tout raconter à la police ? Tu trouves que ce que nous faisons est mal ?

– Tu sais bien que non.

Non, pas moralement. Mais dans ce monde, on peut avoir raison, ou on peut être en sécurité, et à côté du type de danger dans lequel trempe Ollie, mon travail paraît tout à fait dérisoire. C'est un danger insondable, infini, contrairement à mes activités de marché noir et à mes investigations concernant Mirjam. C'est gigantesque et tentaculaire, un trou sans fond de besoins, d'exigences, qui m'engloutirait tout entière. Les nazis pourraient mettre en prison un individu faisant du marché noir. Ils pourraient mettre en prison, ou envoyer en camp de travail, des gens qui cachent des Juifs. Mais des résistants surpris à voler des cartes de rationnement ? Ceux-là risquent d'être fusillés. Les plus chanceux, tout au moins. Les autres seraient d'abord torturés. De combien de manières mon petit univers précautionneux pourrait-il s'écrouler ?

– Je ne veux tout simplement pas m'engager ! Je suis juste une jolie Aryenne, comme celles des affiches, tu te souviens, Ollie ? Je n'aide pas la Résistance ! Je cherche du fromage au marché noir.

– Mais nous avons besoin de fromage ! Nous avons besoin de nourriture pour les clandestins qui se cachent ! Nous avons besoin de faux papiers d'identité ! Nous avons besoin de filles jolies pour que les soldats ne s'aperçoivent pas qu'elles sont également intelligentes et courageuses, et qu'elles luttent contre eux !

– Judith m'a déjà culpabilisée. Elle m'a bien fait comprendre à quel point vous étiez tous altruistes. Moi pas.

Il me saisit par les épaules, et sa brusquerie me fait perdre l'équilibre.

– Est-ce que tu t'es déjà dit que tu étais peut-être meilleure que tu ne le crois, Hanneke ?

Il émane de nous deux une odeur de laine mouillée, et je sens ses doigts gelés, malgré l'épaisseur de mon manteau. Je tente de me dégager, mais il accentue sa pression.

– As-tu déjà pensé que c'était peut-être pour cette raison que je t'ai emmenée ?

– Qu'est-ce que tu racontes ?

– Je te parle de mes raisons. Voilà pourquoi je t'ai emmenée ! Parce que, malgré ton insistance à ne pas vouloir t'engager, tu sais que ce qui se passe dans ce pays est épouvantable, et tu es déjà en position de nous aider.

– Ça ne veut pas dire pour autant que je sois prête à risquer ma vie. Je m'occupe déjà de mes parents, et ils mourraient de faim si jamais il m'arrivait quelque chose. Et je suis à la recherche d'une jeune fille disparue. C'est comme ça que je résiste. Je nourris les gens et je vais chercher une fille qu'on m'a chargée de retrouver. Ce n'est peut-être pas suffisant pour une seule personne de sauver une vie ? Tu exiges trop de moi. Je ne suis pas prête à en faire davantage, et ce n'est pas juste de ta part de me le demander.

– Moi, je crois que tu as bel et bien envie de risquer ta vie, rétorque Ollie.

Sa voix s'est faite plus douce, ainsi que son regard bleu.

– Cela fait longtemps que tu sens que ce qui nous arrive est injuste, poursuit-il. Tu avais quatorze ans et tu disais déjà qu'Adolf Hitler incarnait le mal. Tu te souviens de ce dîner ?

Je ne peux détacher les yeux d'Ollie. Je sais à quoi il fait allusion : à une discussion lors d'un dîner chez les Van de Kamp. Je n'arrêtais pas de parler de Hitler tandis que Mme Van de Kamp s'évertuait à détourner la conversation en me passant les petits pois puis les gâteaux roulés, jusqu'au moment où elle m'a dit que, quand on était poli, on ne parlait pas de politique à table. Bas n'écoutait même pas. Mais Ollie, oui. Je crois même qu'il n'avait pas cessé de hocher la tête. Mais ça se passait il y a des années. Il y a une éternité. Ollie ne sait rien de ma vie aujourd'hui, certainement pas assez pour se permettre de me tenir ces grands beaux discours. Il ne sait pas que Bas est mort à cause de…

Ollie me secoue encore une fois, puis me lâche et se passe les doigts dans les cheveux.

– Nous sommes en train de perdre, Hanneke. Les gens disparaissent de plus en plus vite, expédiés dans Dieu sait quel enfer. L'un des derniers convois ? Les familles des déportés ont reçu des cartes postales de fils ou de frères leur disant qu'ils étaient bien traités. Après quoi ces mêmes familles ont reçu des courriers de la Gestapo les informant que les hommes étaient tous morts de maladie. Ça te paraît logique ? Des jeunes gens en bonne santé, qui envoient des cartes postales pour dire qu'ils vont bien et qui meurent brusquement ? Et en ce moment, plus personne n'envoie de cartes postales…

– Tu crois que tous les Juifs sont tués ?

– Je dis simplement que nous ne savons plus que penser ni ce qui est vrai. Tout ce qu'on sait, c'est que les fermes et les greniers sont pleins à craquer de clandestins qui se cachent. On est, dans ce pays, à court d'endroits pour cacher les gens qui ont urgemment besoin de l'être. Nous avons besoin d'aide, davantage d'aide, et vite, de la part d'individus comme toi qui occupent des positions stratégiques.

– Tu ne me connais pas, murmuré-je. Il y a un certain nombre de choses à mon sujet qui te feraient changer d'avis si tu les apprenais…

– Chut ! m'ordonne-t-il.

Je suis sur le point de protester quand il pose un doigt sur ses lèvres. Il s'est raidi de tout son corps et tend l'oreille, comme s'il guettait quelque chose. Nous sommes tous les deux immobiles à présent, et ça y est, j'entends aussi : des cris, au loin, en allemand, mais qui se rapprochent. Des pleurs étouffés et des pas désordonnés sur les pavés. Ces jours-ci, ces bruits ne signifient qu'une seule chose.

Ollie comprend en même temps que moi.

– Une rafle.

Les bruits se rapprochent encore. Je croise le regard d'Ollie, notre dispute aussitôt oubliée. Il lève le poignet et remonte précipitamment la manche de son manteau. Je ne comprends pas pourquoi, jusqu'à ce qu'il m'indique l'heure à sa montre. Nous avons discuté si longtemps dans la rue que nous risquons à présent de rater le couvre-feu.

Nous sommes tous les deux à pied aujourd'hui, et je suis à près d'un kilomètre de chez moi.

Il ne faut pas qu'on se retrouve au milieu d'une rafle, en ces temps où les militaires sont si dangereusement imbus de leur pouvoir.

– Par ici ! hurle un soldat dont la voix se répercute sur les pavés. Avancez !

La voix est juste au coin de la rue. Le soldat et ses prisonniers vont apparaître d'une seconde à l'autre.

– Il faut que nous…, commence Ollie.

– Suis-moi !

Je le prends instinctivement par la main et l'entraîne vers une petite rue latérale. Nous nous dirigeons à grands pas vers une autre rue, puis vers une autre. Pour une fois, je bénis la topographie tortueuse d'Amsterdam !

À mon côté, Ollie a une démarche souple, mais le haut du corps tendu, et nous communiquons par gestes en tâchant d'ignorer les cris qui nous parviennent encore. Nous avons tous deux les paumes moites. Je ne veux pas voir ces gens que les soldats emmènent. C'est lâche, mais je ne veux pas qu'on me rappelle que, parce que j'ai les cheveux blonds et le nom de famille adéquat, ils ne m'arrêteront pas.

La rue dans laquelle nous nous trouvons à présent est à peine une ruelle, si étroite qu'en écartant les bras je pourrais presque toucher les deux immeubles. Elle est plus sûre qu'une grande rue parce qu'on y risque moins de se faire repérer mais plus dangereuse parce que si on est repéré, on n'a aucun moyen de fuir. Je serre si fort la main d'Ollie que nous aurons certainement des bleus demain matin.

Nous arrivons dans un quartier qui nous est familier. Nous passons devant une librairie, fermée à cette heure-ci, dont je fournis de temps en temps le propriétaire en café, puis devant un optométriste et un cordonnier qui est prêt à échanger des chaussures contre de la bière. Je sais où aboutit cette rue : près du studio de danse où Elsbeth et moi étions forcées de prendre d'abominables cours de valse.

Je suis tout près de la maison. Si nécessaire, Ollie et moi pourrions frapper à la porte d'un voisin sous prétexte de lui emprunter un œuf, et l'un d'eux nous laisserait certainement entrer. Nous sommes presque en sécurité. Au loin, j'entends encore les clameurs de la rafle. Je presse le pas pour mettre davantage de distance entre moi et cette peur. Soudain, Ollie serre plus fort ma main.

Deux silhouettes sont postées au bout de la rue, flanquées des deux longues ombres de leurs fusils.

Nous devons continuer à marcher. Nous n'avons pas le choix. Il n'y a jamais le choix. Ils ont des uniformes verts, donc nous devons continuer, nous devons passer devant eux; ç'aurait l'air suspect de faire demi-tour et de partir en sens inverse. Je regrette qu'Ollie soit avec moi. Les nazis n'apprécient pas trop qu'on leur fasse de l'œil en présence d'un autre garçon. Ça doit sûrement leur rappeler ce qui pourrait se passer chez eux.

Leurs fusils sont pointés vers le sol. Ils bavardent entre eux en allemand, trop rapidement pour que je comprenne tout. L'un des deux donne une tape sur l'épaule de son camarade et rit. Ils n'ont pas l'air de revenir de la rafle. Ils font juste leur patrouille habituelle, et ce n'est pas de chance si nous avons choisi d'emprunter cette ruelle.

Je me blottis contre Ollie pour être sûre que les policiers ont assez de place pour passer.

– Bonsoir, dit Ollie en allemand tandis que nous nous serrons l'un contre l'autre.

Je leur fais un signe de tête et souris.

Nous passons, et mon corps se détend de nouveau. Nous aurons atteint le bout de la ruelle d'ici quelques secondes. Ollie fait exactement comme moi, il avance d'un pas tranquille, comme s'il n'avait aucun besoin de se presser.

– Attendez !

Comme nous n'avons pas le choix, nous nous arrêtons et leur faisons face. Quelques mètres derrière nous, l'un des deux policiers allemands s'est retourné et vient à notre rencontre. Je jette un coup d'œil furtif vers l'autre extrémité de la ruelle, mais Ollie me retient fermement par la main. «N'essaie pas de courir, me signifie-t-il. Ils sont armés.»

– Attendez ! ordonne de nouveau le policier, réduisant la distance entre lui et nous. Attendez, je vous connais, non ?

Il s'approche à quelques centimètres de mon visage.

Est-ce vrai ? C'est difficile à dire dans cette pénombre. D'où pourrait-il me connaître ? Serait-ce un de ces policiers avec qui j'aurais flirté ? Un client auquel M. Kreuk m'aurait envoyée vendre quelque chose, aux mauvaises plaisanteries duquel j'aurais ri en attendant la fin de la transaction ? Ou, plus récemment, m'aurait-il vue entrer dans le lycée juif ?

Un rideau s'agite légèrement à la fenêtre d'une maison voisine. Les habitants de cette ruelle sont tous tapis dans leur salon et nous guettent en silence.

– Je vous connais ! s'esclaffe-t-il.

– Je ne pense pas, chuchoté-je en conservant un ton amical. Je suis certaine que je me serais souvenue de vous !

– Mais si ! insiste-t-il. C'est vous, le couple… Le couple romantique !

– Exactement, intervient Ollie.

Il répond au policier en allemand, d'une voix plus ferme que jamais. Son accent est toujours aussi parfait, mais il avale ses mots comme si, lui aussi, avait passé la soirée à boire.

– Rembrandt !

– Rembrandt ! confirme l'Allemand.

À présent, je le reconnais : c'est le policier de la place Rembrandt, croisé la veille.

Ollie me passe un bras autour des épaules.

– Comment va notre cher ami, l'amateur d'art ? Ma fiancée et moi-même aimons beaucoup Rembrandt, n'est-ce pas, chérie ?

Il me regarde avec insistance, et bien que mon cœur batte à tout rompre, je parviens à saisir sa main et à la serrer tendrement.

– Oui, c'est notre peintre préféré…

– Si un jour vous venez en Allemagne, vous verrez, nous avons aussi de beaux chefs-d'œuvre.

– Oui, c'est promis, dis-je avec un sourire que j'espère chaleureux. Quand tout cela sera terminé.

– Quand tout quoi sera terminé ? me demande-t-il d'un air suspicieux.

Quand la guerre sera finie, voilà ce que je veux dire. Quand on sera tous revenus à une vie normale. Je n'ai pas l'impression d'avoir dit quelque chose d'insultant, mais manifestement ça n'a pas plu au policier.

– Après..., commencé-je à improviser.

– Après notre mariage ! s'exclame Ollie. Après toute l'agitation de notre mariage !

Merci, merci, Ollie, Laurence Olivier ! Je n'ai pas l'habitude de voir des gens aussi rapides que moi face aux nazis.

– C'est tellement charmant un couple d'amoureux.

Le policier me pince la joue du bout de ses doigts glacés.

– Ça me rappelle ma femme, chez nous, quand on était jeunes.

– À votre femme ! lance Ollie en levant un verre imaginaire.

– À ma femme !

Ollie me fait un clin d'œil suggestif, provoquant.

– Il serait peut-être temps de rentrer à la maison, non, ma future femme ?

– À votre femme ! glapit le policier.

– À ma femme ! dit Ollie.

– Embrassez-la ! ordonne l'Allemand.

Et Ollie s'exécute.

Et là, dans la rue, sous les yeux des policiers allemands et des gens tapis chez eux mais épiant derrière leurs rideaux, Ollie prend mon visage entre ses mains et m'embrasse. Sa bouche est douce et pulpeuse, ses cils frôlent ma joue, et nous deux seuls savons que nos lèvres tremblent de peur.

Ce qui a changé pour moi ces deux derniers jours : tout et rien.

Je mens toujours à mes parents, ils s'inquiètent toujours

pour moi, je parcours toujours une ville méconnaissable sur un vieux vélo récalcitrant avec, au creux de l'estomac, une sensation d'engourdissement et de peur constants.

Mais mes mensonges sont beaucoup plus gros, et mes activités beaucoup plus dangereuses. Je suis entrée dans la Résistance par accident, et si je suis prise, au lieu de me faire taper sur les doigts pour de la bière achetée au marché noir, les Allemands pourraient bien me tuer.

J'ai aussi embrassé le frère de mon petit ami décédé.

La dernière fois que j'ai vu Bas :

Je suis effectivement allée à cette triste et ridicule fête de départ que ses parents lui avaient organisée, celle au cours de laquelle sa mère n'a pas cessé de pleurer et où son père est resté planté dans un coin, si mutique et figé que les gens n'arrêtaient pas de le bousculer avant de s'excuser : « Désolé, je ne vous avais pas vu. » J'ai effectivement donné à Bas un médaillon avec ma photo à l'intérieur, et lui une mèche de cheveux.

Je l'ai embrassé dans la salle à manger.

Mais au moment où je partais, il m'a couru après et m'a dit qu'il avait encore quelque chose pour moi. C'était une lettre. Une lettre au cas où il mourrait. J'étais censée l'ouvrir si la marine contactait sa famille. Il y disait combien il nous aimait tous, combien nous lui manquerions et combien nous l'avions rendu heureux.

En tout cas, j'imagine que c'est ce qu'on dit dans ce genre de lettres. Je ne le saurai jamais. Je n'ai pas ouvert celle de Bas. Quand il m'a tendu l'enveloppe dans la rue, je lui ai dit que ça ne pouvait que nous porter malheur. Je le lui ai dit uniquement pour lui montrer que ce n'était absolument pas nécessaire, et que je la déchirerais dès que je serais arrivée à la maison.

Et c'est ce que j'ai fait. Je l'ai déchirée en mille morceaux et l'ai fichue à la poubelle.

Donc je ne saurai jamais quels étaient les tout derniers mots que Bas me destinait. Parfois, j'imagine qu'il voulait me dire qu'il m'aimait. Parfois, je rêve que j'ouvre la lettre et qu'il est écrit : « Je ne te pardonnerai jamais pour ce que tu m'as fait faire. »

NEUF

Jeudi

– Ça fait plaisir de te voir sortir de nouveau, Hannie, fait remarquer papa.

Ma mère n'est pas là aujourd'hui, une de ses rares sorties dans le monde extérieur pour rendre visite à sa sœur, à la campagne. À cause du couvre-feu, il se peut qu'elle passe la nuit là-bas, donc nous sommes seuls tous les deux, papa et moi. Je suis revenue du travail exprès pour lui préparer à déjeuner, et en ce moment il lit dans son fauteuil pendant que j'attends, les affaires de classe de Mirjam sur les genoux, l'heure de ma prochaine livraison ; après quoi j'irai retrouver Judith et sa cousine au théâtre. M. Kreuk a un enterrement un peu plus tard dans la journée, j'espère qu'il ne s'apercevra pas de mon absence au bureau.

– Sortir ? répété-je distraitement après papa.

– Oui, avec des amis, comme hier soir. Je ne sais plus à quand remonte la dernière fois !

Il a raison. C'était il y a des années. On était toute une

bande. Bas en était le meneur. Elsbeth la délurée. Moi, membre du cercle intime mais pas aussi audacieuse, pas aussi brillante. Heureuse de jouir de leur rayonnement. D'autres amis, gravitant tels de petits satellites autour de moi, de Bas et d'Elsbeth, les deux personnes que j'aimais le plus. Hier soir, je me disais simplement que c'était étrange de m'être fait embarquer dans cette réunion de résistants. Je n'ai pas pensé un instant que me faire de nouveau embarquer dans une bande d'amis était également étrange.

– Ollie n'est pas vraiment un ami, papa. C'est juste un…

Je m'aperçois, un peu tard, que quelle que soit la façon dont je qualifierai Ollie, je ne ferai qu'accroître les soupçons de mon père.

– Je suppose que c'est un ami. C'est bon d'avoir quelqu'un à qui parler.

– Tu es jeune. Ce serait bien que tu aies quelqu'un avec qui tu ferais plus que parler.

Il me fait un clin d'œil et je lui jette un coussin à la tête.

– Voilà que tu maltraites les infirmes maintenant ?

Je lui en lance un autre.

– Que dirait maman si elle savait que tu me pousses à sortir le soir avec des garçons ?

– Ça ne l'a jamais dérangée que tu sortes avec Bas. Bien que nous ayons toujours pensé que vous auriez…

Papa réalise ce qu'il était sur le point de dire et s'interrompt au milieu de sa phrase. Je devrais dire quelque chose pour rompre ce silence, mais je ne trouve pas les mots. Au lieu de cela, je contemple le devoir de Mirjam posé sur le dessus de la pile, sur mes genoux.

– Qu'est-ce que tu lis ?

– De vieilles lettres et d'anciens devoirs – ce qui est vrai, sauf que je ne précise pas que ce ne sont ni mes vieilles lettres ni mes anciens devoirs. On allume la radio ?

Il acquiesce vivement. Je sais que ma proposition lui évitera de me poser d'autres questions. L'information et la communication avec le monde extérieur nous sont tellement précieuses. Les nazis ont déjà coupé la plupart des lignes téléphoniques privées. Nous n'avons plus le téléphone, mais dans des quartiers plus cossus, où habitent des sympathisants, certaines personnes l'ont encore. Le bruit court que les Allemands vont exiger qu'on leur remette également nos postes de radio. Mon père et moi avons déjà sorti d'un placard un vieux poste cassé à leur donner à la place de celui qui fonctionne.

En l'état actuel des choses, nous sommes censés n'écouter que la propagande dûment approuvée par l'occupant. Il est interdit d'écouter la BBC qui représente, avec les journaux clandestins, la seule source d'informations fiables depuis que les Allemands ont pris le contrôle de la presse nationale. Le gouvernement hollandais en exil émet parfois par le canal de la BBC, que nous appelons Radio Orange. Maman nous interdit formellement de l'écouter tant elle a peur qu'on se fasse prendre. Mais papa et moi, on l'écoute tout bas, toutes fenêtres fermées et des serviettes roulées sous les portes pour empêcher le son de sortir. Papa comprend toutes les phrases des présentateurs britanniques. Moi, mon anglais n'est pas aussi bon que le sien, alors je me débrouille tant bien que mal et après il complète ce qui m'a échappé.

La radio est réduite à un bourdonnement monotone. Je

regarde de nouveau les affaires de Mirjam posées sur mes genoux. Les dates notées sur les feuilles remontent toutes à l'été dernier ou au début de l'automne, soit quelques semaines seulement avant qu'elle n'ait été obligée de se cacher. Elle n'a que des bonnes notes et a tenu un comparatif de sa moyenne avec celle de ses camarades. C'était une bonne élève. Bien meilleure que moi. Outre ses devoirs de classe, elle avait gardé des photos de robes à la mode et de belles demeures, découpées dans des magazines.

Le doux ronron de la radio est recouvert par un bruit de scie régulier. Papa ronfle dans son fauteuil. Alors que je trie, un autre papier s'échappe de la pile. Celui-ci est plus petit que les autres et plié avec art en forme d'étoile. Ce pliage m'est familier – j'ai passé deux jours naguère à apprendre à plier ainsi mes petits mots au lieu d'écouter le cours de maths. C'était comme ça que les filles de mon école se transmettaient couramment leurs messages ; Elsbeth a su le faire la première et a montré ensuite la méthode aux autres.

Il me faut une bonne minute pour me rappeler comment le déplier, mais dès que j'ai trouvé par quel bout commencer, le reste me revient vite. C'est le seul papier écrit en script et non en cursive comme pour tous les devoirs scolaires, et les lettres sont minuscules. Ça ressemble un peu au genre de petits mots qu'Elsbeth et moi on s'écrivait en cachette derrière nos livres de classe et qu'on se passait discrètement dans le couloir.

Chère Elizabeth,

Je suis en cours de maths et le prof a une semelle décollée à sa chaussure ; chaque fois qu'il avance d'un pas, ça fait un bruit rudement grossier. C'est franchement indécent, et tout le monde se moque de lui. Dommage que tu ne sois pas dans ma classe. Je crois que T m'a remarquée aujourd'hui, mais vraiment remarquée ; pas marché sur le pied accidentellement, ni ramassé mon stylo après que je l'ai fait tomber juste à côté de sa table, ni dit « Excuse-moi » quand je le bouscule exprès dans le couloir. (T'ai-je dit que j'ai essayé tout ça, Elizabeth ? T'ai-je dit que je suis devenue si pathétique que j'en suis arrivée à attendre à côté de la porte quand je sais qu'il va passer par là ? Oui, ma chérie, c'est vrai. Je prends littéralement de gros risques pour qu'il m'adresse la parole. J'ai du mal à croire que, quand on était petits, il venait goûter à la maison, après l'école, et maintenant je suis incapable de lui dire deux mots.) Mais attention ! Aujourd'hui, tout a changé. Aujourd'hui, en cours de littérature, je me suis levée pour présenter mon exposé et j'ai fait une petite blague, et T a ri, un vrai gloussement, et après il m'a dit que c'était très drôle. Très drôle ! Je ne suis donc plus aussi pathétique que je le craignais. (Ou peut-être que si ?)

Tu me manques, mon petit canard chéri ; écris-moi vite, très vite, très, très vite !

Ta Margaret qui t'aime et qui t'adore

J'ai relu la lettre une première fois, puis une deuxième, tandis que les débordements de l'amitié fusaient de la page.

N'ai-je pas raconté à Elsbeth, dans un petit mot identique, la première fois que j'avais fait rire Bas ? Combien de messages avais-je écrits, truffés de secrets et de petites anecdotes, et joliment pliés en forme d'étoile ? Combien en ai-je reçu ? Un jour, Elsbeth m'a offert une boîte pour les ranger, pour ranger les dizaines de lettres étoiles. C'était une vieille boîte de cigares qu'elle avait recouverte de papiers de toutes les couleurs, encollés, puis vernis : un cadeau juste pour le plaisir. Je lui ai demandé si c'était elle qui l'avait fait et elle a ri. « Grand Dieu, non ! Je ne vais pas me salir les mains pour ça. Je l'ai vue et j'ai pensé que ça te plairait, idiote ! Pour mettre des petits mots. » Elle était comme ça, Elsbeth. Généreuse et naturelle, à offrir des cadeaux qui jamais ne vous donnaient le sentiment d'être redevable parce qu'ils étaient faits en toute simplicité, avec désinvolture. « Tu devrais dire à Bas que c'est un autre garçon qui te l'a donnée, m'a-t-elle conseillé. Rends-le jaloux. »

Ai-je encore cette boîte quelque part ? Me reconnaîtrais-je encore dans ces lettres ?

Voilà le problème avec mon chagrin : il ressemble à une pièce très en désordre dans une maison où il n'y a plus d'électricité. Mon chagrin envers Bas, c'est l'obscurité totale. C'est ce qui cloche d'emblée dans cette maison. C'est ce qui frappe en premier lieu. Elle submerge tout, l'obscurité. Mais si on parvenait à rallumer la lumière, on verrait qu'il y a bien d'autres choses qui clochent dans cette pièce. La vaisselle est sale. Il y a de la moisissure dans l'évier. Le tapis est tout de travers.

Elsbeth est mon tapis de travers. Elsbeth est mon capharnaüm. Elsbeth est le chagrin que je m'autoriserais à éprouver, si mes émotions n'étaient pas autant plongées dans le noir.

Parce qu'Elsbeth n'est pas morte. Elle vit à vingt

minutes de chez moi, avec un soldat allemand. Elle dit qu'elle l'aime. C'est probablement vrai. Je l'ai rencontré une fois : il s'appelle Rolf. Il était grand et beau, il avait un sourire sympathique. Il lui arrivait même de dire des choses justes, par exemple, qu'il savait bien que tous les garçons étaient amoureux d'Elsbeth et qu'il avait de la chance de l'avoir, qu'il travaillait pour un haut gradé de la Gestapo et que, si j'avais besoin de quoi que ce soit, je n'avais qu'à le lui dire parce qu'une amie d'Elsbeth était son amie. Je lui ai serré la main et j'ai eu envie de vomir.

Donc, maintenant, quand je regarde le petit message de cette élève, c'est comme si on avait allumé, un bref instant, la lumière dans mon capharnaüm. Je ne suis pas distraite par Bas. Je vois de nouveau Elsbeth.

Ce mot est tellement optimiste, tout comme ceux qu'on aurait pu s'écrire longtemps avant la guerre, lorsque nous nous demandions qui nous aimait peut-être et qui ne nous aimait pas, qui nous ignorait et qui ne nous ignorait pas.

Qui sont Elizabeth et Margaret ? Des papiers appartenant à une autre lycéenne ont-ils pu se mélanger avec ceux de Mirjam ? Les deux filles ont l'air très amies, peut-être dans des classes différentes, des niveaux différents, comme Elsbeth et moi. J'ajoute ce détail à la liste mentale des questions que je vais devoir poser à Mme Janssen et à la cousine de Judith. Qu'ai-je appris de plus sur Mirjam depuis que j'en ai dressé le portrait imaginaire il y a près de quarante-huit heures, chez Mme Janssen ? Elle avait du succès auprès des garçons. C'était une bonne élève, un peu dure avec elle-même, avec un sens de la compétition tel qu'elle prenait la peine de relever les notes de ses camarades de classe. Elle était gâtée, peut-être ? Après tout, ses parents lui ont offert un nouveau manteau bleu quand elle a déchiré l'ancien, alors que bien des familles aujourd'hui auraient insisté pour le faire simplement repriser, quand bien même auraient-ils eu les moyens d'en acheter un tout beau tout neuf. Elle est… morte ? Elle est en vie ?

Elle a quitté une maison dont elle ne devait pas sortir, où la porte de derrière était verrouillée et celle de devant surveillée.

Mirjam. Où es-tu allée ?

DIX

Judith et sa cousine ont de la chance d'avoir un oncle qui peut les aider à obtenir du travail au Schouwburg. Les juifs n'ont pratiquement plus le droit de travailler où que ce soit. Les emplois au théâtre doivent être aussi précieux que ceux à l'hôpital juif. J'ai entendu dire que, dans ces cas-là, un tampon spécial est appliqué sur les cartes d'identité pour que les Juifs aient l'autorisation de circuler après le couvre-feu et ne soient pas automatiquement déportés. La chance est devenue une notion tellement relative quand, pour estimer en avoir, il suffit de ne pas être traité en criminel dans sa propre ville.

Le théâtre est un bâtiment blanc avec de grandes colonnes. La dernière fois que j'y suis allée, avec la famille de Bas, une immense banderole annonçant le spectacle était suspendue sur la façade. Aujourd'hui, il n'y a plus rien du tout. Deux gardes en faction devant l'entrée m'arrêtent et me demandent mes papiers d'identité. Puisque j'ignore si je ne risque pas d'attirer des ennuis à Judith en leur disant que j'ai rendez-vous avec elle, j'informe l'un d'eux que j'ai apporté des médicaments pour ma voisine, embarquée dans la rafle de la veille. Je brandis mon sac comme pour leur montrer qu'il contient quelque chose d'important.

– Je ne fais que passer un petit instant. Ma mère m'a dit que vous ne me laisseriez pas entrer, improvisé-je, parce qu'elle croit que ce n'est pas en votre pouvoir et que vous devrez demander l'autorisation à votre chef.

Ils se regardent ; l'un est sur le point de refuser – je le vois à son attitude –, alors, je me penche avec un air de conspiratrice et parle tout bas :

– C'est juste que son urticaire est franchement dégoûtant. Je l'ai vu de mes propres yeux…

Je n'ai plus qu'à espérer que ces deux gardes-là sont également victimes de cette phobie des nazis pour les microbes. Je pose ma main sur mon estomac, faisant semblant d'avoir la nausée rien que d'y penser. Finalement, l'un des gardes libère le passage.

– Merci infiniment !

– Faites vite.

Je m'efforce de prendre l'air le plus décidé possible tout en réprimant ma fierté d'avoir réussi à les convaincre de me laisser passer. Je n'avais jamais employé ce subterfuge, mais je saurai m'en souvenir.

L'odeur m'atteint de plein fouet.

Une odeur de sueur, d'urine, d'excréments et de quelque chose d'autre, une odeur indéfinissable. On dirait un mur qui se dresse de part et d'autre de mon corps et au-dessus de ma tête, impossible à franchir.

Qu'est-il arrivé à ce théâtre ? Les sièges ont été arrachés et empilés. Il n'y a plus de rideaux de scène, mais les cordons qui servaient à les ouvrir pendent toujours à leurs poulies et se balancent, fantomatiques, au milieu du plateau. Il fait sombre ; seules les ampoules de secours luisent tels des yeux rouges tout autour de la salle. Et les gens… De vieilles femmes sur de minces paillasses le long des murs, sur lesquelles elles doivent dormir, car je ne vois rien d'autre qui pourrait leur servir. De jeunes femmes blotties contre leurs valises. La chaleur est insupportable.

Dehors, de l'autre côté de la porte, à quelques pas de là, les gardes discutent de choses et d'autres au grand air, tandis que mon estomac se retourne et que je lutte pour ne pas vomir au milieu de ce qui devait être le foyer des spectateurs. Est-ce là qu'on a amené mes voisins ? M. Bierman et tous ceux qui ont disparu ?

– S'il vous plaît…

Je me retourne et me retrouve face à un vieux monsieur.

– S'il vous plaît, répète-t-il à voix basse. Nous n'avons pas le droit de parler aux gardes, mais je vous ai vue entrer et… savez-vous si je vais être envoyé à Westerbork ? Ma femme et mes enfants y sont partis hier. Il paraît qu'on va m'envoyer à Vugh, mais… je suis prêt à tout. Je donnerais n'importe quoi pour aller plutôt à Westerbork.

Avant que j'aie eu le temps de lui répondre, une autre main me saisit par la manche, une femme qui avait entendu la conversation.

– Vous pouvez sortir une lettre ? Il faut que j'envoie un mot à ma sœur. Je suis arrivée avec ma mère et elle est morte dans la pièce qu'ils réservent aux malades. Je veux juste la prévenir. Rien qu'une lettre, s'il vous plaît…

– Je ne peux pas, balbutié-je.

Mais de plus en plus de monde se presse autour de moi,

de plus en plus de voix s'élèvent pour me demander de l'aide; c'est troublant et déconcertant, et tous les visages sont plongés dans la pénombre.

– Je ne peux pas, répété-je, lorsqu'une autre main m'agrippe, brutalement cette fois, et me tire en arrière.

– Qu'est-ce que tu fiches ici ? siffle une voix.

Quelqu'un me retient par le manteau. J'essaie de me dégager, mais les mains ne lâchent pas prise.

– Arrêtez !

Avant que j'aie pu protester davantage, une main se plaque contre ma bouche.

– Au sec…, risqué-je.

La main se retire.

– Tais-toi, Hanneke. C'est moi, Judith.

Judith. Ce n'est que Judith. Mon cerveau enregistre la voix avant mon corps, alors mes bras continuent à se débattre et il leur faut un moment pour se calmer. Judith m'entraîne vers la porte d'entrée, brandit sa carte d'identité sous le nez des gardes et me libère devant le théâtre. Tandis qu'elle reste plantée les bras croisés sur la poitrine, je suis prise d'un haut-le-cœur dans la rue, tout en m'efforçant de chasser de mes poumons l'odeur nauséabonde et de ma tête l'image de tous ces gens. Un carré de tissu blanc apparaît sous mes yeux.

– Tiens, dit Judith, un mouchoir à la main. Ne vomis pas sur le trottoir.

Derrière elle, les deux gardes qui m'ont laissée passer essaient de voir ce qui est arrivé à la fille aux médicaments. Je m'essuie la bouche avec le mouchoir rêche et m'oblige à me redresser.

– Excuse-moi.

– Qu'est-ce que tu as ?

– Je ne m'attendais pas à ce que ce soit comme ça…

– Qu'est-ce que tu croyais ? Que c'était un hôtel ? Un salon de thé ? Des tas de gens sont enfermés ici durant des jours, pratiquement sans toilettes en état de fonctionnement. Tu imaginais que des acteurs allaient entrer sur scène et donner un spectacle ?

Je ne réponds même pas. Tout ce que je pourrais dire me ferait passer pour une naïve. J'étais naïve. Je savais que c'était un centre de déportation, mais ce n'était pour moi que des mots jusqu'à ce que je voie ce qu'ils nommaient. Je ne peux m'empêcher de penser à cette marée de visages affluant vers moi, passant des jours et des nuits d'attente dans ce qui était autrefois un si beau théâtre.

Je peux croire à toutes les rumeurs qu'Ollie m'a rapportées sur ce qu'il advient des gens qui quittent ce lieu et disparaissent à tout jamais. Je peux croire à l'existence des cartes postales envoyées des camps de travail par les prisonniers qui pensaient que tout irait bien jusqu'à ce qu'ils meurent. Je vois l'écriture enfantine de Mirjam Roodveldt, contrainte d'écrire une de ces cartes.

– Hanneke ? Ça va ?

La voix de Judith a un peu perdu de sa dureté.

– Je suis simplement entrée pour vous trouver, toi et ta cousine. Tu m'avais dit de te rejoindre là.

J'essaie d'évacuer avec mes mots tout le dégoût que je viens de ressentir.

– Je t'avais dit de me rejoindre devant le théâtre, rétorque Judith en indiquant de la tête le beau bâtiment en pierre de taille, de l'autre côté de la rue. La crèche du théâtre est juste en face. Tu peux marcher, maintenant ?

Encore un peu flottante, je lui emboîte le pas et traverse la rue. Je m'efforce de chasser de mon esprit tout ce que je viens de voir. C'est le seul moyen pour pouvoir me concentrer sur la tâche à venir. Mon cerveau enregistre tout autour de moi, comme si chaque nouvelle image me permettait d'en effacer une autre, plus ancienne, du théâtre.

Il n'y a pas de gardes devant ce bâtiment. On dirait une crèche normale. À l'intérieur aussi : dans l'entrée, une jeune fille portant une petite coiffe blanche d'infirmière fait les cent pas pour tenter de calmer un bébé en pleurs. Elle me jette un drôle de regard. J'ignore s'ils ont l'habitude de laisser entrer des personnes étrangères au service, et je dois être toute pâle et avoir l'air patraque. Mais elle sourit en reconnaissant Judith derrière moi.

– Tu travailles aujourd'hui ? Je ne savais pas que tu étais de garde.

– Non, je suis juste venue voir Mina. Avec mon amie.

Judith nous emmène dans une pièce qui ressemble à la pouponnière de n'importe quel hôpital, avec ses couffins remplis de bébés endormis ou pleurnicheurs. Une jeune fille, le dos tourné, penchée sur un berceau, se redresse quand Judith l'appelle par son prénom. Mina est petite et trapue comparée à la stature élancée de Judith, mais elles ont les mêmes dents et les mêmes yeux pétillants.

– Cousine ! s'exclame-t-elle en embrassant Judith sur la joue. Je me demandais justement où tu étais. Tu as…

– L'autorisation ? Oui. Ils ont simplement besoin d'un nom et d'une adresse, pour plus tard.

– Normal. Mais il faut qu'ils comprennent que les noms peuvent changer et qu'on ne peut pas promettre de garder la trace.

Judith acquiesce. Elle comprend manifestement ce langage codé qui, je suppose, concerne les fausses cartes de rationnement qu'ils fabriquent pour les familles juives. Elle pose la main sur mon épaule.

– J'ai des choses à faire. Je te laisse avec Mina et reviendrai te chercher dans une heure, d'accord ? Si je peux, je demanderai à mon oncle de consulter les registres pour savoir si Mirjam est passée par ici.

Mina me sourit dès le départ de Judith.

– J'ai aussi du travail. Je dois promener un peu la petite Regina pour lui faire prendre l'air. Si ça ne te dérange pas de venir avec moi, je pourrai répondre à tes questions tout en marchant. Ce serait bien d'avoir de la compagnie. Je n'en ai plus du tout ! J'adore les bébés, mais il y a des moments où je préférerais discuter avec des gens qui savent parler. Judith m'a dit que tu voulais avoir des renseignements sur Mirjam ?

Mina a une façon telle de s'exprimer, sans s'arrêter pour reprendre son souffle, que ses phrases semblent s'enchaîner en un flux ininterrompu. Je dois m'habituer à ce babil. Comment fait-elle, en travaillant en face d'un endroit pareil ?

– Je connaissais un peu Mirjam, poursuit Mina. J'avais quelques cours en commun avec elle. Tiens, tu peux m'en passer une pour Regina ?

Elle m'indique une pile de couvertures toutes propres et me fait signe de l'aider à emmailloter l'un des bébés endormis.

Je finis par réussir à empaqueter Regina dans une flanelle rose, petit ballot tout mou, pendant que Mina prend un sac probablement rempli de couches et de provisions.

– Tu veux bien le porter ? me demande-t-elle.

La lanière me cisaille l'épaule. Qui eût cru que les bébés avaient besoin de tant de bazar ?

– Allons-y ! dit Mina en installant Regina dans une poussette. On est bien au chaud là-dedans, hein ?

Elle relève la tête et me regarde en roulant des yeux.

– J'ai trois frères. Tous plus jeunes… C'est moi qui les changeais alors que je portais encore des couches ! On y va ?

Mina me conduit vers la sortie située à l'arrière du bâtiment et donnant sur une petite cour, avant de franchir le portail de l'immeuble voisin.

– Raccourci, commente-t-elle avec un clin d'œil.

Nous nous retrouvons dans une rue pavée. Deux femmes d'un certain âge sourient en voyant le landau. Mina leur rend leur sourire.

– On peut regarder ? s'enquiert l'une d'elles.

Mina s'arrête pour qu'elles puissent roucouler à loisir devant le bébé. Mais quand la femme fait mine de tendre la main vers la poussette, Mina se remet promptement en route.

– Je ne peux pas la laisser sans rouler, lance-t-elle pardessus son épaule. Elle n'a pas dormi de la nuit et risque de se réveiller si je m'arrête.

Elle ne s'adresse à moi qu'une fois au bout de la rue.

– Bon, raconte-moi. Comment connais-tu Judith ? Tu es à la fac ? Que fais-tu comme études ? Tu as un petit ami ?

Parmi toutes ces questions, je choisis de commencer par répondre à celle du milieu.

– Non, je ne suis pas à la fac. Je travaille.

Son visage s'illumine à cette nouvelle.

– Je veux travailler moi aussi ! Je veux être photographe et voyager dans le monde entier. J'ai déjà pris des cours.

Elle est tellement… Je cherche le terme exact. Exubérante ! Convaincue et exubérante, comme si le monde regorgeait de possibilités.

– Peut-on parler de… ?

Je m'interromps, car Mina s'arrête pour arranger les couvertures de Regina, et reprends dès que nous repartons.

– Peut-on parler de Mirjam ?

– Que sais-tu d'elle déjà ?

J'hésite.

– Qu'elle était intelligente. Tête de classe. Avec peut-être un certain goût pour la compétition.

– Alors ça, c'est le moins qu'on puisse dire ! Elle était carrément obsédée par les notes. Mais je crois que c'était à cause de ses parents. Ils la récompensaient chaque fois qu'elle avait une bonne note. S'il n'avait tenu qu'à elle, je n'ai pas l'impression que ça l'aurait intéressée plus que ça.

Je réprime un sourire. Cela modifie un peu l'idée que je me faisais de cette élève studieuse, mais cela me fait penser à moi, à maman et papa me disant qu'ils étaient convaincus qu'avec un petit effort j'aurais de meilleures notes. Les Roodveldt avaient véritablement réussi à ce que Mirjam travaille bien, tandis que mes parents avaient fini par baisser les bras.

– Qu'est-ce qui l'intéressait ?

Mina fait la moue.

– La maison, la famille, je suppose… En fait, il était souvent question de porcelaine chinoise, du nombre d'enfants qu'elle aimerait avoir, de la façon dont elle les habillerait. Des trucs dans le genre…

Elle a l'air de ne pas y croire, comme si ces ambitions toutes domestiques lui paraissaient saugrenues. Mais cette description me fait mal pour Mirjam. Je sais ce que c'est que d'avoir des rêves simples, modestes, et que même ceux-là on vous les enlève.

– Vous étiez amies ?

Mina réfléchit.

– L'école n'était pas grande, donc tout le monde se connaissait. Je l'ai invitée l'année dernière à mon anniversaire parce que mes parents m'avaient demandé d'inviter toutes les filles. Je ne me souviens même plus si elle est venue. Non, je ne dirais pas qu'on était véritablement amies. Elle était beaucoup plus populaire que moi.

– Tu as des photos de ton anniversaire ?

– Non, mon appareil était cassé à l'époque. J'en ai reçu un neuf pour mon anniversaire, mais je voulais une certaine pellicule et elle n'était pas encore arrivée. Ursie la connaissait mieux. Ursie et Zef, c'était ses deux meilleures amies au lycée.

– Où puis-je trouver Ursie et Zef ?

Mina me regarde bizarrement.

– Disparues. Ursie a quitté l'école juste avant Mirjam, et Zef juste après. J'ai aperçu Ursie, là, au Schouwburg, avant le transfert de sa famille.

Tous les élèves de la classe de Mirjam disparus, les uns après les autres, soit cachés quelque part, soit passés par ce théâtre. C'est complètement fou ! Et chaque nouvel élément d'information ne fait qu'accentuer ce côté fou. J'essaie de retrouver une jeune fille qui s'est volatilisée d'une maison fermée à double tour. Qui ne peut être déclarée disparue car, si jamais la police la retrouvait, sa situation serait bien pire que si on ne s'était pas lancé à sa recherche. Une fille dont on sait que les derniers à l'avoir vue avant son arrivée chez Mme Janssen sont tous morts. Et dont les amies, les seules personnes vivantes susceptibles de soupçonner où elle aurait pu se réfugier, ont elles-mêmes disparu.

– Est-ce qu'il y avait une fille dans ta classe qui s'appelait Elizabeth ? Ou Margaret ? Pas forcément de ton âge, dans n'importe quelle classe...

Mina fronce les sourcils.

– Non, je ne crois pas.

– C'est juste que...

Je soulève légèrement le gros sac que Mina m'a confié et sors un papier de ma poche.

– J'ai trouvé ça dans les affaires de Mirjam. C'est une lettre d'une certaine Margaret à une Elizabeth. J'essaie de savoir à qui elle appartient ou comment elle est arrivée là.

Mina se penche pour examiner la lettre et rit.

– Qu'est-ce qu'il y a ?

– C'est Amalia, dit-elle.

– Qui est-ce ?

– La meilleure amie de Mirjam. Mirjam la connaissait de son autre école, avant que les Juifs soient obligés d'aller au lycée. Elle n'arrêtait pas de lui écrire de petits mots pendant les cours. Elle a eu plusieurs fois des ennuis et a dû les lire à haute voix.

– Mais elle s'appelait Amalia, pas Elizabeth ?

– Mirjam disait qu'elles aimaient bien faire semblant d'être sœurs. Et d'une famille royale ! Franchement, et ça me gêne de le dire, mais elle était un peu énervante avec ça.

– Margaret et Elizabeth, les princesses anglaises…

La lettre avait du sens, à présent. Mirjam avait dû l'écrire un jour en classe à Amalia, mais avait été contrainte de se cacher avant d'avoir pu la lui faire parvenir.

– Sais-tu où habite Amalia ? Ou quel est son nom de famille ? Tu ne saurais pas comment je pourrais faire pour la retrouver ?

Mina se penche pour arranger encore une fois les couvertures du bébé.

– Non, je ne connais pas son nom de famille. Et je ne pense pas qu'elle soit toujours à Amsterdam. Elle n'était pas juive. Mirjam a dit que les parents d'Amalia voulaient l'envoyer à la campagne.

– Où ça ?

– Quelque part à côté de La Haye, je crois…, répond Mina en haussant les épaules. Pas à Scheveningen, là où il y a la prison, mais comment s'appelle cette plage, plus petite ?

– Kijkduin ? proposé-je.

– Oui, c'est ça ! Mirjam nous a montré une fois une carte postale de l'hôtel de la tante d'Amalia, une espèce d'horreur peinte en vert dont elle était propriétaire à Kijkduin. Montre-moi encore la lettre…

Elle tend le cou pour déchiffrer les pattes de mouche tandis que nous bringuebalons sur le trottoir.

– Hmm… T, ça pourrait être…

Elle s'interrompt et se baisse pour ôter un caillou coincé dans la roue.

– Tu sais qui est T ? Un garçon que Mirjam aimait bien, peut-être ?

– Ce pourrait être Tobias ?

Tobias. Tobias…

– C'était le petit ami de Mirjam ?

– Tobias était notre petit ami à toutes, dans nos rêves. Le plus beau garçon de l'école. La semaine dernière, il m'a souri, et j'en suis encore tout éblouie.

– La semaine dernière ? répété-je, intéressée. Il est toujours dans les parages, alors ?

– En tout cas, il l'était il y a quelques jours. Il n'était pas en classe. Il paraît qu'il était simplement malade. Son père est dentiste, c'est à peu près tout ce que je sais de lui. Il avait également beaucoup de succès.

– Tu crois que c'était réciproque avec Mirjam ?

– Quelqu'un a bien envoyé des fleurs à Mirjam pour son anniversaire. La fleuriste les lui a livrées dans la cour et Mirjam a dû les emporter en classe. Elle était rouge comme une pivoine ! Il n'y avait pas de carte de visite avec le bouquet, mais nous l'avons tous taquinée à ce sujet, tous sauf Tobias. Il regardait droit devant lui, assis à sa table. Quand il retournera au lycée, veux-tu que je lui demande quelque chose ?

– Oui, demande-lui s'il veut bien me voir. Ce sera encore mieux.

– D'accord. Peut-être que je pourrais en parler aussi à d'autres camarades de classe. Ce serait bien si tu pouvais repasser me voir. Je n'ai plus beaucoup d'amies…

Elle me regarde sous ses longs cils bruns.

– Tu crois que tu pourrais revenir ?

Elle arrête le landau si abruptement que je manque de trébucher.

– On y est, annonce-t-elle.

Je n'ai prêté aucune attention à notre parcours, mais

nous avons pas mal marché et nous voici arrivées non loin d'Amsterdam Centraal, la gare principale.

– On y est ? répété-je. Qu'est-ce qu'on doit faire ici ? Je croyais qu'on allait juste se promener.

– Ma livraison.

Oh, bon sang ! J'aurais dû être plus attentive quand elle discutait avec Judith. Mina m'a emmenée à l'une de ses livraisons de marchandises. C'est pour ça que le sac est si lourd. Les couvertures doivent dissimuler ce qu'elle transporte véritablement : des papiers, des cartes de rationnement, peut-être même de l'argent liquide pour payer un intermédiaire. Il doit y avoir une petite fortune en faux papiers dans ce landau. Je m'efforce de garder mon calme.

– Enfin, pas exactement ici, répond Mina en levant la tête pour s'orienter. Nous avons rendez-vous au pied de la girouette.

La gare d'Amsterdam Centraal est flanquée de deux clochers. L'un d'eux est une véritable horloge, l'autre ressemble à une horloge, mais en réalité c'est une girouette dont l'aiguille indique le sens du vent. Mina pousse le landau vers la tour de la girouette tout en scrutant la foule.

– La voilà !

Elle lève la main à l'intention d'une personne à mi-chemin sur la place.

La jeune femme qui vient à notre rencontre est élégamment vêtue, cheveux blonds impeccables et tailleur plutôt onéreux. Le contact de Mina. Elle me fait un peu penser à Mme de Vries.

– Suis-je en retard ? s'inquiète-t-elle.

– Non, non, la rassure Mina. Vous êtes pile à l'heure.

– Je n'ai rien apporté. Étais-je censée le faire ? On m'a dit que…

– Non, vous n'aviez rien à apporter. J'étais ravie de pouvoir vous aider. Vous êtes prête ?

La femme hoche la tête puis ouvre les bras. Je surveille la foule alentour pour m'assurer que personne ne nous regarde. Après quoi je tends le sac à Mina pour qu'elle y prenne ce dont elle a besoin pour la dame. Mais Mina ignore mon bras tendu, se penche sur la poussette et prend Regina dans ses bras, en un seul mouvement fluide et précis.

– Elle s'appelle Regina, déclare-t-elle.

Et, au lieu de m'enlever le sac, elle embrasse Regina sur le front, lui chuchote à l'oreille quelque chose que je n'entends pas et remet le bébé à la jeune femme blonde.

– Oh ! s'exclame la femme en repoussant la couverture pour caresser le bout du nez du bébé. Quel joli nom ! Dois-je garder le même ? Mon mari a toujours dit que si nous avions une fille il lui donnerait le prénom de sa mère.

Mina marque le coup.

– Vous avez une fille à présent, finit-elle par dire. Vous prendrez donc soin d'elle au mieux. Une voiture vous attend ?

– Oui, au coin de la rue.

– Eh bien, tout est réglé.

On dirait que la femme a envie de poser une autre question mais, au lieu de cela, elle fait demi-tour vers la place grouillante de monde. Mina la suit des yeux jusqu'à ce qu'elle disparaisse.

ONZE

– C'était ça, ta livraison ? murmuré-je. C'était ça que tu devais livrer ?

Mina acquiesce et commence à s'éloigner dans la direction d'où nous sommes venues.

– Attends. C'était… Mina, qu'est-ce qui vient de se passer ?

Mina s'arrête, hésitante, tandis qu'elle fait glisser le sac de mon épaule et le dépose dans le landau.

– Nous ne le faisons jamais sans l'autorisation des parents. Certains refusent d'être séparés. Nous ne cachons que ceux dont les familles sont convaincues qu'ils seront plus en sécurité ailleurs. Je croyais que tu étais au courant.

C'était la conversation que j'avais surprise entre Judith et Mina. Ce n'était pas un code, et cela n'avait rien à voir avec des gens qui reçoivent de faux papiers avec des noms différents de ceux de leur naissance. Mina prévenait Judith que les parents qui abandonnaient leurs enfants pourraient ne pas les retrouver après la guerre.

– Combien ?

Mina n'a que quinze ans, et elle m'arrive à peine à l'épaule. Quand je pense qu'elle se livre à cette activité régulièrement, au vu et au su de tout le monde…

– Combien d'enfants as-tu placés ?

– Moi toute seule ? Plus d'une centaine. Judith travaille à l'intérieur du Schouwburg : elle repère les familles et leur demande l'autorisation. C'est plus facile de cacher un bébé qu'un adulte, dans la mesure où on n'est pas obligé d'avoir de papiers avant quatorze ans. Nous avons quelqu'un au théâtre même qui rectifie les registres et s'arrange pour que les enfants ne soient jamais passés officiellement par la crèche.

La petite Regina n'était donc pas un leurre destiné à masquer une livraison clandestine. Regina était elle-même la livraison clandestine.

Mina avait fait ça plus de cent fois. Cent fois où elle avait risqué de se faire tuer. Le lendemain matin, elle se levait et recommençait. Et cela ne l'empêchait pas de parler de l'école, de ses petits copains et de ce qu'elle aimerait faire après la guerre. Une fois sur cette centaine, je l'ai aidée.

Mina me gratifie d'un regard en biais.

– Je pensais que tu étais au courant, me redit-elle. Judith ne t'en avait pas parlé ?

– Non.

– Tu es fâchée ?

Je ne sais pas dans quel état je suis. Cette livraison fait partie de toute cette succession d'engagements que je ne tenais pas à prendre. Mais il faisait si sombre dans ce théâtre et Regina était si petite, et nous pouvons faire si peu de choses, tous autant que nous sommes. Que suis-je censée répondre ? Qu'elle aurait dû laisser Regina à la crèche pour qu'elle soit déportée ? Que suis-je censée croire ? Que cela vaut le coup de prendre des risques rien que pour sauver Mirjam, parce que c'est elle seule qu'on m'a chargée de retrouver ? Que je serai capable d'oublier ce que j'ai vu au centre de déportation ?

– Je ne sais pas ce que je ressens. Je me sens…

– Je veux voir le bébé !

C'est la voix d'un homme qui s'exprime en mauvais néerlandais avec un fort accent allemand.

– Bonjour, mesdemoiselles ! Quelle bien belle journée dans une bien belle ville !

Je connais ce soldat. Pas lui précisément, mais ce genre-là. C'est le genre de militaire qui fait des efforts pour apprendre le néerlandais et distribue des bonbons aux enfants. Qui est gentil, ce qui est beaucoup plus dangereux. Les gentils savent, tout au fond de leurs uniformes empesés, qu'il y a quelque chose de vicieux à agir de la sorte. Tout d'abord, ils cherchent à se montrer amicaux avec nous. Puis la culpabilité s'insinue en eux, et ils en font deux fois plus pour se convaincre que nous sommes des moins que rien.

– Ne t'arrête pas, marmonné-je à Mina.

Il ne peut pas savoir si nous l'avons remarqué ou non, il pouvait fort bien s'adresser à quelqu'un d'autre.

– Mesdemoiselles ! Faites-moi voir le bébé ! Je viens juste d'apprendre que ma femme a eu notre petite fille ! Montrez-moi ce qui m'attend !

Il se dirige vers nous, tout excité. On ne peut pas le laisser voir qu'il n'y a pas de bébé dans le landau. Il va nous demander nos papiers. Il va nous embarquer. Mina le conduira jusqu'à la petite Regina. La crèche sera perquisitionnée. En général, je n'ai à me soucier que de moi, mais quand on travaille pour tout un système, on est responsable de la sécurité de tous.

À ma gauche, Mina arrange soigneusement son écharpe. On dirait qu'elle la resserre simplement pour se protéger du froid, mais je vois bien qu'elle la dispose de façon à recouvrir l'étoile de David cousue sur son manteau. J'échafaude une histoire dans ma tête : le bébé est malade et le soldat ne doit pas s'approcher de lui pour ne pas attraper ses microbes. Voilà ce que je dirai. Quelque chose de bien dégoûtant, avec un peu de vomi en prime.

Mina, à côté de moi, sourit contre toute attente.

– Félicitations ! lance-t-elle à l'Allemand qui s'approche.

Il faut absolument qu'elle réalise à quel point ce serait catastrophique d'attirer l'attention sur des employées de la crèche en train de pousser des landaus vides. Mais dès que le soldat est arrivé à sa hauteur, elle plonge la main dans le landau et commence à ouvrir le sac. Qu'y a-t-il à l'intérieur ? Un pistolet ? De faux papiers ? Pourquoi ne suis-je pas partie en courant ?

Non, le sac est plein de… je dois y regarder à deux fois pour être sûre que je n'ai pas la berlue – plein de bois. De petites branches courtes, des chutes de planches brutes, et même des tas de papiers froissés qui ont tout l'air d'être à jeter.

– Malheureusement, nous n'avons pas de bébé à vous montrer, s'excuse Mina. Rien que du petit bois pour le feu. Nous en manquons avec le rationnement et nous venons d'en récupérer. Mais toutes nos félicitations !

– Dommage, regrette l'homme, l'air sincèrement déçu.

Nous suivons toutes les deux des yeux le soldat qui s'éloigne tandis que des passants qui ont surpris notre petite conversation le félicitent. Je n'ouvre pas la bouche avant d'être sûre qu'il ne peut plus m'entendre.

– Et j'ai porté ce sac pendant tout le trajet ! dis-je à Mina.

– Oui.

– Est-ce que tu sais combien il était lourd ?

– Je l'ai moi-même porté des dizaines de fois. Ça fait des mois que je trimballe ces mêmes morceaux de bois. Mais ça marche ! Si jamais on m'arrête, je suis une Hollandaise comme toutes les autres, qui ramasse du bois. Ce n'est pas interdit de récupérer du bois.

– Pourquoi ?

– Pourquoi on fait ça ? Pour que j'aie une excuse pour me balader avec un landau qui ne contient aucun bébé.

– Mais alors pourquoi prendre le landau? Pourquoi ne pas emmener simplement le bébé à la gare ?

– Parce que.

– Parce que quoi ?

Mina jette un regard furtif sur le landau avant de relever aussitôt la tête, comme si elle ne tenait pas à ce que je m'en aperçoive.

– Rien... On rentre, annonce-t-elle.

– Mina, y a-t-il autre chose dans le landau ?

– Mais non. Qu'est-ce qui te fait dire ça ?

Je ne la crois pas. Je repense au nombre de fois où elle s'est arrêtée en cours de route pour remettre en place la couverture de Regina. La couverture avait-elle tellement bougé ? Était-ce vraiment ce que faisait Mina ?

Avant qu'elle ait pu m'en empêcher, je me penche sur le landau et tâte du bout des doigts le sac de petit bois. Calé sur le côté, je sens quelque chose de dur et de rectangulaire sous un carré de tissu. On dirait une sorte de pochette, mais je ne vois pas comment l'ouvrir. Je commence à la tirer.

– Arrête ! m'ordonne Mina que toute gaieté a quittée.

– Qu'est-ce qu'il y a ?

– Ne fais pas ça, s'il te plaît. Je vais tout te raconter, mais si tu sors ça, on peut se faire tuer.

Je suspends mon geste. Nous tuer ? Cette menace, de la part d'une jeune fille capable de transporter clandestinement un bébé juif dans les rues d'Amsterdam occupée ?

– Qu'est-ce que tu veux dire par « tout » ? Explique-moi ! Qu'est-ce qu'il y a dans le landau ? Des armes ? Des explosifs ?

Elle a l'air penaude.

– Un appareil photo.

– Un appareil photo ?

– J'ai lu un article sur des photographes dans un journal clandestin, commence Mina à voix basse. Ils prennent des photos de l'Occupation et rassemblent des documents pour qu'à la fin de la guerre les Allemands ne puissent pas nier ce qu'ils ont fait ici.

– C'est un collectif ? Tu en fais partie ?

Mina rougit.

– Non. Ce sont tous des professionnels. Mais il y a beaucoup de femmes parmi eux. Elles peuvent cacher leur appareil dans leur sac à main ou leur cabas, et prendre des photos sans que personne le remarque. C'est ça qui m'a donné l'idée.

– Et à la place d'un sac à main, tu utilises le landau… Et pour l'objectif ?

– J'ai fait un petit trou à l'avant. Il ne se voit pas, à moins de regarder de près. Maintenant, chaque fois que j'emmène un bébé en promenade, je peux prendre des photos en cachette. J'ai toute la guerre dans mon appareil et sur des tas de pellicules.

– Quel genre de photos ?

– Des photos de rafles, de soldats… De gens parqués au théâtre. De gens arrêtés chez eux pendant que leurs voisins ne font rien pour leur venir en aide…

Elle s'interrompt un instant.

– Mais j'ai aussi des choses plus intéressantes, reprend-elle. Comme des photos de la Résistance, pour que le monde sache que certains d'entre nous se sont battus. Des photos de cachettes où se réfugient les clandestins. Et les enfants du théâtre, je les ai tous pris en photo pour qu'ils puissent retrouver leur famille après la guerre.

– Combien de photos as-tu ?

Voilà tout un aspect de la Résistance dont je n'avais jamais entendu parler. Les nazis nous ont interdit de les photographier, et malgré la demande, il est difficile de trouver de la pellicule. C'est une des choses que j'ai le plus de mal à me procurer au marché noir.

– Des centaines, répond Mina. Des pellicules, c'est tout ce que je demande pour mon anniversaire depuis l'âge de huit ans. J'en avais beaucoup d'avance.

– Que pense Judith de ce que tu fais ?

Le visage de Mina s'assombrit.

– Elle n'est pas au courant. Et ne lui dis rien, s'il te

plaît. Ni elle, ni Ollie, personne ne comprendrait. Parce que c'est prendre des risques sans sauver le plus de vies possible. Mais je continue à penser que c'est important. Même si ça ne rime à rien. J'ai seulement le sentiment que c'est la façon dont je peux me rendre utile.

Je ne réponds pas. Je comprends très bien qu'on puisse estimer que quelque chose est important quand bien même ça pourrait paraître un peu absurde, quand bien même les autres trouveraient ça insensé. C'est ce qui m'arrive depuis que j'ai accepté d'aider Mme Janssen. J'ai beau comprendre ce que Mina ressent, une collection de photos est-elle comparable à ce que je fais, moi ? Ces photos mettent en péril la sécurité de tous.

– Je vais réfléchir, dis-je pour finir. Mais je n'en parlerai pas à Judith pour l'instant.

Je ne saurais même pas quoi lui dire. J'ai passé un après-midi entier à interpréter de travers ce qui se passait autour de moi, du début à la fin. J'avais tous les éléments sous les yeux, et pourtant je n'ai rien vu.

Judith nous attend à la crèche.

– Tout s'est bien passé ?

– Très bien, la rassure Mina. La famille d'accueil a l'air gentille.

– C'est toujours ça…, soupire Judith.

Elle tourne la tête à droite et à gauche tout en se massant la nuque d'une main.

Elle doit être éreintée de se rendre tous les matins de bonne heure au lycée puis de venir ensuite ici dès qu'elle a fini de travailler. Elle me regarde.

– J'ai des nouvelles pour toi.

Elle attend que Mina soit partie à la nursery et s'assure que personne ne nous écoute alentour.

– J'ai parlé à mon contact. Il a consulté les registres des trois derniers jours. Selon les renseignements, personne du nom de Mirjam Roodveldt n'a transité par le théâtre.

– Il est fiable, ton contact ?

Judith grimace.

– Les nazis sont très exigeants en ce qui concerne le recensement des personnes. Tous les gens qui passent par ici ont une fiche.

– Merci. Je te remercie d'avoir vérifié.

– Tu n'as pas besoin de me remercier. Et, Hanneke, j'ai dit qu'elle n'était pas *encore* passée par le théâtre. Ce n'est qu'une question de temps.

DOUZE

J'arrive à la maison, Ollie m'attend sur le perron, au pied de mon immeuble. Nous ne nous sommes pas parlé depuis la veille, le fameux soir des policiers ivres. C'est ainsi que je l'appellerai désormais, « le soir des policiers ivres ». Ça m'est beaucoup plus facile de m'en souvenir ainsi plutôt que du « soir du baiser désespéré ».

Après le baiser, le policier a ri et nous a donné des tapes dans le dos pour nous féliciter avant de repartir en compagnie de son camarade. Ollie et moi sommes restés tremblants sur place en les suivant des yeux jusqu'à ce qu'ils soient sortis de la ruelle. Après quoi nous leur avons emboîté le pas en silence, l'un derrière l'autre, plus précautionneusement cette fois, au cas où quelqu'un d'autre surgirait au coin de la rue.

Nous n'en avons pas du tout parlé. C'est juste quelque chose qui nous est arrivé, comme tout ce qui arrive en ce moment, et qui pourrait se produire encore. Quand nous sommes parvenus devant l'immeuble, le rideau noir à l'étage a bougé légèrement, signe que mes parents guettaient mon retour par la fenêtre.

Maintenant, Ollie se lève pour m'accueillir.

– J'ai rapporté le vélo de ta mère.

Elle le lui avait prêté hier soir pour qu'il puisse rentrer chez lui le plus rapidement possible, il avait juré qu'il connaissait un chemin pour éviter les patrouilles.

– Et j'ai vu Judith pendant que tu étais partie avec Mina. Je ne savais pas qu'elles avaient prévu de t'emmener. Elles n'auraient pas dû. C'était prématuré de t'embringuer dans une dépose bébé sans ton accord.

– Ah, j'avais oublié ! fais-je mine de m'étonner. Tu es donc le seul qui a le droit de m'embringuer dans des actes de résistance sans mon accord ?

Ollie rougit jusqu'aux oreilles.

– J'ai repensé à ça. Au fait que j'aurais peut-être dû te prévenir. Excuse-moi.

« Excuse-moi. » Voilà quelque chose que Bas ne savait pas faire. Ce n'était pas tant qu'il avait horreur de présenter des excuses, mais plutôt qu'il détestait arrêter les hostilités. Il adorait par-dessus tout la discussion, le débat, m'entraînant dans des querelles stupides, me poussant à défendre avec passion des positions qui ne me tenaient même pas à cœur.

– Que penses-tu de tout cela ? veut savoir Ollie.

– Je dois encore y réfléchir.

Pendant un instant, j'envisage de lui en dire davantage, mais je ne crois pas avoir encore trouvé les mots pour exprimer tout ce qui me passe par la tête.

– Je comprends, dit-il.

– Judith et Mina sont très courageuses.

– Tu pourrais l'être aussi. Penses-y. Viens donc à notre prochaine réunion.

Je détourne les yeux.

– Tu es juste venu pour rapporter la bicyclette ? Tu ne voulais pas monter un moment ?

Il croise les bras sur sa poitrine et se balance d'un pied sur l'autre. Je me demande s'il est aussi gêné que moi de ce qui s'est passé hier soir.

– D'accord, accepte-t-il à ma grande surprise. Mais je ne reste pas longtemps. C'est mon tour de préparer le dîner. Je ne peux pas abandonner Willem!

Une fois en haut, il garde son manteau sur le dos jusqu'à ce que je lui fasse signe de l'enlever et de le ranger dans la penderie. Il a sa « tenue » d'architecte, manches retroussées et tachées. Mon père a laissé un mot sur la table pour me dire que des voisins, sachant maman absente, avaient eu pitié de lui et l'avaient invité à dîner. Si j'avais su qu'il n'y avait personne à la maison avant de proposer à Ollie de monter !

– Du thé ? Ce n'est pas du vrai, m'empressé-je d'ajouter.

– Non, merci.

Je me dirige déjà vers la cuisine quand il décline ma proposition, et là je m'arrête à mi-chemin, désemparée. S'il ne veut pas de thé, que sommes-nous censés faire pour mettre fin à cette conversation artificielle ?

Ollie arpente l'appartement, jette un coup d'œil sur les livres de mon père, s'approche de temps en temps pour en déchiffrer un titre, mais il n'en sort aucun de son rayonnage.

– Je l'avais celui-ci, dit-il en indiquant un recueil d'essais. Je ne sais pas où il est passé.

C'est le mien, pas à sa place parmi les dictionnaires de papa.

– Je crois que ce doit être justement le tien. C'est Bas qui me l'avait donné.

– Probablement pour t'impressionner. Je ne pense pas qu'il l'ait lu !

– Il paraît que l'armée allemande est en difficulté à Stalingrad, dis-je tout bas à cause des voisins, ne facilitant pas ainsi ce dialogue maladroit. Je l'ai entendu à la BBC.

– Tu parles anglais ?

– Un peu. Papa me l'apprend.

Et nous voilà de nouveau à court de sujet de conversation. C'est curieux comme un baiser intempestif peut nous faire considérer quelqu'un comme un étranger…

– Ollie. À propos d'hier soir…

Il ne dit rien, de sorte que je continue à parler en faisant comme s'il ne se rappelait pas qu'on s'était embrassés pour faire plaisir aux policiers ivres.

– Avec les policiers… Ce qu'on a fait… Quand on…

– Quand on a eu de la chance, oui ! enchaîne-t-il vivement. De la chance d'avoir su réagir aussi vite.

– Tu as été excellent avec les policiers. Tu t'en sors mieux que moi.

– C'est un talent aux multiples applications, répond-il en haussant les épaules.

– Tu en as assez de jouer la comédie ?

– Pas si ça me permet de rester en vie.

Je suis soulagée par la manière dont il fait fi de l'incident, mais contrariée aussi. J'ai l'impression d'être une fille qui a accordé trop d'importance à un baiser sans conséquence.

– Est-ce que Mina a pu t'aider pour Mirjam ? me demande-t-il, changeant de sujet avec tact.

– Il faut que je retrouve un certain Tobias. Son père est dentiste. Je commencerai dès demain à faire le tour des cabinets.

Ollie hoche la tête en silence.

– C'est un peu comme si je faisais une course contre la montre, sans savoir pour quelle heure elle est programmée, avoué-je. À peine ai-je résolu quelque chose, qu'un autre problème surgit. J'ai le sentiment de manquer de temps.

– Comme nous tous. Pour nous, pour notre petit groupe, pour la Résistance, cette guerre est une course perpétuelle pour sauver le plus de gens possible, et pour intervenir en étant plus rapides que les nazis.

– Si Mirjam se retrouve au Schouwburg, elle n'en sortira jamais. J'en suis convaincue. Ça sent…

Je suis sur le point de dire *uitwerpselen*, mais « excréments » est un terme trop faible.

– Ça sent quoi ?

– Peu importe.

Ollie s'arrête devant une photo de famille posée sur une des étagères : nous sommes tous les trois en vacances, maman et moi de chaque côté de papa, une main sur son épaule. On ne peut pas voir sur la photo que j'ai un coup de soleil sur le nez, mais le souvenir est encore cuisant. J'ai pelé pendant plusieurs jours.

– Je reconnais cette robe, dit-il. Comment se fait-il que je m'en souvienne ?

C'est une robe en tissu vichy boutonnée au col. Je rougis. Je sais très bien pourquoi il s'en souvient.

– Je ne sais pas, décidé-je de mentir.

Il prend la photo pour la regarder de plus près et, ce faisant, la petite ride qui plisse son front m'est si familière que j'en ai le souffle coupé.

– Tu lui ressembles, lâché-je. Tu ressembles à Bas.

Il frémit imperceptiblement avant de répondre :

– Non, pas vraiment…

– Dans cette lumière, si, insisté-je. Dans la lumière de cet appartement, tu lui ressembles.

– Nos parents devraient peut-être échanger leur appartement. Les miens seraient prêts à payer une fortune pour cette lumière.

Son ton est quelque peu amer, mais surtout triste.

– Il leur manque tellement. C'est pour ça que…

Sa voix se brise.

– Pour ça que quoi ?

Il soupire.

– Lorsque je suis venu ici, l'autre soir, j'espérais pouvoir te faire rejoindre la Résistance. Et je voulais m'assurer que tu ne travaillais pas pour le NSB et que tu ne mettrais pas Judith en danger. Mais je me faisais aussi du souci pour toi. Quand Judith m'a raconté ce que tu avais dit au sujet de Bas, j'étais vraiment navré. J'ai pensé que tu pouvais être sérieusement… ébranlée.

– Ébranlée…

Ça ne me fait rien de répéter ce mot. C'est presque un soulagement d'entendre quelqu'un s'interroger sur mes états d'âme.

– Mais c'est normal qu'il nous manque, reprend Ollie. Pia et moi parlons tout le temps de lui. De lui et de ses mauvaises plaisanteries, de son rire, de ce qu'il serait devenu…

L'appartement semble soudain terriblement silencieux, je me penche vers Ollie pour ne pas perdre un mot qui sort de sa bouche.

– Que serait-il devenu ? murmuré-je.

– Avocat. Puis politicien. À l'échelon de la ville... Il n'aurait occupé que des fonctions où il aurait pu rencontrer tous ses administrés. Il aurait parrainé des soirées et des bals. Il aurait aimé sa famille.

Ollie me regarde, les yeux brillants de larmes. J'ai la gorge serrée. Ce serait si simple de le pleurer ensemble.

– C'est la robe que j'avais ce jour-là, chuchoté-je. C'est pour ça que tu t'en souviens. Je la portais ce jour-là.

Ce jour-là. Je n'ai pas besoin d'être plus précise. Ollie pose sa main sur son estomac, comme si je lui avais donné un coup de poing. C'est la robe que je portais le jour où nous avons appris pour Bas. Pia est venue me prévenir. J'ai couru chez les Van de Kamp, et Mme Van de Kamp m'a giflée, brutalement, en plein visage, et Ollie est resté pétrifié au milieu du salon, comme si le monde allait s'écrouler s'il risquait le moindre geste.

Je suis rentrée à la maison et j'ai pleuré pendant des heures, tandis que maman s'efforçait de me réconforter en me donnant de petites tapes dans le dos ; jusqu'au moment où mes parents m'ont laissée seule parce que j'avais versé toutes les larmes de mon corps ; c'est la dernière fois que j'ai pleuré.

– Oh, j'avais oublié.

– Je vais faire un thé. Tu n'es pas obligé d'en boire si tu n'en veux pas.

Ollie me suit dans la cuisine. Il reste derrière moi – je sens son regard suivre mes mouvements. Mes mains tremblent en saisissant la bouilloire, alors il m'aide à la poser sur le réchaud.

– Le Hollandsche Schouwburg, finit-il par dire.

– Oui, eh bien ?

– Ça sent la mort.

Ollie termine la phrase que j'avais commencée plus tôt sans trouver le mot.

– Voilà ce que ça sent, là-bas. La mort et la peur.

La peur. C'est exact. C'était l'odeur que je n'avais pas réussi à identifier. C'est ce que sent mon beau pays qui se brise.

J'avais décidé d'oublier quelque chose, pour me protéger : l'époque d'avant, toutes ces fois où je repensais au mouchoir trempé de mes larmes, le jour où Bas m'avait appris qu'il s'engageait dans l'armée.

Je n'aime pas me rappeler que c'était des larmes de fierté.

Les Pays-Bas ont tenté de rester neutres. Nous voulions être comme la Suède, qu'on nous fiche la paix. C'est ce que Hitler avait dit. Jusqu'à ce qu'il envahisse notre pays, il avait dit qu'il nous ficherait la paix.

C'est moi qui ai dit que s'engager dans l'armée serait en tout cas un geste symbolique de résistance aux nazis.

C'est moi encore qui répétais à tout bout de champ que les Allemands n'avaient pas le droit de faire ce qu'ils voulaient, de conquérir les pays les uns après les autres.

C'est moi qui ai accompagné Bas au bureau de recrutement de la marine et l'ai regardé s'engager. L'officier présent ne cessait de lui demander s'il était bien sûr de lui, car l'enrôlement n'était autorisé qu'à partir de dix-huit ans.

L'armée n'acceptait pas de volontaires âgés de moins de dix-huit ans. Pourquoi Bas ne rentrait-il pas chez lui, insistait l'officier, pour attendre encore un an au cas où il changerait d'avis ?

C'est moi qui ai répondu à l'officier que, si Bas avait choisi la marine, c'était justement parce qu'il n'avait pas besoin d'attendre pour faire preuve de courage. J'ai convaincu cet homme d'engager Bas.

Bas ne se serait jamais engagé s'il n'avait pas pensé que cela me ferait plaisir.

Et, en effet, ça m'a fait très plaisir. Jusqu'au moment où ça m'a rendue triste.

Je pensais presque tout savoir à l'époque. Je pensais que le monde était noir et blanc. Hitler était le méchant, on devait donc lui résister. Les nazis étaient des êtres sans foi ni loi, ils ne tarderaient donc pas à perdre. Si j'avais fait véritablement attention à tout ça, j'aurais pu comprendre que notre minuscule pays n'avait aucune chance de se défendre, quand des pays plus grands, tels que la Pologne, étaient déjà tombés. J'aurais dû me douter que, lorsque Hitler a annoncé à la radio de notre pays qu'il n'avait pas l'intention de l'envahir et que nous n'avions rien à craindre, ses soldats étaient déjà en train de plier leurs parachutes et que nous avions tout à craindre. S'engager n'était pas une prise de position symbolique. C'était une mission perdue d'avance.

Voilà pourquoi je n'ai plus parlé à Ollie pendant plus de deux ans. Voilà pourquoi je rêve que Bas revient, furieux que je n'aie pas lu sa lettre. Voilà pourquoi j'ai appris qu'être courageux est parfois la chose la plus dangereuse du monde, que c'est un trait de caractère à utiliser avec parcimonie. Voilà pourquoi, pour être honnête envers moi-même, je tiens par-dessus tout à retrouver Mirjam. Parce que ça me semble une contrepartie juste et honnête : sauver une vie après en avoir détruit une.

Je suis responsable de la mort de Bas. Bas a eu la bêtise de m'aimer. Je l'ai purement et simplement tué. C'était ma faute.

TREIZE

Cinquante-deux heures. J'ai appris la disparition de Mirjam Roodveldt il y a cinquante-deux heures. Deux nuits sans dormir. Trois confrontations avec des militaires allemands. Un bébé sauvé. Une jeune fille toujours introuvable. Je n'ai pas revu Mme Janssen depuis que j'ai accepté de l'aider, donc je me rends chez elle à vélo après le départ d'Ollie, dans le crépuscule, juste avant le couvre-feu, pour lui raconter tout ce qui s'est passé. Elle me fait asseoir tout de suite à la table de la cuisine, et sort encore du vrai bon café et une assiette de petits croissants. Dès la première bouchée, ma bouche se remplit de pâte d'amande. Des *banketstaaf*, mes préférés. Mme Janssen s'en est souvenue et m'en a gardé.

– J'ai encore pensé à deux ou trois choses, dit-elle après que je lui ai exposé ce que j'avais appris. Au sujet de Mirjam. Je suis sûre que ça ne te sera pas d'un grand secours, mais je n'arrête pas d'y penser.

Elle sort un morceau de papier et plisse les yeux.

– Premièrement, tu as dit que ce serait risqué d'aller voir ses voisins, mais un jour Mirjam a fait allusion à un agent d'entretien de son immeuble, sympathique. Tu pourrais peut-être lui parler ? Deuxièmement, elle aimait beaucoup lc cinéma. Elle connaissait toutes les vedettes. Y a-t-il encore des cinémas ouverts ? Tu pourrais essayer de te renseigner pour savoir si on ne l'y aurait pas vue. Troisièmement, c'était une jeune fille réservée, Hanneke. Elle n'aimait pas beaucoup parler de sa famille, ça la rendait trop triste. Mais elle n'hésitait pas à me faire parler de la mienne. Même de Jan. En général, les gens redoutent de me parler de Jan, mais Mirjam me posait des tas de questions sur lui. Je lui apportais une tasse de thé, et on bavardait, on bavardait, jusque tard le soir. Et elle était polie. Elle détestait les betteraves, mais jamais elle ne s'est plainte d'en manger, pas une seule fois ! Elle ne s'est jamais plainte de rien.

Mme Janssen me regarde dans les yeux.

– Je continue ?

– Non, non. C'était très utile.

Il s'est passé tant de choses aujourd'hui : l'appareil photo caché, Ollie et, au théâtre, l'affreuse lueur rouge de la scène abandonnée. Je n'ai presque pas eu le temps de réfléchir à l'effet que tout cela me fait. Mais maintenant que j'y pense, je ressens de la honte.

De la honte parce que, quand j'avais dit à Mme Janssen que je retrouverais Mirjam, j'avais considéré cette dernière comme la donnée d'une simple énigme que je pourrais tenter de résoudre. Un moyen pour moi de remettre un peu d'ordre dans ce petit coin de mon univers. Un moyen de tirer vengeance du système nazi – une fille qui manque, comme un paquet de cigarettes. Un moyen de retrouver celle que j'étais avant. Mais, dans cet horrible théâtre, et à présent dans la cuisine où Mme Janssen me raconte que Mirjam mangeait des betteraves sans jamais se plaindre, je finis par me l'imaginer telle que je sais qu'elle était en réalité : une jeune fille terrorisée. Une parmi tant d'autres.

– Dois-je brûler ce papier, maintenant ? demande Mme Janssen en brandissant le petit mot qu'elle venait de me lire.

J'hésite une seconde avant d'acquiescer.

– Oui, bien sûr.

– Parfait.

Elle va chercher les allumettes à côté de la cuisinière, mais n'a pas l'air de les voir, alors qu'elles sont à quelques centimètres de sa main.

– Madame Janssen, où sont vos lunettes ?

Elle porte les mains à son nez, sur l'arête duquel deux traces profondes sont encore imprimées.

– Oh, je les ai fait tomber. Derrière l'armoire.

– Quand ça ?

– L'autre matin, après ton départ.

– C'était il y a deux jours.

– Je sais où tout se trouve dans cette maison, presque tout.

Je ressens un pincement au cœur à la pensée de cette femme à moitié aveugle, se cognant partout dans sa maison avec sa canne, commandant des gâteaux aux amandes au cas où je viendrais les manger, rêvant d'avoir encore quelqu'un capable de lui parler de son fils. Elle est si seule à présent.

J'ôte les miettes collées à mes doigts.

– Montrez-moi. Je vais vous les retrouver, vos lunettes.

Elle m'emmène dans sa chambre sans cesser de bavarder.

– Je commence à peine à m'habituer à vivre seule. Les garçons ou Hendrik m'auraient aidée à retrouver mes lunettes. Et Mirjam aussi. Il y a toujours eu quelqu'un ici pour m'aider. Tu sais, je voulais travailler, comme toi, dans le temps. Il y a quarante ans, alors que la plupart des femmes ne travaillaient pas, j'ai rencontré Hendrik parce qu'il m'avait embauchée comme assistante dans son magasin. Je me croyais tellement indépendante, et puis j'ai eu envie d'aider les autres, et aujourd'hui c'est moi qui ne veux pas être seule. Je ne l'aurais jamais imaginé !

L'armoire en chêne de Mme Janssen a l'air lourde et bancale. Je ne serai pas capable de la déplacer toute seule. J'aperçois dessous les lunettes, mais je n'ai pas la place de glisser le bras.

– Je pensais demander à Christoffel la prochaine fois qu'il viendrait, dit-elle. Demain en principe.

– Nous n'aurons pas besoin de Christoffel. Vous avez un long bout de bois ? Une sorte de perche, comme pour tirer les rideaux.

Après quelques instants passés à chercher toutes les deux quelque chose d'adéquat, Mme Janssen disparaît finalement dans le jardin de derrière et revient avec un tuteur plat en bois, un peu terreux à une extrémité et avec un sachet de graines de betteraves lié à l'autre.

– Ça pourrait convenir ?

Je sors les lunettes de Mme Janssen de sous l'armoire à l'aide du tuteur. Elle me remercie chaleureusement tout en les essuyant avant de les remettre sur son nez. Aussitôt après, nous retournons nous asseoir à la table de la cuisine.

– Il se peut que ça ne nous mène à rien, mais j'ai quelques noms, lui expliqué-je. Des gens qui ont pu bien connaître Mirjam. C'est peu probable, mais Mirjam vous aurait-elle parlé de son amie Amalia ?

Mme Janssen réfléchit en faisant une moue.

– Je ne crois pas, non.

– Ursie ? Zef ?

– Ursie ? C'est possible. Mais il se peut que je confonde avec ma couturière. Elle s'appelle aussi Ursie.

J'ai gardé le plus intéressant pour la fin.

– Et Tobias ? Il a pu être son petit ami…

– Elle a effectivement parlé d'un garçon qu'elle aimait bien, mais je ne sais plus… Laisse-moi réfléchir.

Il est un peu étrange que Mirjam ait pu parler d'un garçon alors qu'elle était cachée, qu'elle pleurait la perte de sa famille et craignait pour sa vie. Mais j'imagine que l'amour ne s'interrompt pas, même en temps de guerre. Il n'y a dans une journée qu'un laps de temps limité où l'on peut rester terrorisés par quelque chose, avant que notre instinct d'êtres humains, capables d'émotions normales, ne reprenne le dessus.

– Oh !

Une étincelle illumine le regard de Mme Janssen qui saisit aussitôt sa canne et recule sa chaise de la table.

– Je viens de me rappeler quelque chose.

– Quoi donc ?

Elle se lève et se dirige vers l'arrière-cuisine. Je l'entends fouiller et déplacer des pots, et elle revient avec plusieurs bocaux de conserve.

– Je n'ai pas faim, dis-je, gênée.

Mais Mme Janssen secoue la tête, elle a apporté les bocaux pour une tout autre raison.

– La veille de la disparition de Mirjam, je lui ai demandé si elle voulait m'aider à ôter la poussière sur les bocaux de l'arrière-cuisine, explique-t-elle. J'ai dû me séparer de ma femme de ménage car j'avais peur qu'elle n'entende Mirjam. Donc, Mirjam avait presque fini de tout nettoyer quand la voisine est passée me voir, de sorte qu'elle est vite retournée se cacher. Voilà à quoi ressemblent les bocaux qu'elle a essuyés.

Mme Janssen pousse vers moi un pot tout lisse et tout propre.

– Maintenant, regarde ceux-là.

Au premier abord, ils ont la même apparence que ceux que Mirjam a nettoyés. Mais en pleine lumière, je distingue la différence. On a tracé quelque chose sur le couvercle poussiéreux, du bout de l'index probablement; ça me rappelle ce que je faisais sur les vitres avant de les laver.

Mme Janssen oriente vers moi les deux bocaux pour que je voie mieux. Un *M* a été tracé dans la poussière du premier. Un *T* est visible sur le second.

– Je les ai remarqués hier et j'ai cru que c'était juste un griffonnage. Mais non, c'est bien un M et un T.

– Mirjam et Tobias, dis-je.

– Tu crois que cela signifie quelque chose ?

Est-ce que je crois que ça signifie quelque chose ? Que Mirjam quitte la sécurité de sa cachette pour essayer de rejoindre le garçon qu'elle aime ? Que Mirjam risque sa vie pour une relation dont les seuls indices jusqu'à présent sont un message énigmatique, une trace dans la poussière de deux couvercles et des fleurs que, d'après Mina, elle aurait reçues au lycée ? Les gens rationnels trouveraient ça complètement fou. Mais n'est-ce pas ce que j'aurais pu faire ? Si je n'avais pas vu Bas pendant des mois, n'aurais-je pas pensé à lui tous les jours, écrit son nom sur tout et n'importe quoi ? N'est-ce pas ce que je fais encore ?

L'amour n'est-il pas le contraire de la raison ?

En attendant une réponse de ma part, Mme Janssen astique de nouveau ses lunettes pour les dépoussiérer et marmonne quelque chose au sujet du tuteur.

– Hmm ? fais-je distraitement.

– Je me demandais si je n'allais pas garder ce tuteur dans la maison. Celui que tu as utilisé pour récupérer mes lunettes... Il peut m'être utile quand j'ai besoin d'atteindre des recoins.

Je me redresse, traversée par une idée soudaine.

– Qu'avez-vous dit ?

– Excuse-moi... Tu essayais de te concentrer.

– Non, non. Vous m'aidez. Ce tuteur était dans votre jardin ?

– Oui. J'ai un petit carré de légumes. Pas en ce moment, évidemment, c'est l'hiver. Mais en été, oui. Pourquoi ?

– Il faut que je revoie la porte de derrière.

– Pourquoi ?

Je la devance dans l'étroit couloir conduisant à la porte de service. Rien n'a changé depuis la dernière fois : quand elle n'est pas convenablement fermée au loquet, un large espace laisse passer l'air, et la porte s'ouvre pour un rien. Le loquet est lourd, noir et a l'air en fer. Mon hypothèse pourrait s'appliquer, j'en suis sûre. Du moins, en théorie.

En pratique, je soulève le loquet et le lâche. Il retombe à côté de la gorge prévue à cet effet et la porte ne se ferme donc pas hermétiquement. La même chose se reproduit une deuxième fois. Voilà pourquoi Mme Janssen pensait qu'il était impossible de refermer cette porte derrière soi : le loquet ne retomberait jamais tout seul à sa place.

Mme Janssen s'impatiente dans mon dos.

– Je ne comprends pas, finit-elle par avouer.

– Chut !

Je soulève de nouveau le loquet.

Je suis sur le point de reconnaître que je fais fausse route lorsque, au quatrième essai, le loquet retombe naturellement à sa place avec un petit clic des plus satisfaisants.

Je me retourne pour voir si Mme Janssen l'a remarqué.

– Vous avez vu ? Vous avez vu ça ?

– Mais quelle importance que tu arrives à ce qu'elle se ferme toute seule ? proteste-t-elle. Tu es juste devant. Mirjam, elle, ne pouvait pas le faire de l'extérieur.

– Passez-moi le tuteur. Je sors un instant.

Le potager de Mme Janssen n'est qu'un petit lopin de terre gelée. En plein hiver, il n'y pousse plus rien, mais les tuteurs garnis de leurs sachets de graines, identifiant plantes et légumes, sont restés plantés dans le sol. Il y a un petit trou, dans lequel devait se trouver enfoncé celui des betteraves.

– Madame Janssen ? crié-je derrière la porte. Regardez bien, d'accord ? Je vais le glisser dans l'encadrement de la porte.

J'introduis le tuteur assez haut, entre la porte et le chambranle, et tâtonne jusqu'à ce qu'il rencontre le loquet, à l'intérieur. Puis j'essaie de me servir du morceau de bois pour le mettre en place. La première fois, le loquet retombe avec un bruit mat. Mais à la cinquième tentative, je parviens à le présenter dans la bonne position, de sorte qu'il s'enclenche en faisant son petit bruit net caractéristique.

J'ai réussi à fermer de l'extérieur une porte munie d'un loquet intérieur !

Mme Janssen rouvre la porte et me regarde : je suis là dans son jardin, un tuteur terreux à la main, celui-là même que je viens d'utiliser pour faire ce qu'elle croyait impossible.

– Comment l'idée t'est-elle venue ?

– Les filles amoureuses sont capables de choses désespérées et très imaginatives.

La journée a été longue, mais j'ai résolu deux choses. Premièrement, j'ai appris l'identité du *T* de la lettre de Mirjam. Deuxièmement, j'ignore toujours où est allée Mirjam, mais au moins je sais qu'elle n'a pas traversé les murs pour s'y rendre.

QUATORZE
Vendredi

Tobias n'est toujours pas retourné en classe. C'est ce que m'a dit Mina quand je suis allée la voir à la crèche, le lendemain après-midi.

– Malade ? Ou parti ? Personne n'est au courant ?

Mina ne savait rien, simplement qu'il n'était pas au lycée, ce qui pouvait signifier soit qu'il avait une angine, soit qu'il s'était caché, soit qu'il était mort. Ça pouvait signifier que Mirjam était déjà morte, elle aussi. Après ma visite chez Mme Janssen, hier après-midi, je me sentais si pleine d'optimisme... Mais j'ai employé ma matinée à faire en vain le tour de tous les dentistes pour tenter de retrouver Tobias ou son père. Pendant combien de temps encore devrai-je poursuivre mes recherches ? Mirjam a disparu depuis quatre jours. Et plus les jours passent, plus les chances de retrouver sa trace s'amenuisent. À quel moment accepterai-je que Mirjam a été tuée ou qu'elle s'est si bien glissée dans les replis de la clandestinité qu'on ne la retrouvera jamais ? Pas tout de suite. Je ne suis pas encore prête. Mais quand ? Serai-je capable de m'avouer que le moment est venu ? Serai-je capable de m'en détacher ?

Je me répète qu'elle n'est pas morte !

Quelques minutes après mon arrivée à la crèche, Mina reçoit un coup de téléphone de Judith pour parler affaires.

– J'ai mis de côté un kilo d'ersatz de café, l'informe Mina. J'avais dans l'idée de faire une petite fête, si tu penses à quelques amis libres ce soir…

– Tous les gens que je connais ont plutôt envie de thé ces temps-ci, répond Judith, assez fort pour que je l'entende à l'autre bout du fil. Personne ne veut de café.

Mina m'a expliqué leur code au téléphone. « Thé » représente des enfants à la peau claire, qui ressemblent davantage à des Hollandais, et « café » ceux à la peau plus foncée. Les familles veulent des bambins blonds, dont la présence peut s'expliquer sans mal.

– Il faut que j'y aille, articulé-je tout bas. J'ai encore le temps de passer chez un autre dentiste.

Mina couvre le combiné du plat de la main.

– Judith me dit qu'il y a une réunion chez Leo ce soir. Elle veut que je t'y invite.

– Je vais réfléchir.

Oui, je vais réfléchir. Je sais qu'ils ont besoin de mon aide, mais je dois d'abord retrouver Mirjam.

– J'aimerais bien y aller, moi. Mais je suis trop jeune…, regrette Mina.

– Peut-être.

– Elle a dit « peut-être », répète Mina à Judith. Je sais… Je sais, mais c'est tout ce qu'elle a dit.

J'imagine fort bien ce que pense Judith à l'instant : qu'elle-même et Mina sont juives, qu'elles portent des noms juifs et des étoiles de David cousues sur leur manteau, et qu'elles risquent leur vie tous les jours. Tandis que moi, je suis blonde aux yeux verts, j'ai des papiers en règle, et je n'ai toujours pas accepté de les aider. Voilà ce qu'elle va penser, et elle a raison, parce que tout le monde est pressé par le temps. C'est simplement que je ne suis pas prête. Pas encore. Pas vraiment.

Mina raccroche, l'air légèrement embarrassée.

– Judith m'a laissé entendre que si tu ne venais pas ce soir, elle n'aurait plus recours à ses contacts au théâtre pour savoir ce qu'est devenue Mirjam. Elle dit que le groupe a des choses à faire beaucoup trop importantes pour perdre son temps à aider des gens qui n'offrent rien en retour.

– Je viendrai.

Plus tôt dans la matinée, j'ai dit à M. Kreuk que je ne pouvais pas travailler car je devais aller chez le dentiste. À la suite de quoi j'en ai vu six, l'un après l'autre, en prétendant avoir mal à une dent et en leur disant que je cherchais le docteur Rosen. J'ai commencé par les deux dentistes à proximité du quartier juif, en m'en éloignant petit à petit. Cet après-midi, j'ai réussi à avoir rendez-vous avec un contact prometteur, un boulanger d'Amsterdam Nord. Je prends donc le bac pour traverser le fleuve et, après avoir rencontré le boulanger, je me rends chez un autre dentiste dont le cabinet se trouve dans un quartier résidentiel coquet. La réceptionniste est en train d'enfiler son manteau.

– Le docteur est sur le point de partir, dit-elle. Il est presque dix-sept heures.

– J'ai vraiment très mal. Le docteur Rosen ne pourrait-il me recevoir un instant ?

Je m'attends à ce qu'elle réponde qu'il n'y a pas de docteur Rosen, comme toutes les fois que je me suis présentée à un cabinet.

– Le docteur Rosen est absent, il est malade. À la place, vous aurez affaire à son associé, le docteur Zimmer.

– Son… quoi ?

– Le docteur Rosen est malade. Mais je vais prévenir le docteur Zimmer. Vous êtes sûre qu'il s'agit d'une urgence ?

À peine a-t-elle disparu que je me glisse derrière son bureau. Un grand registre de rendez-vous est posé dessus en évidence, ouvert. Sur le côté, un porte-courrier en métal, rempli de factures. Je les passe rapidement en revue dans l'espoir de trouver sur l'une d'elles l'adresse personnelle du docteur Rosen, tout en guettant d'une oreille la réceptionniste dans la pièce voisine. Pas d'adresse personnelle. Tout est adressé au cabinet. Je parcours des yeux le mur derrière le bureau, tapissé de diplômes et de certificats. Des photos sont affichées dans un coin : un couple aux cheveux bruns, les Rosen probablement, accompagné du… – je m'approche pour m'assurer que j'ai bien vu – accompagné du garçon au visage rond qui m'avait fait un clin d'œil au lycée. Le garçon effronté et déluré qui m'avait fait penser à Bas. *Tobias*.

– Qu'est-ce que vous faites ?

La réceptionniste me foudroie du regard.

– Vous n'auriez pas un mouchoir ? Moi aussi, je suis réceptionniste. Et j'en ai parfois en réserve dans mon tiroir.

Elle fronce les sourcils et me tend un mouchoir de sa poche.

– Le docteur Zimmer ne peut pas vous recevoir aujourd'hui. Il est occupé après le travail. Il m'a demandé de vous donner un rendez-vous pour demain après-midi. En général, il ne travaille pas le samedi, mais vous pouvez venir à treize heures.

– Et peut-être que…, improvisé-je au fur et à mesure, peut-être que le docteur Rosen pourrait me recevoir chez lui ? Vous avez son adresse ?

Je suis allée trop loin, elle a l'air vraiment soupçonneux à présent. Je pose la main sur mon cœur.

– Mon Dieu, je ne sais pas ce qui m'a pris de vous demander l'adresse du docteur Rosen ! J'imagine que les gens sont prêts à tout quand ils ont mal aux dents. Demain, à treize heures donc.

Un bac accoste juste au moment où j'arrive à bicyclette. Les passagers qui en descendent sont pour l'essentiel des hommes d'affaires qui rentrent chez eux, mais aussi de jeunes couples et des mères avec des enfants en bas âge. Une foule de jeunes gens attend à côté de moi pour embarquer, tout en plaisantant et discutant à qui mieux mieux du lycée et de films, et d'un fermier qu'ils ont probablement croisé lors de leur sortie scolaire. J'aurais peut-être dû rester au cabinet du docteur Rosen. J'aurais peut-être dû me montrer plus franche avec la secrétaire, ou faire semblant de m'intéresser à ce dont souffrait le docteur Rosen et lui demander son adresse pour lui apporter de la soupe.

Une minute… ! Je reconnais l'une des voix parmi la foule des jeunes gens. Je scrute le groupe et finis par repérer la tête blonde familière. Celle du garçon de courses de Mme Janssen, celui à qui elle a vendu son lit pliant le jour où elle m'a demandé de retrouver Mirjam.

– Christoffel !

Il se retourne et rougit en me reconnaissant.

– Hanneke, c'est ça ?

Les camarades qui l'entourent, les garçons surtout, se sont tus et se donnent des coups de coude tout en se demandant qui je suis et comment Christoffel me connaît.

– Exact. De chez Mme Janssen, dis-je en essayant d'ignorer nos spectateurs ébahis.

– Mister Tof… Mister Cool, qu'attends-tu pour me présenter à ton amie ? lance un adolescent maigre aux larges narines derrière Christoffel.

Ce dernier rougit de nouveau en s'entendant appeler par son surnom. Il est beau garçon et ne le sait pas encore vraiment. À mon avis, les filles, elles, commencent à le savoir. Il fait plus jeune que son âge, mais d'ici un an ou deux, il aura perdu sa maladresse et n'aura que l'embarras du choix.

– Je passe chez Mme Janssen plus tard, ce soir, dit-il. Mon père lui a rapporté un petit cadeau de La Haye – il y va tous les jours pour son travail –, alors je le lui dépose tout à l'heure.

Tous les jours à La Haye, en train ? C'est impressionnant. Ce doit être un travail important. En ce moment, la plupart des gens ont le plus grand mal à se procurer un billet de train depuis que ceux-ci ont été réquisitionnés par l'armée allemande pour leurs propres convoyages. Les Hollandais préfèrent les éviter en règle générale, car les soldats patrouillent dans les transports en commun, en quête d'ouvriers à envoyer contribuer à l'effort de guerre dans leurs usines, en Allemagne. Donc, soit le père de Christoffel est un important homme d'affaires, soit il fait partie de la Croix-Rouge qui possède un bureau à La Haye. Soit il est membre du NSB…

– Vous êtes en sortie scolaire aujourd'hui ? C'était bien ?

– Oui. En fait, j'en sais rien. J'aime pas trop les sorties en groupe. J'aime pas trop non plus le vélo, mais je sais pas si j'ai le droit de dire ça.

– Non, pas si tu es hollandais.

– Et toi ? s'enquiert Christoffel. Qu'est-ce que tu faisais à Amsterdam Nord ?

– Rien. Dentiste…

– J'espère que ça s'est bien passé. Moi, je pleurais comme un veau quand je devais y aller.

– Oui, ça fait peur quand on est petit.

– Petit ? C'était l'année dernière !

Il rougit davantage en me voyant rire de sa plaisanterie, et sourit d'avoir eu l'idée de la faire. Charmant gamin maladroit.

– Bon, je vais rejoindre les autres, finit-il par dire. Déjà qu'ils se moquent de moi parce que je ne peux pas sortir avec eux ce soir. Papa repart très tôt demain travailler à La Haye.

– Sympa de t'avoir vu, lui dis-je.

Il se retourne pour s'éloigner, mais ce qu'il vient de dire m'interpelle. Sa seconde allusion à La Haye. Pourquoi étais-je justement en train de penser à cette ville ? Ç'avait un rapport avec Mirjam. Avec quelque chose que savait Mina.

– Attends, Christoffel, j'ai un service à te demander.

Il se retourne vers moi.

– Tu crois que ton père pourrait faire un petit détour ? Jusqu'à un hôtel situé à Kijkduin ? J'ai une lettre à faire parvenir à quelqu'un là-bas, et par la poste ça mettrait un temps fou. Mais puisque ton père va dans ce coin…

– Quel genre de lettre ?

J'ai déjà sorti un stylo et j'écris à la va-vite un mot en prenant appui sur mes genoux. Ce sera plus difficile pour lui de refuser si je lui tends quelque chose d'achevé.

– Rien de particulier. C'est simplement qu'on ne peut plus se fier à la poste en ce moment, et j'essaie de joindre une ancienne amie par l'intermédiaire d'une connaissance commune. Je veux être sûre qu'elle aura bien mon courrier.

Tout ce que je vais écrire à présent se doit d'être irréprochable. Contrairement à Ollie, que je connais depuis des années, je ne sais presque rien de Christoffel. Que son père appartienne ou non au NSB, Christoffel est peut-être un sympathisant. Il n'a que seize ans, mais j'ai déjà vu des membres de la *Nationale Jeugdstorm*, la version hollandaise des Jeunesses hitlériennes, beaucoup plus jeunes que Christoffel, s'entraîner à défiler au pas cadencé autour des places de la ville.

Chère Amalia,

Nous ne nous sommes jamais rencontrées, mais nous avons deux connaissances communes : Mirjam et Tobias. Je me demandais si tu avais eu récemment de leurs nouvelles. J'habite à Amsterdam et j'avais envie de les présenter à d'autres amis de passage. S'il te plaît, réponds-moi dès que possible, je n'ai pas beaucoup de temps.

J'ai signé de mon nom à la fin du message et précisé que la réponse pouvait être transmise par l'intermédiaire de la personne qui lui avait remis cette lettre. Après quoi je relis mon mot, hésitant à ajouter des détails, le stylo en suspens au-dessus de la feuille. Pour finir, je décide d'ajouter une seule petite phrase. «Je suis une amie.»

Derrière Christoffel, les autres élèves le pressent de se dépêcher. Je commence à plier le papier en trois, comme pour une lettre normale, mais je me ravise et plie la feuille en forme d'étoile, à l'instar de Mirjam avec sa lettre destinée à Amalia. Je le fais pour qu'Amalia sente qu'elle peut me faire confiance, que je suis une fille comme elle. Je le fais aussi parce que ainsi Christoffel n'osera pas l'ouvrir pour la lire, il serait bien incapable de la replier en étoile. Côté face, j'écris en capitales : AMALIA, C/O PROPRIÉTAIRE, HÔTEL VERT, KIJKDUIN. J'espère qu'il n'y a qu'un seul « hôtel vert ».

– Merci, dis-je à Christoffel.

Le bac a presque fini sa traversée. Les passagers se rangent en file avec leur bicyclette pour pouvoir descendre rapidement.

– Christoffel ! On y va ! Viens vite, Mister Cool !

Il rougit de nouveau en entendant son sobriquet, qui est certainement une plaisanterie entre eux. Je n'attends pas qu'il soit parti pour me frayer un chemin vers le début de la queue des voyageurs prêts à débarquer. Je ne veux pas qu'il s'imagine avoir encore la possibilité de me rendre mon petit mot, ou même le choix de me refuser ce service.

QUINZE

À l'exception de Judith, tout le monde est déjà là quand j'arrive chez Leo. Je m'assieds sur le même pouf que la dernière fois, à côté de Sanne, qui est manifestement enchantée de me revoir. Elle me demande aussitôt de fermer les yeux et de tendre la main. Ce que je fais. Alors elle me donne un tout petit verre rempli d'un liquide à l'odeur de genièvre.

– Du genièvre ?

Je ne sais plus à quand remonte la dernière fois que j'ai bu un bon alcool.

– J'ai reçu une petite bouteille pour mon anniversaire, il y a cinq mois, et je l'ai cachée. Tellement bien que je ne l'ai retrouvée que ce matin. Tout le monde a droit à deux dés à coudre !

Je renverse la tête en arrière pour avaler mon gin d'un trait. Ça brûle et ça pique les yeux.

– Tu es venue.

Ollie s'est approché pour s'accroupir à côté de moi. Il a l'air fatigué, mais étonné et content que je sois là.

– Judith a dit à Mina que je devais venir.

– Je suis ravi.

Il tend le bras et frotte ses phalanges noueuses contre ma joue, geste affectueux, par ailleurs propre à la famille Van de Kamp. M. Van de Kamp avait l'habitude de le faire à ses enfants. Bas me le faisait. Je me sens aussitôt envahie par une vague de chaleur et m'empresse de chasser ce geste de mon esprit.

Comme Judith n'est toujours pas là à l'heure prévue, Willem, en manière de plaisanterie, déclare qu'elle n'a plus droit à l'un des deux verres qu'on lui gardait et se propose de le boire à sa place. Dix minutes plus tard, Judith n'étant toujours pas arrivée, Leo annonce qu'il va boire le deuxième.

Mais quand, dix autres minutes plus tard, Judith n'est toujours pas apparue, plus personne n'a envie de rire et nous nous regardons tous en silence.

– Elle a probablement été retenue au lycée ou au théâtre, suggère Willem. À moins que d'autres rues n'aient été fermées.

– Je parie qu'elle est en train d'arriver juste maintenant, dit Sanne avec un large sourire peu naturel en allant à la fenêtre. Elle s'énerve toujours contre moi parce que je la mets en retard quand on doit aller quelque part. Cette fois, je pourrai lui prouver que ce n'est pas toujours ma faute. De temps en temps, elle se met en retard toute seule !

Pleine d'espoir, elle guette au-dehors pendant quelques minutes avant de revenir s'asseoir. Le tic-tac de la pendule résonne plus fort dans le silence qui s'épaissit.

En entendant des pas dans la rue, nous respirons tous de soulagement, mais ils s'approchent pour s'éloigner aussitôt. Ce n'était qu'un passant pressé de rentrer chez lui…

C'est Ollie qui prend la parole juste après, d'une voix tendue qu'il s'efforce de garder neutre.

– Quelqu'un ici sait-il où habite l'oncle de Judith ? Je me demande si le moment n'est pas venu pour nous de…

Avant qu'il ait eu le temps de finir sa phrase, la porte s'ouvre brutalement et Judith fait irruption dans la pièce, une valise à la main et de l'autre balayant la neige fraîche de son manteau. Je pousse un gros soupir que je ne savais pas avoir retenu dans ma poitrine, et Sanne lâche un petit cri de soulagement, avant de bondir pour serrer Judith dans ses bras puis pour la secouer.

– Nous étions inquiets, lui reproche-t-elle.

– Je suis désolée.

Judith serre à son tour Sanne dans ses bras, mais son sourire est contraint.

– Oh, tu es tout en nage, constate Sanne.

Les gouttelettes sur le visage de Judith, dont je croyais que c'était de la neige, sont en réalité de la sueur.

– J'ai couru pour venir. Je savais que j'étais en retard.

Elle est pâle et a l'air ébranlée. Willem s'en aperçoit aussi et lui sert une double ration de genièvre sans même lui demander son avis. Elle prend le verre, mais le garde entre les mains, sans le boire.

– Tu veux mon siège ? lui propose Willem qui la fait asseoir.

Ollie a repris des couleurs. Il se racle la gorge pour attirer notre attention.

– Bon, on discutera après la réunion, dit-il, pragmatique. D'après Leo, nous avons du mal à trouver suffisamment de vivres pour les *onderduikers*. Surtout de la viande. Je suis content que Hanneke ait pu revenir aujourd'hui. J'espérais qu'elle saurait peut-être...

– Attends, l'interrompt Judith. Nous n'avons encore rien décidé. Nous n'avons pas décidé quel était l'ordre du jour de notre prétendue réunion. Ce que nous dirons aux gens sur la raison de notre présence ici...

– Ce n'est pas important, Judith, objecte Ollie. Nous n'avons plus beaucoup de temps. Ça n'a aucune importance, là, tout de suite.

– Si, c'est important ! insiste Judith, le regard étrangement brillant.

– Parfait. Tu...

– C'est vraiment important ! J'ai une idée... sur ce qu'on doit fêter. Ce pourrait être mon départ.

– Ton quoi ? s'étrangle Sanne. Qu'est-ce que tu racontes, Judith ?

Judith essuie des larmes du revers de la main.

– Ils ont commencé à rafler les familles des membres du Conseil juif, annonce-t-elle. Mon oncle ne peut plus me protéger. J'ai reçu en fin d'après-midi ma convocation au Schouwburg, pour être déportée.

Son visage se décompose complètement.

Ollie est le premier à réagir en prenant Judith dans ses bras, de la façon la plus tendre que je lui aie jamais connue. Sanne saisit la main de son amie, tandis que Willem et Leo sortent en même temps un mouchoir de leur poche. Je ne sais que faire. Il y a à peine une semaine que je connais Judith. Je ne mérite pas d'être aussi bouleversée que les autres par cette nouvelle ; je ne mérite même pas d'être bouleversée. Elle m'a demandé de l'aider et j'ai refusé. Elle me l'a encore demandé et j'ai encore refusé. J'ai refusé malgré tous les contacts que j'avais, bien que ce soit beaucoup moins dangereux pour moi que pour elle et Mina. Je ne suis ici ce soir que parce qu'elle a dit que je le devais. Si finalement j'étais venue de mon plein gré, cela n'aurait rien changé. Je ne suis pas venue à temps.

– Je suis sûre que les nazis avaient planifié ça depuis longtemps ! s'emporte Sanne. Recruter des notables juifs pour le conseil, leur faire croire qu'ils avaient une réelle influence et qu'en faisant partie du conseil leur famille serait épargnée… Ensuite, une fois que les nazis auraient obtenu d'eux tout ce qu'ils désiraient, déporter également le conseil. Il était censé être protégé…

– C'est ignoble, déclare sobrement Willem.

– C'est plus qu'ignoble, dit Sanne. C'est diabolique.

– D'accord, enchaîne Ollie en tentant de reprendre le contrôle du groupe. Nous savions que ça pouvait arriver.

Il se tourne vers Judith.

– As-tu tout ce dont tu as besoin ?

Elle prend une inspiration saccadée avant de répondre.

– Oui, en tout cas pour l'essentiel. Un sac d'affaires, et je porte presque tous mes vêtements sur moi.

Pas étonnant qu'elle transpire autant. J'aurais dû remarquer qu'elle avait l'air plus enveloppée que d'habitude. Les boutonnières de son manteau sont tendues et deux jupes au moins dépassent de sous celle qu'elle porte.

– Ma cachette est-elle prête ?

Ollie acquiesce.

– Le couvre-feu est trop proche pour qu'on t'y emmène ce soir. Tu vas passer la nuit chez Willem et moi, et je t'y conduirai demain ou après-demain, en fonction du danger.

– Où est-ce ? demande Sanne. Où vas-tu l'emmener ?

– Il ne peut pas te le dire, répond Judith en même temps qu'Ollie secoue la tête. Pas avant que je sois en sécurité. Moins de gens le sauront, mieux cela vaudra. Tu connais les règles.

– Judith, et Mina ?

C'est la première fois que j'interviens dans la discussion. La question est épouvantable : est-ce que ta cousine – celle au rire en cascade et aux fossettes, qui prend en douce des photos des atrocités que commettent les Allemands – est à présent retenue dans ce même théâtre d'où elle s'est démenée pour sauver des vies ?

– Mina est à l'abri. Elle aussi a reçu sa convocation aujourd'hui. Je l'attendais chez elle quand elle est rentrée. Et je l'ai emmenée à sa cachette juste avant de venir ici ; Ollie avait déjà tout organisé. Ses parents et ses frères rejoindront la leur demain. Cela fait des semaines que c'est prévu. Pour le cas où...

– Je suis désolée, dis-je.

Je m'excuse pour tant de choses avec cette phrase, mais Judith ne me regarde plus.

Dans quelques instants, ce sera l'heure du couvre-feu. Nous devons partir tout de suite, par groupes de deux. Sanne et Leo entourent Judith, la serrent dans leurs bras et lui chuchotent des choses à l'oreille. Quand elle a eu fait ses adieux, Ollie lui prend son sac en tapisserie et pose la main sur la poignée de la porte.

– Tu es prête ? lui demande-t-il tout bas.

– Je suis prête.

Et ils partent tous les deux dans la nuit.

SEIZE
Samedi

Le lendemain matin, à mon réveil, j'ai mal aux mâchoires, comme si j'avais passé la nuit à les serrer et à grincer des dents. Je sais que j'ai rêvé de Judith et de Mirjam Roodveldt. « Pourquoi n'as-tu pas été plus gentille ? » me demandait Judith. Mais lorsque j'ai essayé de lui répondre, c'était en réalité à Elsbeth que je parlais. « Pourquoi ne viens-tu pas me chercher ? » me demandait Mirjam, mais lorsque je lui ai répondu que je la cherchais véritablement, c'était en réalité à Bas que je m'adressais. Je me suis réveillée plusieurs fois au cours de la nuit, sans savoir où j'étais, ni quand c'était, ni qui était vivant, ni qui était mort.

Alors que je sors de ma chambre en titubant, encore en chemise de nuit, des claquements retentissants m'avertissent que maman est prise d'un accès de grand nettoyage. Ça lui arrive plusieurs fois par an. Ce matin, elle bat un tapis sur le balcon à coups de balai. Assis à la table, armé d'un chiffon, papa astique toute l'argenterie bien rangée en piles devant lui.

– Elle refuse de me donner à manger tant que je n'aurai pas terminé, me chuchote-t-il. À moi… un infirme ! Il faut que je parte me cacher quelque part…

Je prends un chiffon et m'assieds à côté de lui tout en m'efforçant de garder un air impassible. Se cacher. *Judith*. Mon père sourit, l'odeur acidulée de l'argenterie flotte dans l'atmosphère, et Judith et Mina ont rejoint la clandestinité amstellodamoise. Parties.

Papa attend que je lui réponde. J'essaie de me rappeler ce que je lui aurais dit en temps normal, mais notre badinage habituel ne me vient pas facilement à l'esprit.

– Quelle méchante femme ! finis-je par dire en frottant l'un des chandeliers. Oser te maltraiter de la sorte !

Il est neuf heures du matin. Plus tard que je ne suis d'ordinaire autorisée à me lever le samedi. Plus de trois heures encore à attendre avant d'aller à mon rendez-vous chez le docteur Zimmer. Et qui sait combien d'heures encore avant que je ne puisse savoir si Judith a bien rejoint sa cachette ! La matinée promet d'être longue et pénible.

J'en ai fini avec deux chandeliers seulement quand maman rentre le tapis et regarde ce que je fais.

– Ça tombe bien, Hannie, tu es réveillée. J'ai autre chose pour toi.

Je m'arrête, le chiffon à la main.

– Pas besoin de faire l'argenterie?

– Ton placard, annonce maman. Il y a tellement de papiers là-dedans que tu ne peux avoir besoin de tous. Trie-les pour qu'on voie ce qu'on peut utiliser pour allumer le feu.

Je ressens un étrange soulagement à rester seule dans ma chambre pour trier mes papiers, tandis que mes parents font le ménage dans la pièce voisine. C'est routinier et inintéressant au possible, et exige juste assez d'attention pour me distraire des événements de la veille. Au bout de quelques minutes, maman frappe à la porte et m'apporte des tartines de pain et confiture.

– Tu vois ? Je ne suis pas si méchante…

Elle feint d'être sévère, mais ses yeux ne reflètent aucune colère.

Maman s'agenouille auprès de moi et ramasse ce que je viens de mettre de côté : une carte d'anniversaire reçue pour mes seize ans.

– Tu te souviens de cet anniversaire ? Nous sommes allés tous ensemble faire du patin à glace. Elsbeth portait sa petite jupe de patineuse et Bas m'avait défiée à la course parce qu'il trouvait amusant de se mesurer à une maman de quarante ans…

– Et tu l'as battu. Il n'a pas cessé de répéter que tu lui avais fait un croche-pied quand personne ne regardait.

Elle a relu la carte, et pendant un instant, on n'a plus entendu que le bruissement des feuilles que je triais en différents tas.

– Tu dois me trouver franchement méchante parfois, dit-elle calmement. Je dois t'exaspérer avec mon inquiétude.

– De quoi parles-tu ?

– Tu le sais très bien. La façon dont je te contrecarre. La façon dont tu cherches un réconfort auprès de ton père quand tu n'en peux plus de mes questions.

Elle a raison, c'est exactement ce que je pense au moins trois fois par jour et je le lui dis au moins une fois par jour. Mais pas maintenant qu'elle a l'air si désemparée et vulnérable.

– C'est simplement que j'ai déjà vécu des guerres, Hanneke, poursuit-elle. Je sais ce qui peut se produire. Je sais ce qui peut arriver aux jeunes filles. J'essaie de te protéger pour que tu puisses grandir et ne pas avoir à t'inquiéter autant que moi. Il n'y a rien au monde qui me soit plus précieux que toi. Tu comprends ?

Je hoche la tête, déconcertée, mais avant que j'aie trouvé quoi répondre, maman repose la carte postale, se lève et époussette sa jupe. Puis elle me fait un bisou sur le sommet du crâne, sans conviction.

– La pause est terminée. Retour aux tapis !

Quelques instants plus tard, les claquements reprennent sur le balcon.

Maman a raison : ce placard est dans un désordre indescriptible. Certains des papiers ont plus d'un an. Papa et moi ne jetons jamais rien ; lui par sentimentalisme et moi parce que je suis incapable de jeter quoi que ce soit susceptible de servir un jour. Ces derniers temps, nous trouvons deux ou trois usages à toutes sortes de choses. Maman gardera certains de ces papiers pour allumer le feu, elle en utilisera d'autres pour faire les vitres ou pour doubler nos chaussures.

– Maman, où sont les ciseaux de couture ? crié-je dans le couloir, en repensant à mes pieds gelés l'autre jour, sous la pluie. Je vais faire des semelles.

Lorsque j'ai récupéré les ciseaux, je dispose les chaussures sur une page de journal. Mais avant de tracer le contour, je m'aperçois que je m'apprête à découper celui de l'anniversaire de maman. Papa ne sera pas content si j'utilise celui-là ; il garde chaque année les journaux de nos anniversaires respectifs. Celui du dessous de la pile est un numéro du *Het Parool* ; je me rappelle vaguement qu'un client me l'avait donné il y a quelques semaines et que j'aurais dû m'en débarrasser depuis longtemps au lieu de le garder à la maison. Je vais en faire des semelles. J'aime assez l'idée de ce modeste acte de rébellion consistant à transporter un bout de journal de la Résistance à l'intérieur de mes chaussures.

Les ciseaux de maman ont été récemment aiguisés et ils entament le papier à merveille. J'en suis à la moitié de la seconde semelle. Les ciseaux m'échappent des mains et tombent par terre.

Je n'en crois pas mes yeux.

J'approche la page à moitié découpée. Est-ce que je rêve ? Mais non, c'est bien là, entouré par inadvertance grâce à mon tracé. Je relis l'entrefilet, les mots qui dansent sous mes yeux.

– Hannie, quel était ce bruit ?

La voix de maman me parvient comme sous l'eau, lointaine et étouffée.

– Quoi ? dis-je enfin, incapable de détacher mon regard du journal.

– Qu'est-il arrivé à mon parquet ? soupire maman en entrant dans la chambre.

Plantés droit dans le bois, les ciseaux ont fait un trou dans le plancher en érable de ma mère.

– Oh, Hannie ! Je vais cirer le parquet, on verra bien si…

– Il faut que j'y aille !

Je me remets debout, fouille dans mon placard en quête d'une jupe propre et enlève ma chemise de nuit sans même demander l'intimité que j'exige d'ordinaire quand je me change.

– Il faut que tu y ailles ? Où ça ?

Mon chemisier et ma jupe jurent atrocement. J'ai enfilé le premier vêtement qui m'est tombé sous la main.

– Tu mets ça ? s'étonne maman en fronçant les sourcils. Et pourquoi t'habilles-tu maintenant ?

– Parce que je dois sortir.

– Mais on a à peine commencé le ménage ! Hanneke, ce chemiser ne va vraiment pas avec ta jupe !

Je lui passe devant et attrape mon manteau au passage.

– Je reviens dès que possible.

– Hannie !

Maman m'appelle encore alors que je dévale l'escalier, enfourche ma bicyclette et dévale la rue.

J'aperçois du coin de l'œil une ancienne camarade de classe en train de faire des courses dans la boutique de Mme Bierman. Elle me fait un signe de la main, mais je ne m'arrête pas. Je ne m'arrête pas non plus en croisant un client de M. Kreuk qui me hèle pour me donner sa commande de la semaine prochaine.

Je traverse le quartier à toute allure, empruntant les rues à nids-de-poule que j'évite d'ordinaire, parce que je sais qu'aujourd'hui ce sera plus rapide.

Est-ce une simple coïncidence ? Ce que j'ai vu dans le journal, était-ce une simple coïncidence ? Mais non… Je suis certaine que non.

J'arrive chez Mme Janssen, gare ma bicyclette contre sa maison, plus en vue que d'habitude, et entre en trombe dès qu'elle m'a ouvert la porte.

– Ça ne va pas ? s'alarme-t-elle.

Elle n'a pas sa canne et doit se retenir à l'accoudoir pour se caler contre le canapé.

– Il faut que je revoie la cachette.

– Pourquoi ? Qu'as-tu découvert ?

Je file ouvrir la porte de l'arrière-cuisine et repousse les bocaux de conserve.

Mme Janssen claudique derrière moi.

– Tu crois que quelque chose nous a échappé ?

Elle me regarde ouvrir la porte dérobée et pénétrer dans la réserve.

– Hanneke, qu'avons-nous manqué ?

Nous n'avons rien manqué du tout. Nous avons inspecté le moindre centimètre carré de ce réduit vide et désolé, Mme Janssen avec sa mauvaise vue et moi avec mes bons yeux. Nous avons vu tout ce qu'il y avait à voir. Seulement, nous n'avons pas regardé comme il le fallait.

Pendant quelques secondes, j'ai peur que Mme Janssen n'ait jeté ce que je cherche. Mais non, il est toujours là, déjà un peu jauni sur les bords, l'ancien numéro du *Het Parool* que Mirjam lisait le jour où elle a disparu.

Je me dépêche d'ouvrir le journal que j'ai rapporté de la maison. C'est bien ce que je pensais : c'est le même numéro, celui du mois dernier. Même si je suis certaine que toutes les pages des deux journaux sont identiques, j'emporte néanmoins à la cuisine l'exemplaire de Mirjam et le feuillette en pleine lumière jusqu'à celle que j'ai découpée par mégarde dans le mien pour en faire des semelles à mes chaussures.

– Qu'est-ce que tu fais ?

– Chut, j'essaie de réfléchir…

Je lève le doigt pour intimer le silence à Mme Janssen. Celle-ci s'est montrée extrêmement précise en ce qui concerne la chronologie de la disparition de Mirjam :

juste avant qu'elle ne disparaisse, Mme Janssen lui avait apporté ce numéro du *Het Parool*. Jusqu'à présent, je considérais ces deux faits – la remise du journal et la disparition – comme étant totalement indépendants l'un de l'autre. Et s'il s'agissait d'une réaction en chaîne, où l'un aurait entraîné l'autre ? Et si Mirjam avait lu quelque chose dans le journal qui l'aurait poussée à s'enfuir ?

La première fois que Mme Janssen m'a parlé de la disparition de Mirjam, elle m'a dit que cette dernière adorait lire de bout en bout le *Het Parool*, y compris les petites annonces.

Je retrouve l'endroit que j'avais commencé à découper à la maison dans mon exemplaire : un petit message de trois lignes imprimé au milieu de la page.

Elizabeth s'ennuie de sa Margaret,
mais elle est contente d'être en vacances
à Kijkduin.

Ça ne peut pas être une coïncidence. Durant tout ce temps, j'ai cru que je devais entrer en relation avec Amalia parce qu'elle pouvait avoir une idée de l'endroit où son amie avait pu se réfugier. Je n'avais pas pensé que Mirjam aurait essayé de la rejoindre. Mirjam a-t-elle pris un train à destination de Kijkduin ?

– Hanneke, dis-moi ! insiste Mme Janssen que j'avais presque oubliée, toujours assise dans sa cuisine. Tu as le regard perdu dans le vide. Explique-moi ! Que se passe-t-il ?

La première fois que j'ai rencontré Elsbeth :

Elle avait sept ans et moi six. Je pleurais parce que c'était mon premier jour d'école et je ne connaissais personne, hormis un garçon qui habitait en dessous de chez moi et qui aimait bien me tirer les cheveux.

– Comment tu t'appelles ? m'a-t-elle demandé.

– Hanneke.

– Moi, c'est Elsbeth.

Elle avait un joli ruban dans les cheveux et l'a enlevé pour le nouer autour de ma natte.

– Garde-le. Il va mieux avec tes cheveux blonds. Et ce n'est pas la peine de pleurer à cause de ce garçon. Les garçons sont bêtes. Ce qu'il te faut avant tout, c'est une meilleure amie.

DIX-SEPT

Idiote. Je suis idiote. J'ai laissé mes souvenirs de Bas dicter ce que j'imaginais arriver à Mirjam. C'est moi qui ai supposé que si Mirjam s'était enfuie de sa cachette, c'était parce qu'elle voulait retrouver Tobias. Que n'avais-je pensé qu'elle pouvait aussi bien avoir envie de retrouver quelqu'un qu'elle aimait tout autant mais différemment ?

Le vent me pique le cou, s'infiltre à l'intérieur de mon chemisier jusqu'à la clavicule. Je n'ai pas dû boutonner mon manteau, il claque furieusement derrière moi à chaque coup de pédale. J'essaie de maintenir d'une main le col autour de ma gorge, mais je ne parviens qu'à me mettre en travers du chemin d'un vieux monsieur. Il fait un bond de côté et peste après moi.

Que s'est-il passé ? Les parents d'Amalia avaient l'intention d'envoyer leur fille vivre chez sa tante. Voilà ce que Mina m'a dit. Et puis, quoi ? À un moment donné, alors qu'elle y était déjà, elle a fait passer dans le journal un message destiné à son amie. Amalia savait-elle que Mirjam se cachait dans le magasin de meubles ? Communiquaient-elles d'une manière ou d'une autre ? Avaient-elles planifié tout cela bien avant, ce message secret à faire paraître à la rubrique des petites annonces d'un journal clandestin ? Était-ce le signal pour Mirjam de quitter sa cachette ou bien, en découvrant ce message de sa meilleure amie, a-t-elle été submergée par l'émotion au point de décider de partir sur un coup de tête ?

Quoi qu'il en soit, pourquoi n'aurait-elle pas prévenu Mme Janssen ? Elle devait bien se douter que sa disparition affolerait la vieille dame.

Je pédale à toute vitesse dans les rues. À présent que je tiens une piste, mon cerveau fonctionne à cent à l'heure. Je vais devoir retrouver Christoffel pour savoir si son père a réussi à se rendre à Kijkduin et s'il en a rapporté une réponse d'Amalia. Si son père n'est pas passé à l'hôtel, il faudra que j'y aille moi-même et que je fouille toutes les chambres. De toute façon, je vais devoir aller à la gare pour essayer de retrouver le contrôleur qui s'occupe de cette ligne. Une fille de quinze ans en manteau bleu roi voyageant seule ne peut pas passer inaperçue. Mais comment aurait-elle fait pour monter dans le train ? L'employé des chemins de fer n'aurait pas eu le droit de vendre un billet à une personne dont les papiers portaient la mention «Jood». Il faut que je demande quelques jours de congé à M. Kreuk. Il faut que je découvre s'il existe un réseau de transports clandestin, un moyen qui aurait permis à Mirjam de se rendre à Kijkduin autrement que par le train. Mais je dois d'abord retourner à la maison pour me changer et inventer un mensonge à raconter à maman. Je me dirige vers chez moi, tellement absorbée par mes projets que je manque de renverser Ollie qui se tient au milieu de la rue et me fait de grands signes pour que je m'arrête.

Il se passe quelque chose.

Il se passe assurément quelque chose : Ollie, debout au milieu de la rue, en train d'agiter les bras comme un fou.

Mais non, il n'agite pas les bras comme un fou. Il les agite mollement, comme s'il ne tenait pas vraiment à ce que je le voie et m'arrête. Alors que je freine dans un crissement de pneus, il les laisse retomber sur ses flancs.

– Qu'est-ce que tu fais là ? lui demandé-je. Je pensais justement à toi. J'ai appris quelque chose et j'ai besoin de ton aide.

Il se masse sous les côtes du bout des doigts pour atténuer le point de côté après avoir couru.

– Je suis monté chez toi et ta mère m'a dit que tu étais partie dans cette direction. Il faut que je te parle.

– Parfait. Tu m'as trouvée.

– C'est sérieux.

– Je le sais que c'est sérieux. J'ai découvert quelque chose chez Mme Janssen. En fait, je l'ai découvert chez moi, mais je n'ai pas compris tout de suite ce que ça signifiait jusqu'au moment où…

Quelque chose me pousse à parler parce que, tant que je parle, Ollie ne pourra pas me dire ce qui l'oblige à tordre la bouche en une vilaine balafre.

– J'ai de mauvaises nouvelles. Trouvons un endroit où nous asseoir.

– Aucune envie de trouver un endroit où nous asseoir ! J'ai fait une découverte aujourd'hui. On n'a pas le temps de s'asseoir.

Je risque un rire forcé, comme si Ollie était amusant.

– Ollie, reprends ton souffle, et on y va.

– Non, Hanneke. Il est arrivé quelque chose.

– Oui, c'est exact ! Je sais où se trouve Mirjam. On y va !

Il ne me suit pas. Il n'essaie pas de me convaincre non plus. Il reste planté là, et me laisse m'énerver toute seule et sentir à quel point l'atmosphère autour de nous s'est soudain alourdie.

– Je peux te raccompagner chez tes parents, si tu veux. Ou alors on peut aller chez moi.

– Qu'est-ce que c'est, Ollie ? Est-ce…

Même là je suis obligée de m'interrompre parce que, tant que je n'ai pas prononcé les mots, ils n'ont aucune réalité.

– Est-ce Judith ? Il lui est arrivé quelque chose en chemin quand elle est partie se cacher ?

– Judith est toujours chez moi. Non, ce n'est pas Judith.

– C'est Willem ?

J'énumère leurs noms comme je déroulerais un bandage, en commençant par ceux qui font le plus mal. « Alors, c'est Leo », décidé-je. Que ce soit celui que je connais le moins bien de tous. Quelque chose ne doit pas tourner rond chez moi pour que j'aie de telles idées, pour que je souhaite une telle malchance à Leo, mais je sais que tout dans la vie a forcément un prix.

– Hanneke, écoute-moi ! Je suis allé au théâtre pour essayer de parler à l'oncle de Judith. Ça y est, Hanneke, Mirjam a été conduite au Hollandsche Schouwburg hier soir.

DIX-HUIT

– Quoi ?

Je repousse violemment Ollie et, avec lui, ce qu'il vient de m'apprendre.

– Tu te trompes.

Bien sûr qu'il se trompe ! Mirjam n'est pas au Schouwburg. J'agite les bras autour de lui, je veux qu'il ravale ses paroles.

– Hanneke, il y a eu une grande rafle hier soir, explique-t-il en me saisissant les poignets et en les serrant contre sa poitrine. Ils cherchaient des gens dont ils avaient les noms sur leur liste, mais comme leurs quotas n'étaient pas atteints, ils ont embarqué tous ceux qui avaient des papiers juifs. Des dizaines de personnes qu'il n'était pas prévu de déporter si tôt ont été emmenées. L'un des noms de la liste est M. Roodveldt. Mirjam se trouve au théâtre et doit être déportée dans deux jours.

– Mais je sais maintenant où elle est partie, insisté-je. Elle est allée à La Haye. Ils n'ont pas pu l'arrêter puisqu'elle n'était plus à Amsterdam ! Elle ne pouvait pas…

– Peut-être a-t-elle quitté la ville, mais elle a été prise et ramenée ici. Ou peut-être y a-t-il eu une descente et une rafle dans sa cachette transitoire, juste avant qu'elle ne la quitte. Tellement de choses ont pu se produire. Tout ce que nous savons, c'est que quelqu'un portant ce même nom se trouve là-bas.

Rafle. Roodveldt. Rafle. Ces mots flottent devant mes yeux, mais ils n'ont aucun sens. Le cœur d'Ollie bat sous mes mains.

– Alors, il va falloir décider ce qu'on fait maintenant, dis-je pour finir. D'abord, nous devons aller au théâtre. Tu distrairas les gardes. Il faut aller la sortir de là tout de suite.

– Hanneke. Tu t'entends ?

– Tu as raison. D'abord, on doit demander de l'aide à l'oncle de Judith. Il va…

Ollie serre un peu plus fort mes poignets.

– Non.

– Lâche-moi. Tu n'as pas besoin de venir avec moi, mais tu dois me laisser y aller.

– Non ! répète-t-il. Hanneke, est-ce que tu veux que des gens meurent ? Tu ne peux pas mettre en péril le réseau que nous avons mis un an à constituer rien qu'en retournant au théâtre pour te renseigner sur une seule fille. Nous n'avons plus personne à l'intérieur, à présent. Judith et Mina ne sont plus là. L'oncle de Judith ne nous aidera pas. Il craint terriblement pour sa propre vie. Le conseil n'a aucunement l'influence que nous lui croyions. Si tu débarques maintenant sans rien savoir, tu vas compromettre toute l'opération.

– Mais…

– Non !

Il a raison. Malgré ma colère et ma frustration, je sens bien qu'il a raison. J'aurais pu avancer les mêmes arguments que lui s'il s'était agi d'une autre personne que celle que je m'étais tant évertuée à retrouver. Pourquoi n'étais-je pas au Schouwburg hier soir ? Je me félicitais d'avoir localisé le père de Tobias alors qu'à la place j'aurais dû me rendre au Schouwburg.

– J'ai fait tout ça pour rien : la tournée des dentistes, les discussions avec les camarades de classe ; j'aurais plutôt dû me planter devant le théâtre à la seconde où tu m'en as parlé. Peut-être que je l'aurais vue entrer et que j'aurais pu lui venir en aide.

Ollie me lâche et prend mon visage entre ses mains en me regardant dans les yeux.

– Tu ne pouvais pas savoir ce qu'il y avait de mieux à faire. Amsterdam est une grande ville, et Mirjam aurait pu se trouver n'importe où.

– Mais, Ollie, et si ce n'était pas elle, au théâtre ?

– Hanneke, j'espérais que ce ne serait pas elle, mais si.

– Non, écoute. M. Roodveldt ? Peut-être qu'il s'agit d'un autre prénom. Margot ou Moïse ou… il y en a des tas qui commencent par un *M*, Ollie. Y a-t-il quelqu'un au théâtre qui l'a vue ou lui a parlé, qui peut nous assurer que c'est bien elle ?

– Je ne peux pas le savoir sans poser des questions qui nous trahiront. Nous avons décidé de faire une pause et de nous réorganiser, à présent qu'ils déportent les familles des membres du conseil.

« Réfléchis, m'ordonné-je. Réfléchis rationnellement. » Si je ne peux pas pénétrer dans le théâtre, comment m'arranger pour obtenir des renseignements ?

– Peut-être que si je trouve quelqu'un qui habite en face, ou qui travaille dans le coin. Peut-être qu'on l'aura vue entrer…

Ollie ouvre la bouche, puis la referme vivement, semblant regretter son impulsion.

– Quoi ?

– Rien, ment-il.

– Ollie, qu'est-ce qu'il y a ? Tu connais quelqu'un qui aurait vu quelque chose ?

– Je ne peux pas te le dire, c'est contraire à nos règles, se défend-il.

– Au diable le règlement, dis-moi : qui a vu quoi ? S'il te plaît, Ollie, dis-moi !

– Hanneke, nous avons des règles pour une bonne raison : nous devons penser à l'intérêt général.

Mais j'entrevois une faille dans son discours et je m'y précipite.

– Je sais ce que c'est votre intérêt général, Ollie, mais si celui pour lequel vous vous battez avec tant d'énergie ne sert pas à sauver une jeune fille de quinze ans, alors à quoi bon ? Quelle espèce de société cherchez-vous à sauver ?

Il finit par pousser un gros soupir rageur. Je l'ai ébranlé avec mes supplications.

– Nous ne t'aiderons pas à sortir Mirjam du théâtre, affirme-t-il. C'est impossible. Mais je vais faire une chose, une seule, pour t'aider à vérifier si elle s'y trouve effectivement, afin que tu ne passes pas le reste de la guerre dans l'incertitude. Et je le fais uniquement parce que, avec tes questions et tes démarches auprès d'employés de bureau ou autres, tu nous mets tous en danger.

Soulagée, je relâche les épaules.

– Merci, Ollie. Merci.

– C'est tout. Ne me demande rien d'autre.

Il jette un coup d'œil autour de lui pour s'assurer que personne ne nous regarde, puis sort un morceau de papier de sa poche et écrit quelque chose. Une adresse, que je lis à l'envers.

– Apprends ça par cœur et détruis-le, m'ordonne-t-il. C'est là que se trouve Mina. Elle pourrait peut-être t'aider.

– Pourquoi Mina… ?

Ollie consulte sa montre.

– Il faut que j'y aille tout de suite. Je ne peux pas me permettre d'arriver en retard à la cachette de Judith. Je te reverrai dès que possible. Peut-être tard…

– Mais…

– Plus tard, Hanneke.

Il a presque aussitôt l'air de regretter son geste, doutant de l'aide qu'il vient de m'apporter. En signe de remerciement, j'esquisse un sourire pour lui signifier qu'il a pris la bonne décision, mais je ne le tiens pas longtemps.

Après son départ, je pousse ma bicyclette dans une ruelle afin d'apprendre l'adresse par cœur, comme me l'a recommandé Ollie. À peine ai-je lu le numéro de la rue noté sur le bout de papier que je sais qu'il s'est trompé. L'adresse qu'il m'a donnée ne peut être la bonne. J'y suis déjà allée. J'y vais toutes les semaines.

DIX-NEUF

La sonnette retentit, mais on ne vient pas m'ouvrir. On dirait qu'il n'y a personne. Pourtant, lorsque je colle l'oreille contre la porte, j'entends comme un bruit étouffé de chaises que l'on quitte. Puis le cliquetis de la chaîne que l'on ôte. Un œil bleu apparaît dans l'entrebâillement.

– Madame de Vries…

– Hanneke, dit-elle en haussant les sourcils. Je n'ai rien commandé. Je ne t'attendais pas.

– Je ne suis pas là pour une livraison. Mais pour autre chose… Je peux entrer pour vous parler ?

– Non, je ne crois pas. Ce n'est pas le moment.

Elle regarde au-delà de moi, dans le hall d'entrée vide, comme si elle désirait que je parte. Je ne peux imaginer de quoi j'ai l'air avec mes vêtements dépareillés, mes cheveux défaits et en bataille, mes bas filés.

– C'est bon, madame de Vries, je sais, déclaré-je en me penchant vers elle.

– Tu sais ? Qu'est-ce que tu sais ?

Encore une fois, je me demande si Ollie ne s'est pas

trompé d'adresse. Cette femme est toujours aussi hautaine, glaciale. Je chuchote aussi bas que possible :

– Je suis une amie de Mina.

Son regard se trouble. Elle porte la main à sa gorge tout en feignant de redresser la broche de son chemisier.

– Il faut que tu partes, Hanneke. Je n'ai besoin de rien aujourd'hui.

– Laissez-moi entrer, s'il vous plaît.

– Franchement, c'est absolument insensé ! susurre-t-elle. J'en parlerai à M. Kreuk la prochaine fois que je le verrai.

– On peut lui téléphoner tout de suite si vous le désirez. Mais je ne bougerai pas d'ici tant que vous ne m'aurez pas laissée entrer. Et je dirai bonjour à tous vos voisins.

Elle finit par refermer la porte pour défaire la chaîne de sécurité, et dès qu'elle l'a rouverte, je me précipite à l'intérieur avant qu'elle ne change d'avis. Les jumeaux sont assis par terre et jouent avec leurs petites voitures. Tout semble normal, l'appartement est tel que je l'ai vu à chacune de mes visites. Aucun bruit suspect. Tout est en ordre, à sa place.

Mme de Vries sort une cigarette sans me quitter des yeux. Elle ne me propose pas d'enlever mon manteau. Nous ne savons que nous dire.

– Je suis venue voir Mina, me décidé-je finalement à dire. Où est-elle ? C'est important.

– Il se passe quelque chose ? La police soupçonne-t-elle mon appartement ?

– C'est personnel.

Mme de Vries exhale une volute de fumée avant de me tourner le dos. Pendant quelques secondes, je me dis qu'elle va m'ordonner de sortir de chez elle, jusqu'à ce que je comprenne qu'en fait elle me signifie de la suivre. Je n'ai jamais été introduite dans cette partie-là de l'appartement, où un long couloir dessert de nombreuses pièces de part et d'autre. Les de Vries sont encore plus riches que je ne l'imaginais : les pièces devant lesquelles nous passons sont pourvues de meubles qui ont l'air onéreux, ornées de tableaux aux murs et d'un papier peint aux riches nuances. Mme de Vries s'arrête sur le seuil de ce que je suppose être la salle de jeux des jumeaux, avec deux chevaux à bascule et des rayonnages à hauteur d'enfant, chargés de livres et de jouets.

– Hanneke ? Tu peux m'aider ?

Mme de Vries, qui s'est approchée de la petite bibliothèque, me regarde à présent avec irritation en attendant que je l'aide à la pousser sur le côté.

Je cale mes pieds sur le tapis et fais glisser le meuble. Derrière, une petite porte de placard a été ménagée dans le mur, juste assez haute pour qu'une personne s'y faufile, mais à quatre pattes. D'un signe de la tête, elle m'autorise à l'ouvrir, et c'est alors que m'apparaissent deux chaussures basses et une paire de socquettes. Mina se met aussitôt à genoux et glisse la tête par l'étroite ouverture.

– Hanneke ! Il me semblait bien que j'avais entendu ta voix !

À peine sortie du placard, Mina me prend dans ses bras.

– Je ne pensais pas pouvoir voir du monde. Judith trouvait ça beaucoup trop dangereux. Est-ce qu'Ollie l'a conduite à sa cachette ? Qu'est-ce qui s'est passé depuis que je suis ici ? J'ai l'impression que ça fait un an, alors que je ne suis là que depuis hier !

Avant que je ne décide à quelle question répondre en

priorité, un autre petit grattement me parvient du réduit. Mina l'entend également.

– C'est bon, dit-elle. Vous pouvez sortir tous les deux.

– Tu n'es pas seule ? m'exclamé-je.

Une autre paire de jambes, chaussées de souliers d'homme marron, apparaît dans l'espace d'où Mina vient de s'extraire. Elles appartiennent à un vieux monsieur à la barbe blanche, qui sort en clignant des yeux, ébloui par la lumière. Il est suivi d'une femme plus âgée, très coquette, à la coiffure et au maquillage impeccables.

– Voici M. et Mme Cohen, m'explique Mina.

Un peu méfiant, le couple hoche la tête pour me saluer.

– Mon amie Hanneke Bakker, ajoute-t-elle.

– Enchantée, murmuré-je en essayant de me rappeler pourquoi ce nom me dit quelque chose.

– Tout va bien, Dorothea ? demande Mme Cohen à Mme de Vries. Les cloisons de cet immeuble ont toujours été tellement minces, nous n'avons pu nous empêcher d'entendre.

Je me retourne vers Mme de Vries.

– Les Cohen sont…

– Mes voisins, oui. Ils sont ici depuis quelques jours.

M. Cohen me tend la main. Il émane de sa personne une odeur ténue de cigarette et de cuir, odeur rassurante qui me rappelle mon grand-père.

– Mais quand votre autre voisine était ici…, commencé-je avant de m'interrompre.

Quand la femme à la fourrure de renard était là, Mme de Vries s'était comportée comme si elle se réjouissait de la disparition des Cohen. Et qu'aurait-elle pu faire d'autre ?

Les Cohen hochent poliment la tête à mon intention, après quoi Mme Cohen suggère à son mari de nous laisser seules, Mina et moi. Ils s'éclipsent, tandis que Mme de Vries reste, comme si elle n'autorisait chez elle aucune conversation hors de sa présence.

– Viens, je vais te montrer notre cachette, me propose Mina en me prenant par la main pour m'entraîner dans le placard avant que j'aie eu le temps de refuser.

L'odeur de peinture est le seul indice permettant de deviner que cette cachette a été récemment aménagée. De l'extérieur, on dirait qu'elle l'a été en même temps que le reste de l'appartement tant le travail est parfait. Il y a même des traces d'éraflures sur les plinthes. En comparaison, la réserve de Mme Janssen est du travail d'amateur.

– Nous ne retournons là-dedans que lorsqu'il y a des étrangers, explique Mina. Le reste du temps, nous pouvons circuler dans tout l'appartement.

Elle referme la porte du placard et le passage disparaît complètement.

– Lorsque je suis arrivée hier, ils m'ont fait plusieurs fois entrer et sortir par cette petite porte pour voir en combien de temps nous pouvions ramasser nos affaires et réintégrer notre cachette, en nous assurant de ne rien avoir oublié derrière nous qui puisse nous trahir. Tu aurais dû assister à l'un de nos exercices !

– Oui, mais pas maintenant, marmonné-je distraitement.

En refermant la porte de la cachette, Mina a provoqué un appel d'air qui a soulevé le rideau, révélant une vue sur un grand bâtiment de pierre familier.

– Le Schouwburg, chuchoté-je. Nous sommes juste en face du Schouwburg.

Chez les de Vries, je n'avais eu jusqu'ici un aperçu de la vue que depuis les fenêtres de devant. Dans la mesure où je n'avais jamais été invitée à pénétrer plus loin dans leur appartement, je n'avais pas réalisé sur quoi donnait l'arrière. À présent, je comprenais pourquoi Ollie m'avait donné cette adresse.

– Mina, est-ce que tu as… ?

J'ai la bouche sèche. J'avale ma salive et refais une tentative.

– Est-ce que tu as vu entrer le groupe hier, après la rafle ?

Mina acquiesce.

– C'était juste après mon arrivée ici. Tout le monde criait. J'ai regardé, cachée derrière le rideau, et je me suis sentie tellement coupable d'être ici en sécurité, alors qu'en bas ils ne l'étaient plus.

– C'est important, Mina. As-tu vu Mirjam ? Est-ce qu'elle a été amenée avec ces gens ?

– Mirjam faisait partie de ce groupe ?

– Je n'en sais rien. Mais quelqu'un portant le même nom qu'elle, en tout cas. Donc tu ne l'as pas vue ? Tu en es sûre ?

– Je suis désolée. Je suis désolée, répond-elle, les yeux pleins de larmes. Je ne pouvais pas savoir…

Une autre porte qui se ferme. Un autre espoir qui s'évanouit.

– Mais j'ai pris des photos ! se rattrape-t-elle en séchant ses larmes sur sa manche.

– Tu as pris des photos ?

– Je n'ai pas emporté tous mes vêtements pour pouvoir caser mon appareil dans ma valise. Je voulais pouvoir continuer à faire quelque chose. Tout en étant enfermée ici, je peux encore prendre des photos de ce qui se passe là-dehors.

– Je peux les voir ? Tes photos ?

Son visage s'assombrit.

– Elles ne sont pas encore développées. Je les ai prises hier seulement.

– Alors, trouvons quelqu'un pour les développer ! Je suis sûre qu'on peut trouver quelqu'un de confiance.

Je passe mentalement en revue la liste de tous mes clients du marché noir, songeant plus particulièrement aux artistes qui auraient une pièce aveugle en sous-sol. Il y avait bien le propriétaire d'une galerie, mais quand je me suis rendue chez lui, j'ai vu qu'il avait sur sa table basse des pamphlets avec la photo de Hitler.

Mina secoue la tête.

– Non, ce n'est pas possible… c'est de l'Anscochrome.

– Qu'est-ce que c'est ? Je n'ai jamais entendu ce mot.

– C'est une pellicule couleur d'un genre particulier que j'ai demandée pour mon anniversaire. La plupart des photographes n'ont jamais travaillé avec ; c'est une marque germano-américaine. Même si nous voulions prendre le risque de la faire parvenir de l'autre côté de la frontière à un photographe allemand sympathisant, il nous faudrait attendre des semaines pour qu'elle nous revienne développée.

– Mais peut-être qu'un professeur d'une école d'art, ou quelqu'un qui travaille dans un journal… ils pourraient le faire vite, ou…

– Ce n'est pas une question de temps. C'est que les photographes classiques pourraient bien abîmer tout le rouleau.

– Mais…

Contrariée, je ne termine pas ma phrase. J'ai les moyens de trouver à peu près n'importe quoi, mais j'ignore comment dénicher un photographe capable de développer une pellicule dont je n'ai jamais entendu parler.

– Donne-moi ton appareil, intervient Mme de Vries.

Cela faisait tellement longtemps qu'elle n'avait rien dit que j'avais presque oublié sa présence dans un coin de la pièce, les bras croisés avec élégance.

– Donne-le-moi ! insiste-t-elle, avec une pointe d'irritation dans la voix. Je vais l'apporter à l'une des relations professionnelles de mon mari.

– Des relations professionnelles ? répété-je, abasourdie.

– Oui, il édite un magazine. Un magazine de mode, plein de photos.

– Mais Mina vient de dire qu'il s'agit d'une pellicule particulière.

– Il a des relations particulières, rétorque-t-elle en haussant un sourcil. Il connaît toutes sortes de gens qui ont accès à des chambres noires privées très bien équipées. Je ne promets rien, mais je vais essayer. Donne-le-moi.

Mina me regarde de nouveau et je lui fais signe de remettre son appareil à Mme de Vries.

– Faites très attention, l'implore-t-elle. Il vaut terriblement cher, et ces photos sont dangereuses.

Mme de Vries la regarde fixement. Elle connaît le danger, elle cache trois Juifs dans sa propre maison.

– Vous pouvez y aller tout de suite ? lui demandé-je. Cet après-midi même ? Ollie a dit que le prochain convoi partait dans deux jours. Il faut que je sache au plus vite si la jeune fille que je recherche se trouve dans le théâtre. Vous pouvez y aller maintenant, s'il vous plaît ?

J'ignore si c'est parce que Mme de Vries sait que je connais désormais son secret, et qu'elle se croit obligée de m'obéir, ou si c'est parce qu'elle veut en finir au plus vite pour que je m'en aille, mais quelle qu'en soit la raison, elle s'empresse de quitter la pièce en faisant claquer ses talons sur le parquet. Et, lorsque je la rattrape, elle a déjà posé sur sa tête un chapeau bleu marine.

– Je reviens tout de suite.

Puis, parce qu'elle reste Mme de Vries, elle ajoute :

– S'il te plaît, évite de toucher à quoi que ce soit en mon absence.

Elle enfile son manteau et nous laisse toutes les deux seules, Mina et moi, sans rien d'autre à faire qu'attendre.

VINGT

Nous restons dans la salle de jeux, perchées inconfortablement sur des chaises pour enfants, tandis que M. Cohen, à genoux, joue avec les jumeaux qui font grimper leurs petites voitures le long de ses jambes et de ses bras. Mme Cohen se rend utile en faisant la vaisselle à la cuisine et nous prépare des tasses et des tasses d'un ersatz de thé.

– Il faut que tu sois une autre montagne, me déclare l'un des jumeaux en faisant rouler sa voiture sur ma chaussure. Comme ça, on en aura chacun une.

Je retire vivement mon pied.

– Vous pourriez être tous les deux vos propres montagnes.

M. Cohen sourit.

– Et si je vous racontais plutôt une histoire ? Il y aura des tas de bolides, des tas de chevaux rapides et des tas de montagnes.

Il a une telle patience avec eux ! Je me demande s'il a des petits-enfants.

– Hanneke, j'ai un petit problème, me confie Mina en approchant son siège du mien.

– Quoi donc ?

Elle jette un regard en direction de M. Cohen et des jumeaux, et baisse le ton.

– La *chose* que je t'ai montrée quand on est allées se promener. Elle est toujours là-bas.

En voyant mon air ahuri, elle place ses deux mains devant son visage, mimant un geste que je reconnais aussitôt. L'autre appareil photo… il est resté dans le landau, elle n'a pas eu le temps de le récupérer.

– Tu crois que ça va aller ? s'inquiète-t-elle.

Quand bien même ça n'irait pas, je ne vois pas ce qu'on pourrait y faire, ni quel besoin j'aurais de la faire s'inquiéter davantage.

– Je suis certaine que l'une de tes collègues le trouvera et te le gardera, la rassuré-je.

De toute façon, les gardes ont l'air de laisser la crèche tranquille.

Au bout d'un moment, les enfants commencent à se plaindre qu'ils ont faim. Mina trouve des pommes de terre et des panais dans le garde-manger et les fait bouillir avec des feuilles de chou frisé. Nous dînons tous en silence. Puis les enfants commencent à bâiller et M. Cohen va les coucher.

– Hanneke, tu vas rater le couvre-feu, me prévient Mme Cohen. Il faut que tu t'en ailles.

Il est trop tard pour que je parte maintenant. Je veux être présente au moment où les nouvelles arriveront. Ai-je bien fait d'insister autant pour que Mme de Vries aille se renseigner ? Mme Cohen va chercher la pile de chaussettes que lui a préparée Mme de Vries et entreprend de les repriser tranquillement. M. Cohen lit un livre. La soirée traîne en longueur. Dehors, le ciel vire du bleu violacé au noir profond.

Il y a une heure que mes parents auront commencé à s'inquiéter : maman se faisant des cheveux blancs et papa lançant de grosses plaisanteries pour dissimuler sa propre angoisse. Puis la colère succédera à l'inquiétude, celle de maman contre moi parce que je ne suis qu'une égoïste qui ne fait pas attention à l'heure, et celle de papa parce que j'ai inquiété maman et qu'il s'en veut de ne pas pouvoir aller me chercher. J'ignore ce qui vient après le stade de la colère. Je n'ai jamais mis leur patience suffisamment à l'épreuve pour le savoir. Ce soir, j'y suis obligée.

Au loin, l'horloge d'une église sonne encore une heure. Nous échangeons tous les quatre des regards anxieux, et un sentiment de culpabilité me noue peu à peu le ventre. Pourquoi n'avons-nous pas demandé à Mme de Vries l'adresse de son ami photographe, ou au moins son nom ? Pourquoi ai-je insisté pour qu'elle aille le voir dès cet après-midi au lieu de demain matin, ce qui n'aurait pas changé grand-chose ? Je n'aime pas Mme de Vries, mais je ne voudrais pas qu'il lui arrive quoi que ce soit.

– Elle ne faisait rien d'illégal, dit Mina. Ce n'est pas interdit d'aller voir un ami.

– J'espère simplement que, si elle s'est fait arrêter à un contrôle, c'était à l'aller et pas au retour, remarque Mme Cohen dont le rouge à lèvres s'estompe peu à peu. Ils pourraient ne pas s'intéresser à une pellicule non développée, mais si…

– Tais-toi, Rebekkah, l'interrompt son mari. Tu ne vois donc pas…

Il ne termine pas sa phrase. La clé tourne dans la serrure. Nous nous figeons sur nos sièges. Mme de Vries fait irruption dans la pièce, les joues rouges, mais indemne. Ollie apparaît sur ses talons.

– Je suis revenue depuis une heure, mais il y avait des soldats au coin de la rue. Il ne m'a pas semblé prudent de passer devant eux, alors je me suis cachée dans une ruelle, comme une pauvresse, et j'ai attendu qu'ils s'en aillent.

– J'étais déjà caché dans la ruelle, en face, explique Ollie alors que Mina se jette dans ses bras. Et je voyais Mme de Vries, elle aussi tapie dans l'obscurité, mais je n'osais pas l'appeler. C'était ridicule, on aurait dit deux acteurs en train de jouer la comédie. J'ai bien cru que les soldats ne partiraient jamais.

– Tu as emmené Judith ? Elle va bien ? demande Mina.

Ollie acquiesce. La ferme où il l'a conduite est bondée, nous dit-il. Il y a déjà six personnes qui s'y cachent et dorment dans la grange. Mais l'endroit est sûr car il n'y a qu'une poignée de militaires chargés de patrouiller dans cette région.

Mme de Vries enlève son chapeau et se passe la main dans les cheveux.

– Les enfants sont couchés ?

– Ils dorment, la rassure Mme Cohen.

– Vous l'avez trouvé ? demandé-je. Votre ami photographe ?

Depuis son retour indemne, je me sens moins coupable d'avoir insisté.

Mme de Vries sort un petit paquet de la poche de son manteau. À en juger par sa forme, l'enveloppe ne semble pas contenir les photos de tout un rouleau.

– Des diapositives, explique-t-elle. C'est ce qu'on obtient avec ce genre de pellicule, n'est-ce pas ?

Elle s'adresse à Mina qui acquiesce.

– Je n'ai pas de projecteur. Le collègue de mon mari m'a dit qu'il nous prêterait le sien, mais il n'était pas question que je le transporte ce soir dans les rues. Vous pouvez au moins regarder les diapositives par transparence pour voir si vous voyez votre amie.

Sans attendre qu'on la remercie, elle marmonne qu'elle va prendre un bain chaud. Les Cohen se retirent à leur tour. Il est si tard qu'il fait presque jour et ils ne tiennent plus debout. Une fois que tout le monde est parti se coucher, Mina, Ollie et moi nous pressons autour d'une table de travail dans le bureau vide de M. de Vries et sortons les diapositives de l'enveloppe : des images translucides d'à peine deux centimètres et demi de large. Elles sont tellement petites et il y a tellement de monde qu'on va avoir le plus grand mal à repérer une personne dans la foule.

– En les plaçant devant une ampoule, on verra mieux ce qu'il y a dessus, propose Mina.

Elle s'assure que les rideaux occultants sont convenablement tirés avant d'allumer la lampe de bureau. Puis, délicatement, elle saisit du bout des doigts, l'une après l'autre, les diapositives.

– Elles sont en couleur ! s'exclame Ollie.

Mina hoche fièrement la tête.

– C'est ce que j'ai dit à Hanneke. Mes parents ont acheté ça au marché noir. Je n'imagine même pas ce que ça a pu coûter !

Moi non plus. On ne m'a jamais chargée de trouver une

pellicule, mais c'est sûr qu'elle a dû coûter horriblement cher.

– Elles sont dans le bon ordre ? demandé-je.

– Oui, en tout cas, c'est l'ordre dans lequel je les ai prises.

Nous nous penchons tous les trois sur les diapositives. Contrairement à ce que je pensais, elles ne débutent pas par la rafle de Mirjam. La première a été prise en été, dans un jardin public, avec de l'herbe, des fleurs et, à l'arrière-plan, des hommes en rang arborant une étoile jaune sur leur veste, les mains en l'air, et sur leur visage, une frayeur bien visible malgré la petitesse de l'image.

– C'était la première fois que j'utilisais cet appareil, chuchote Mina. C'était aussi la première rafle à laquelle j'assistais… Je passais par hasard dans la rue. J'ai appris plus tard que ces hommes avaient été exécutés.

– Toutes les photos que tu as prises sont dans ce genre ? demandé-je à Mina.

– J'économise les pellicules couleur, parce que c'est très cher. Mais les photographies noir et blanc sont comme ça aussi, oui, on y voit les mêmes choses.

Bien que Mina m'ait déjà dit qu'il s'agissait d'une pellicule couleur, je n'imaginais pas à quel point les photos seraient impressionnantes. Elles montrent une face cachée de la guerre. Un enfant affamé. Deux soldats conspuant un Juif terrorisé. Un sous-sol rempli de clandestins faisant des signes à l'appareil photo pour montrer que ça va bien. La couleur rend tout tellement intense, actuel, comme dans la vraie vie. Lorsque je regarde des photos en noir et blanc, j'ai l'impression de voir quelque chose d'historique. Mais ce n'est pas de l'histoire ancienne, c'est en train d'arriver en ce moment même. Le travail de Mina prend aujourd'hui tout son sens à mes yeux. Chaque photo représente son modeste acte de rébellion personnelle.

Nous parvenons enfin aux photos prises hier au théâtre. Chacune raconte une mini-histoire : sur la première, un tram vient d'arriver, un tramway réaffecté à ce genre de transport. Il est rempli de gens portant des *jodensters*, des étoiles jaunes, et chargés de valises ou de sacs en toile de jute. Une femme au chapeau rose donne le bras à un homme au chapeau mou couleur fauve. Deux dames voûtées, des sœurs peut-être, sont vêtues de la même étoffe lilas. Les couleurs sont vives et me font mal aux yeux.

Sur la deuxième, tous les occupants du tram se tiennent près de l'entrée située à l'arrière du théâtre. Un soldat tend le bras, manifestement pour les faire mettre en rang. Au premier plan, je distingue un adolescent en manteau marron qui tire la langue au soldat, en un geste de défi aussi furtif que discret.

Nous passons plusieurs minutes à examiner chaque diapositive. L'histoire continue à se dérouler : une foule désorganisée se range en files droites, les couples se tiennent par la main pour se soutenir.

Pêche et rouge. Vert et noir.

Ce n'est que quatre images avant la dernière que je découvre enfin ce que je cherche. La scène est toujours la même : des gens terrorisés portant des valises, faits prisonniers et pénétrant dans le théâtre, trois ou quatre de front.

Et là, dans le coin en bas à droite, Mirjam.

VINGT ET UN

Un jour, il y avait une souris coincée quelque part à la maison. On aurait dit qu'elle ne faisait du bruit que lorsque j'étais seule dans la pièce. Papa et maman ne l'ont jamais entendue, et dès que j'en parlais, ils se regardaient et disaient : « Oui, c'est cela… Ta souris. » J'avais peut-être neuf ans, et j'ai même fini par croire que cette souris n'existait pas, que c'était une camarade de jeu que je m'étais inventée pour me tenir compagnie. Et puis, une fois où Elsbeth est venue jouer à la maison, la souris est apparue au pied de sa chaise, et Elsbeth a crié comme un putois. C'est à partir de ce moment-là que la souris est devenue réelle, terriblement réelle, quand quelqu'un d'autre que moi l'a vue. Quand je n'ai plus été la seule à l'avoir vue.

– C'est elle, dis-je en montrant la diapositive.

– Quoi ? Où ça ? demande Mina.

– Dans le coin, à droite.

Elle se rapproche, me poussant de l'épaule.

– Tu es sûre ? C'est tellement flou et minuscule.

À la limite du cadre se tient une fille aux cheveux bouclés, vêtue d'un manteau de la couleur du ciel. Le visage est en effet flou, mais le contraire ne m'aurait été d'aucun secours pour reconnaître cette fille dont je n'avais eu qu'une description sommaire. En revanche, le manteau bleu roi est très net, de même que, en plissant très fort les yeux, la double rangée de petits boutons argentés sur le devant. La voilà, la fille qui a quitté la cachette où elle était en sécurité, la fille un peu trop gâtée, qui était amoureuse d'un garçon et avait une meilleure amie, et qui était bonne élève pour faire plaisir à ses parents. Peut-être que son visage est flou parce qu'elle fait exactement ce que j'aurais fait à sa place : vite chercher une échappée au lieu de suivre les règles.

– Est-ce que tu crois que Mme de Vries aurait une loupe ? s'enquiert Ollie. Comment faire pour voir l'image d'un peu plus près ?

Dans le tiroir du bureau de M. de Vries, Mina nous trouve une loupe désuète au manche en bois ciselé. Je colle le nez le plus près possible et passe la loupe au-dessus de la photographie millimètre par millimètre, scrutant le moindre détail qui pourrait nous être utile, mais sans rien découvrir d'intéressant.

– Il est encore difficile de distinguer quoi que ce soit, fait remarquer Mina.

– C'est elle ! affirmé-je d'un ton sans appel.

C'est elle, parce que je reçois un coup au cœur en regardant cette photo. Tous les autres gens rassemblés dans le théâtre semblent être accompagnés de leur famille ou de leurs voisins. Elle, non. Elle est seule.

– Elle est juste là, Ollie.

De la fenêtre de ce bureau, je pourrais voir le bâtiment dans lequel elle est retenue, à moins d'une centaine de mètres.

– C'est elle, dit Ollie d'un ton neutre.

Il me regarde en se demandant ce qui va suivre.

– C'est bien ce que nous avions pensé, ajoute-t-il.

– Il faut qu'on la sorte de là.

Il secoue la tête avant même que j'aie terminé ma phrase. Il s'y attendait.

– Oui, Ollie. Regarde-la. Elle doit être terrifiée.

– Hanneke, rien n'a changé depuis que je t'ai dit que nous ne pouvions pas t'aider.

– Si, ça a changé. Nous avons un abri sûr pour elle, ici même, en face du théâtre. Mina et Judith connaissent les lieux. Pourquoi ne m'aiderais-tu pas, Ollie ?

– Je ne te comprends pas, Hanneke ! me lance-t-il. Nous avons tous espéré, ces quatre derniers jours, que tu aiderais la Résistance, que tu apporterais une aide effective non pas à une seule personne, mais à des centaines d'individus. Et maintenant tu me dis que je dois risquer la vie de mes camarades pour t'aider, toi ? Tu es vraiment…

– Je suis quoi ? le provoqué-je, furieuse, mais contrôlant le niveau de ma voix. Folle ? *Atteinte ?*

– J'ai eu de la peine pour toi, Hanneke. Parce que tu as dû pleurer Bas toute seule. J'étais vraiment navré, et j'ai aussi pensé que tu pourrais nous être utile dans la Résistance. Mais si j'avais su à quel point tu pouvais être une tête de mule, jamais je ne t'aurais emmenée à notre réunion.

– Bas m'aiderait, lui.

C'est méchant de ma part de comparer Ollie à son frère, mais je ne peux m'en empêcher. Et c'est la vérité.

– Oui, c'est vrai, il se demanderait comment il se fait que nous ayons encore ce genre de discussion alors que nous savons exactement où elle se trouve. Il dirait qu'il faut aller la chercher tout de suite. Tu te souviens de cette fête, au cours de l'été, où mes parents m'ont empêchée d'aller parce que j'étais malade ? Eh bien, après, Bas a escaladé le tuyau de descente rien que pour m'apporter du gâteau. Bas n'aurait jamais supporté que quelqu'un demande expressément qu'on retrouve une jeune fille et qu'on ne réponde pas à cet appel à l'aide.

– Et il serait mort.

Je chancelle sous le choc et regarde Ollie.

– Qu'est-ce que tu as dit ?

– Hanneke, Bas avait des tas de qualités. Des tonnes de qualités. Mais il était aussi casse-cou, et imprudent, et il ne réfléchissait jamais avant d'agir. Le soir de cette fête quand il t'a rapporté du gâteau ? Eh bien, toi, tu as été contente, mais lui, il a été puni. Mes parents étaient furieux qu'il soit rentré si tard. Et maintenant ? Maintenant, oui, Bas nous aiderait à sauver cette fille et il se ferait prendre par les nazis, et il mourrait.

– Tu n'en sais rien !

– Tu ne crois pas que je désire t'aider ? Tu ne sais donc pas combien il m'est pénible de songer à ce qui peut arriver à cette fille, toute seule, là-bas ? J'ai tout le temps envie de ressembler à Bas, parce qu'il était drôle et charmant. Mais il n'était pas parfait. Il y en a toujours un qui doit se montrer prudent, un qui doit réfléchir et se dire, tous les jours et à tout moment, qu'une seule erreur peut être fatale.

Ollie a les cheveux en bataille, des cernes violacés. Il

doit être épuisé. Je ne sais combien de kilomètres il a dû parcourir à vélo dans la campagne pour emmener Judith à sa cachette, puis revenir ici aussitôt après. En le regardant, je réalise à quel point je suis fatiguée aussi. Il s'en est passé des choses depuis la dernière fois que nous avons dormi l'un et l'autre.

– Hanneke ? Ollie ?

Mina est toujours assise au bureau de M. de Vries et continue d'étudier les diapositives. Manifestement, elle n'a rien suivi de notre discussion.

Son visage n'est qu'un masque horrifié.

– Mina ? Qu'y a-t-il ? demandé-je.

Elle indique les diapositives qu'elle tient à la main, celles que nous n'avons pas encore examinées de près.

– Mirjam est aussi sur celles-ci ? Montre-moi.

Je retourne vers le bureau et me penche pour voir.

– Non, ce n'est pas ça. Ils… ils sont en train de fermer la crèche.

Elle me tend la loupe avant de poursuivre :

– Regarde, sur celle-ci… il y a les autres bénévoles qui conduisent tous les enfants à l'intérieur du théâtre. Ils ne se déplacent jamais en groupe aussi important. Ils vont fermer la crèche et déporter les enfants en même temps que Mirjam.

Je parviens à distinguer un cortège de petits enfants, et deux des jeunes femmes que j'avais vues travailler à la crèche avec Mina.

– Je suis tellement désolée, dis-je à Mina. Je sais que tu les connaissais bien.

Mais elle secoue la tête en montrant de nouveau la diapositive.

– Non, regarde. Regarde !

Je regarde. Et je finis par comprendre de quoi il s'agit. Les plus âgés des enfants de la crèche entrent à pied dans le théâtre. Deux des plus petits sont transportés dans des landaus. Et dans un landau en particulier : celui contenant les photos de cette guerre cruelle et de la Résistance clandestine, et de tous les gens que j'ai rencontrés et auxquels je me suis peu à peu attachée ces derniers jours.

– Ils vont découvrir l'appareil d'une minute à l'autre, déclare Mina. Les nazis. Quand le landau partira vers le camp de transit. Et alors là, ils nous découvriront tous.

Ollie a l'air complètement dérouté, il n'a jamais entendu parler de cet appareil photo et ne comprend rien à ce que Mina raconte. Mais moi, oui. Et je sais qu'il y a quelques instants, quand nous avons vu Mirjam sur la photo et qu'Ollie m'a dit que rien n'avait changé, il se trompait. Tout a changé.

Dimanche

– Qu'est-ce qu'on va faire ? demande Sanne pour la cinquième fois.

Et, pour la cinquième fois, personne n'est en mesure de lui répondre.

Ollie a fait le tour de la ville à vélo pour réunir tout le monde ici, s'arrêtant d'abord chez lui, d'où Willem était déjà parti en cours tôt ce matin, ensuite chez Leo, qui a promis de passer prendre Sanne avant de se rendre directement chez Mme de Vries. Tout le monde est arrivé, sauf Willem et Judith qui en sait plus que quiconque au sujet du théâtre et qui ne pourra plus assister à aucune réunion.

– Comment as-tu pu être aussi bête ? Je n'y crois pas ! lance Leo à Mina. J'ignorais complètement que tu prenais des photos. On essaie de sauver des vies, ici et maintenant, et toi tu te balades avec ton appareil photo ? Je l'avais bien dit à tout le monde que tu étais trop jeune !

– Cesse de lui crier après, lui ordonne Ollie. Cesse de crier tout court.

D'un air entendu, il indique du menton la porte fermée du bureau. Mme de Vries est furieuse que nous nous soyons réunis chez elle. Elle n'a pas bougé de la fenêtre de devant et nous a prévenus qu'au moindre bruit en provenance du bureau, elle nous mettrait dehors.

– Bon, ce qui est fait est fait, Leo, d'accord ? intervient Sanne. Il est trop tard pour revenir en arrière. Maintenant il faut décider ce qu'on va faire !

– Réfléchissons bien, dit Ollie. Peut-être que personne ne trouvera l'appareil. Mina s'en servait depuis des mois pour prendre ses photos et personne à la crèche ne s'en est aperçu. Ça vous semble possible ?

Mina baisse la tête piteusement.

– Tu sais bien que non. Quand ils les conduisent dans les camps de transit, ils fouillent toutes leurs affaires personnelles – parfois les gens essayent de cacher des bijoux ou de l'argent en les cousant dans la doublure de leurs vêtements ou de leurs valises. Les gardes vont passer ce landau au peigne fin. Et alors là…

Nous savons tous ce qui arrivera alors. Des photos de résistants, des photos de dizaines de transactions clandestines, d'enfants conduits dans des cachettes, de gens innocents, innocents…

– Mais comment peux-tu être sûre qu'ils emmèneront

le landau à la gare ? demande Sanne. Quand les gens sont convoqués pour être déportés, ils n'ont droit en général qu'à une seule valise par personne. Pourquoi les gardes autoriseraient-ils une famille à emporter un landau ? Il restera peut-être simplement au théâtre.

– En quoi est-ce mieux ? rétorque Leo d'un ton sec. Tu ne crois pas que l'appareil photo y sera tout aussi facilement découvert ?

– Je n'ai pas dit que c'était mieux, se défend Sanne. Je dis seulement qu'on n'est pas sûrs et certains que le landau sera fouillé, ni quand ni par qui. On ne sait même pas avec certitude si tous les enfants feront partie de ce convoi. Je sais que d'habitude les prisonniers sont déportés par ordre d'arrivée. Mais pas toujours. A-t-on un moyen de s'introduire dans le théâtre ?

Ollie secoue la tête.

– Ils connaissent tous ceux qui y travaillent, et ce n'est pas maintenant qu'ils vont laisser entrer de nouvelles personnes. Tout a changé depuis que les membres du conseil et leur famille sont convoqués à leur tour.

– Et si nous demandions à Walter ? propose Leo.

Walter est l'homme qui supervise ce qui se passe au théâtre, qui aide à falsifier les papiers des enfants de la crèche.

Le ton d'Ollie est catégorique.

– Non. Il ne s'agit pas d'une opération de Résistance. C'est nous qui avons tout gâché. Par notre propre bêtise. Nous n'allons pas mêler Walter à ça tant que nous n'avons pas essayé de nous en sortir tout seuls.

– Ils vont emmener le landau à la gare, murmure Mina. Je le sais. Ils ne laissent jamais rien derrière eux au théâtre, il y a trop de monde là-bas et ils cherchent à en entasser toujours plus. Le landau va aller à la gare, croyez-moi.

Sanne grimace, puis inspire profondément et reprend la parole :

– D'accord. Donc, tu nous dis qu'il faut récupérer l'appareil, mais pas quand il se trouve encore dans le théâtre. Nous devons le faire au moment où le convoi quitte le théâtre, sur le trajet de la gare. Et on doit agir en toute discrétion. Il faut que personne ne nous voie. Exact ?

– Nous serons dehors après le couvre-feu, intervient Leo. Donc il nous faudra au minimum une autorisation spéciale, un laissez-passer.

– Ou un costume, suggère Sanne. L'idéal serait un uniforme de la Gestapo – d'un haut gradé pour qu'il ait le droit de circuler en ville pendant le couvre-feu sans susciter d'interrogations.

– On ne peut pas s'en procurer, réplique Ollie. Si nous le pouvions, ça marcherait peut-être. Mais c'est impossible. Je sais que des groupes de résistants ont déjà volé des uniformes allemands destinés à leurs opérations, mais je ne connais personne qui en ait un sous la main en ce moment, et nous n'allons pas monter une deuxième opération clandestine pour en dénicher un. Certainement pas dans les deux jours qui restent avant le départ du convoi. Trouvez quelque chose d'autre.

– Mais c'est complètement idiot ! s'exclame Mina en secouant la tête. Évidemment qu'il y a un moyen d'entrer dans le théâtre ! Je suis censée y être en ce moment même. J'étais supposée répondre à ma convocation. Eh bien, c'est ce que je vais faire. Je vais me présenter, et une fois que je serai à l'intérieur, je m'emparerai de l'appareil et je le détruirai.

– Et ensuite on t'enverra dans un camp, conclut Ollie d'une voix calme.

– Et ?

– Mina…, commence Sanne.

– Quoi ? lance-t-elle avec vigueur, la voix nouée. C'est uniquement ma faute ! Leo l'a bien dit. Et vous dites toujours que l'opération compte plus que les individus. Donc je vais le faire. Je me rendrai cet après-midi.

Sanne ouvre la bouche puis la referme. Ollie enfouit la tête dans ses mains, tandis que Leo regarde fixement le bureau. Personne ne dit rien. Il n'y a rien à dire. La proposition de Mina est terrible, mais c'est également la meilleure solution.

Je me racle la gorge.

– Je peux en trouver un.

C'est la première fois que j'interviens dans la discussion. Tous les regards convergent vers moi. Il y a tellement de choses que j'ai faites de travers dans cette guerre. À commencer par Bas, à commencer par le commencement. Et tout ce qui a suivi aussi. Le nombre de fois où je savais que ce n'était pas bien et où j'ai décidé que le mieux était de ne pas y penser !

– Mina n'a pas besoin de se rendre. Je peux vous aider à récupérer l'appareil photo. Mais dans ce cas, je veux aussi faire sortir Mirjam Roodveldt. Je ne veux l'aide de personne pour cette opération-là. C'est moi qui prendrai tous les risques, et si on m'arrête, je dirai que j'ai agi seule.

Personne ne bronche.

– Vous dites que vous avez besoin d'un uniforme pour

récupérer l'appareil photo, et moi je vous réponds que je sais comment m'en procurer un.

L'avant-dernière fois que j'ai vu Elsbeth :

Elle avait dix-huit ans et moi dix-sept, Bas était mort. Elle avait déjà rencontré son soldat. Sa mère ne voyait pas d'objection à cette relation. Ses parents étaient favorables à l'Occupation allemande, mais ce n'était pas flagrant. C'était un soutien discret, veule.

Cela se passait six mois après l'invasion. Mes notes s'étaient effondrées, tandis que le reste de mes camarades, sidérés, s'efforçaient de faire comme si de rien n'était. Elsbeth était la seule amie que je continuais de fréquenter. Elle passait me voir gentiment tous les jours, même quand je fixais le mur pendant des heures sans mot dire. Elle jouait avec mes cheveux, ou me rapportait le dernier potin, ou m'offrait de petites babioles qui n'avaient d'autre but que de m'arracher l'ombre d'un sourire : un jouet mécanique, une carte postale amusante, un rouge à lèvres couleur corail, très laid, dont elle se barbouillait les lèvres avant de me poursuivre dans toute la chambre en me demandant de l'embrasser.

Un après-midi, Elsbeth s'est assise par terre et a commencé à feuilleter des magazines qu'elle avait apportés, sa dernière tentative pour me réconforter. Elle était plus calme que d'habitude. Je contemplais le bout de mes pieds, tandis qu'Elsbeth arborait un sourire de sphinx, comme s'il lui était arrivé quelque chose et qu'elle désirait me faire deviner quoi. Et elle a fini par lâcher.

– Rolf m'aime, m'a-t-elle annoncé. Il me l'a avoué hier et moi aussi du coup.

– Non, ai-je répliqué du tac au tac. Tu ne l'aimes pas. Tu flirtes avec tout le monde.

Elle a fait une moue, et je savais qu'elle préparait sa réponse.

– J'ai flirté avec suffisamment de garçons pour faire la différence. J'aime Rolf. Il veut m'épouser. Après la guerre, je partirai avec lui en Allemagne.

– Ce n'est pas possible.

Mais au moment où je lui disais ça, je ne savais plus très bien ce qui était possible ou pas. Épouser un Allemand ? Quitter son pays ? Avoir quelqu'un dans sa vie alors que je n'avais plus personne ? Ses paroles m'avaient porté un coup, elles avaient même touché en moi des zones que je croyais déjà mortes. Comment pouvait-elle avoir envie d'épouser l'un d'eux ?

– Ce n'est pas possible, Elsbeth. Tu veux que je me réjouisse pour toi, mais c'est impossible. Je ne peux pas te pardonner d'aimer l'un de ceux qui ont tué Bas.

– Rolf n'a pas tué Bas. Rolf n'a même pas du tout envie d'être dans ce pays. Il veut que la guerre finisse pour pouvoir rentrer chez lui. Il n'est pas d'accord avec ce que fait l'Allemagne ; on l'a envoyé ici, c'est tout. Tu es juste contrariée pour l'instant.

– Bien sûr que je suis contrariée ! ai-je explosé. Mais est-ce que tu t'entends seulement ? Tu as entendu ce que tu as dit ? Tu veux épouser un nazi, après ce qu'ils ont fait à Bas !

– Je suis désolée de ne pas pouvoir me lamenter avec toi pour le restant de mes jours, Hanneke, a-t-elle lâché. Je suis désolée, mais je vais tourner la page, la vie continue.

– Moi aussi, je suis désolée. Je suis désolée parce que

c'est ton petit ami qui devrait être mort, pas le mien. Et j'espère qu'il mourra bientôt !

Elle m'a regardée en silence pendant une bonne minute.

– Il vaut peut-être mieux que je m'en aille, a-t-elle fini par dire. J'ai rendez-vous avec Rolf.

– Oui, c'est ça, va-t'en ! Et ne reviens plus jamais !

VINGT-DEUX

Les rues sont encore très calmes quand je quitte l'appartement de Mme de Vries. Quelques écoliers, des livreurs de lait et des balayeurs, mais notre réunion fort matinale a pris fin bien avant l'heure à laquelle je pars normalement au travail. Je me situe à mi-chemin entre l'euphorie et l'épuisement total ; des taches flottent devant mes yeux dès que je fixe trop longtemps quelque chose.

Mes parents ne sont peut-être pas encore réveillés. Peut-être sont-ils allés se coucher hier soir sans fermer la porte à clé. Ça leur est déjà arrivé. Pas souvent. Mais, au moins deux fois, ils se sont couchés tôt sans s'assurer que j'étais bien rentrée avant le couvre-feu. Je me déchausse sur le perron de l'immeuble et monte l'escalier sur la pointe des pieds.

Trois marches avant ma porte, celle-ci s'ouvre à la volée.

– Où étais-tu ?

Ma mère me serre à m'étouffer contre sa poitrine.

– Où étais-tu ? répète-t-elle.

– Excuse-moi, dis-je machinalement. Excuse-moi, j'étais avec des gens et je n'ai pas vu passer l'heure. Alors j'ai dû rester à cause du couvre-feu.

– Quels gens ?

Derrière ma mère, j'aperçois mon père, masque figé et glacial. Il ne se met presque jamais en colère, mais dans ces cas-là, il est beaucoup plus impressionnant que ma mère.

– Qui te permettrait de laisser tes parents s'inquiéter ?

– Quelqu'un du travail, improvisé-je. J'ai dû aider M. Kreuk… pour un enterrement. Il a voulu que j'aille parler à la famille. C'est pour ça que je suis partie si vite hier, j'avais failli oublier. Ils avaient un tel chagrin que je n'ai pas eu le cœur de les abandonner, et quand ç'a été l'heure du couvre-feu, j'étais coincée.

– M. Kreuk ? s'enquiert maman.

– Il te présente ses excuses aussi.

– Je vais aller le voir immédiatement. Je vais aller le voir tout de suite et lui dire…

– Bien sûr ! la coupé-je. Bien sûr que tu devrais aller voir M. Kreuk. J'espère seulement qu'il n'aura pas envie d'embaucher quelqu'un d'autre, s'il ne peut plus compter sur moi pour travailler le soir en cas d'urgence.

Je prie pour qu'elle n'aille pas voir M. Kreuk. Elle ne fera rien qui puisse mettre mon emploi en péril.

– Est-ce que tu t'imagines un peu ce que tu nous as fait endurer ? demande mon père. Est-ce que tu as une idée de l'état dans lequel nous étions tous les deux, cette nuit ?

– Oui. J'imagine. Mais je vais bien. Je vais bien.

Maman relâche son étreinte et se tourne vers mon père. Elle porte vivement les mains à son visage. Pleure-t-elle ? Lorsqu'elle me fait face de nouveau, non, il n'y a pas de larmes, mais elle a les joues rouges et marbrées.

– Excuse-moi, dis-je encore une fois, mais elle me fait taire en secouant la tête.

– Va te changer et reviens prendre ton petit déjeuner.

– Je… quoi ?

– Tes vêtements. Je vais préparer le petit déjeuner. Tu vas t'asseoir et le prendre avec nous. Et tu ne passeras plus jamais la nuit dehors sans nous prévenir, plus jamais. Mais pour l'instant, tu vas aller te changer et te peigner, et n'en parlons plus !

Je ne vois pas pourquoi elle m'accorde ce répit – peut-être est-elle elle-même aussi fatiguée que moi, peut-être n'a-t-elle aucune envie de se disputer aujourd'hui –, mais je ne vais pas refuser.

Une fois dans ma chambre, je me passe un peigne dans les cheveux et enfile une robe écossaise que maman adore mais que je déteste. Je le fais en signe de paix, et c'est ainsi qu'elle le prendra. Mon lit est toujours défait depuis hier matin, et je meurs d'envie de me glisser sous les couvertures. À la place, je me passe un peu d'eau sur la figure dans la salle de bains et me pince les joues pour leur redonner un peu de couleur. Je voudrais voir Ollie et les autres pour que nous continuions à faire des plans. Mais comme il y a un temps fou que nous n'avons pas dormi, nous avons décidé que nous devions d'abord nous reposer, faire un brin de toilette et nous changer. Ollie a dit qu'il me retrouverait plus tard.

Quand je quitte ma chambre, maman s'affaire dans la cuisine : elle sort les provisions du placard, et non seulement le porridge que nous mangeons d'habitude pour le petit déjeuner, mais le reste de nos œufs et un morceau de jambon qu'elle gardait probablement en réserve. Au lieu du rationnement avisé, responsable, qu'elle nous impose en général, maman nous prépare un petit déjeuner comme s'il n'y avait pas la guerre, comme si tout était normal.

– Du pain ? me propose-t-elle en m'entendant entrer. Si je t'en coupe un morceau, tu en mangeras ?

Je jette un coup d'œil à papa pour savoir ce que je suis censée répondre, mais il ne me regarde pas.

– Oui, si tu veux, coupes-en. Je mangerai tout ce que tu auras préparé.

Nous passons à table, devant plus de nourriture que nous avons coutume d'en voir en une semaine. Je suis certaine que papa n'a pas cru un mot de mon mensonge. Ses yeux se posent sur moi à chacune de mes bouchées, tandis que je parle de tout ce qui me traverse l'esprit : du temps, du bouton de ma jupe que j'ai perdu, du prix intéressant des navets – et me demande dans combien de temps Ollie sera là. Essaiera-t-il d'abord d'entrer en contact avec Judith pour savoir si elle a une idée ? A-t-il précisément dit qu'il passerait chez moi ou est-ce moi qui devrai aller le retrouver ? Je suis tellement fatiguée que je n'ai plus les idées claires. Devrai-je aller attendre chez Leo?

Nous sommes dimanche, un jour où en principe je ne travaille pas, de sorte que je n'ai aucune excuse pour quitter la maison. Maman ne me lâche pas un instant des yeux. Au lieu de m'éclipser, je l'aide aux tâches ménagères que nous n'avons pas terminées la veille. Nous lavons les vitres, balayons les sols et finissons d'astiquer l'argenterie. Au moment où nous manquons de produit pour l'argenterie, je propose d'aller en emprunter à une voisine, mais maman brandit triomphalement un autre flacon. Quand je propose d'aller acheter un journal pour toute la famille, c'est papa qui m'arrête en me disant qu'il préférerait écouter de la musique plutôt que lire les dernières nouvelles.

– Pourquoi ne nous jouerais-tu pas quelque chose, Gerda ? suggère-t-il à ma mère.

– Oh, il y a peut-être un voisin qui fait un petit somme et je dois éplucher des betteraves pour le déjeuner, proteste-t-elle.

– Non, non, joue quelque chose, maman. Je m'occupe des betteraves.

Au début, j'insiste parce que je me dis que la musique la mettra de bonne humeur. Mais lorsqu'elle s'installe au piano, j'ai hâte de l'entendre jouer, comme avant. Avant la guerre, j'entendais le piano depuis le coin de la rue, d'abord une mélodie jouée par ma mère et, quelques secondes après, une version maladroite et laborieuse exécutée par l'un de ses élèves.

Elle ne se met pas immédiatement à jouer, mais pose simplement les doigts sur les touches. Puis elle entame un morceau pour débutant, celui qu'elle avait même réussi à m'apprendre avant de reconnaître que je n'avais aucun don pour la musique. Il est basique et simple, il n'a rien de spectaculaire. Le couteau à éplucher les légumes repose mollement dans ma main. Ce morceau m'évoque le temps où j'étais jeune et insouciante. Elle le joue plusieurs fois de suite, en ajoutant une nouvelle variation qui le rend plus complexe, jusqu'au moment où la mélodie d'origine, simple, est à peine audible sous les trilles et les accords. Mais elle est toujours présente pour peu que l'on prête une oreille attentive.

Au bout d'une heure, maman est plongée dans sa musique et papa somnole dans son fauteuil. Je crois que ma faute est à peu près pardonnée. Encore une heure et j'essaierai de sortir. Je leur dirai que j'avais prévu de voir Ollie. Ils l'aiment bien. À peine m'étais-je décidée que j'entends un bruit, couvert par les notes de musique. Maman l'entend également et s'interrompt, les doigts en suspens à quelques centimètres au-dessus des touches.

– Hanneke !

La voix vient d'en bas, et comme elle chuchote à demi, il est difficile de dire à qui elle appartient.

J'ouvre la fenêtre, les mains rouges de jus de betterave, et me penche pour voir qui est dehors, sur le perron.

– Ollie ? C'est toi ?

– Non, c'est moi.

Une haute silhouette à côté d'une bicyclette fait un pas en arrière et enlève son chapeau.

– Willem ? Qu'est-ce que tu fais ici ?

– Excuse-moi, a-t-il le plus grand mal à chuchoter pour ne pas alerter les voisins. Ollie m'a donné ton adresse mais pas le numéro de ton appartement. Je ne savais pas à quel bouton sonner.

– Je descends tout de suite.

Dès que j'ai refermé la fenêtre, maman se lève en reculant bruyamment le tabouret du piano.

– Qui est-ce ?

– Un ami. Il n'avait pas le numéro de l'appartement, expliqué-je en commençant à enfiler mon manteau. Je lui ai dit que je descendais tout de suite.

– Non, non, tu ne descends pas tout de suite. Pas avec un garçon que je n'ai jamais vu.

– C'est Willem. Le colocataire d'Ollie.

La jatte de betteraves est toujours par terre, là où je finissais de les éplucher.

– Veux-tu que je les mette à cuire ?

– Non !

Maman referme violemment le couvercle du piano, provoquant un horrible craquement dans le bois.

– Je te l'interdis ! Tu étais dehors toute la nuit dernière.

– Je n'ai pas l'intention de passer toute la nuit dehors cette fois, expliqué-je patiemment. Je vais juste aller discuter un moment avec Willem.

Son menton tremble et ses yeux lancent des éclairs.

– Je t'interdis de sortir de cette maison. Tu es toujours mon enfant, Hannie.

– Oh, non, maman, je ne suis plus ton enfant.

C'est le genre de choses que normalement j'aurais lancées avec colère mais, cette fois, en prononçant ces mots, je ne ressens que lassitude et tristesse.

– C'est moi qui rapporte de l'argent à la maison. C'est moi qui achète l'épicerie, fais toutes les courses. Maman, c'est moi maintenant qui m'occupe de vous deux.

Le visage de ma mère se crispe, et toute la bonne volonté que nous avons accumulée au cours du petit déjeuner et avec le concert de piano s'est à présent volatilisée.

– La fille que je connais ne m'aurait jamais parlé comme ça.

Cette phrase, elle me l'a déjà dite des dizaines de fois, mais aujourd'hui, ça me blesse. J'en ai assez de ces comparaisons avec la fille que j'étais avant la guerre. De cette façon qu'elle a de me répéter en quoi j'étais tellement plus gentille avant et toutes ces choses perdues à jamais.

– Cette fille-là n'existe plus, lui dis-je d'un ton résigné. Elle est partie et ne reviendra pas.

VINGT-TROIS

– Ça va ?

Willem me prend par le bras dès que j'ai mis le pied dehors. Je me demande s'il nous a entendues nous disputer par la fenêtre ouverte, ou si cela se voit sur mon visage.

– Ça va.

– C'est la tête que tu fais quand ça va, toi ? me demande-t-il gentiment.

– Non, c'est la tête que je fais quand je n'ai pas envie d'en parler.

Quand je disais ça à Bas, il tendait les mains, faisait semblant de vouloir me griffer et crachait comme un petit chat, jusqu'à ce que je rie. Si je disais ça à Ollie, il me rendrait la monnaie de ma pièce en me répondant quelque chose d'aussi sarcastique. Quand je le dis à Willem, il se contente de hocher la tête, l'air soucieux.

– Je suis désolée.

Je ne veux pas penser à l'air dévasté de maman quand j'ai franchi le seuil de l'appartement.

– C'est Ollie qui t'a envoyé ?

Willem m'explique qu'Ollie avait l'intention de venir me voir lui-même, mais qu'il lui a demandé de le laisser d'abord dormir une vingtaine de minutes.

– À la place, je le laisse dormir une bonne heure. Il va être furieux à son réveil, mais il était à peine cohérent. Si je l'avais laissé venir chez toi à vélo, on l'aurait repêché cet après-midi dans un canal. Il travaille trop. Donc, c'est moi qui suis là, et avec ton aide, toi et moi.

– Mon aide pour quoi faire ?

– Sanne et Leo doivent apporter de quoi manger aux enfants dans la clandestinité. Dès qu'Ollie se réveillera, il se rendra à la cachette de Judith et lui demandera tout ce qu'elle sait sur les soldats qui conduisent en général le convoi. Tu t'es proposée pour trouver l'uniforme. J'espère que tu m'aideras à accomplir ma mission.

– Quelle est-elle ?

– Il faut que je détermine un itinéraire pour notre fuite.

Je ne connais pas Willem aussi bien qu'Ollie, mais il y a en lui une gentillesse rassurante qui m'est immédiatement familière. Tandis que nous traversons mon quartier, il garde la tête baissée vers la mienne, comme si nous avions une conversation intime, alors qu'en réalité il m'explique comment les choses se déroulent au Schouwburg.

Je suis déjà un peu au courant. Le théâtre ne représente qu'une étape – les Juifs n'y sont conduits que pour quelques jours ou semaines. Après le théâtre, la destination suivante est un camp de transit quelque part aux Pays-Bas. Les prisonniers n'y restent pas longtemps non plus, m'explique Willem. Ce ne sont que des étapes avant qu'ils soient envoyés hors du pays, dans d'autres camps aux noms à la consonance étrangère, dans des endroits où des jeunes gens en pleine santé meurent soudain de maladies mystérieuses.

Mais avant que tout cela n'advienne, les Juifs sont entassés dans des trains qui partent d'une gare située à la périphérie de la ville. Et, pour les conduire jusqu'à cette gare, les soldats embarquent parfois les prisonniers dans des trams ou des camions. Mais, le plus souvent, ils les obligent simplement à y aller à pied.

La gare n'est pas loin, à deux kilomètres environ. Ils ne bloquent pas les rues ni ne prennent de mesures particulières pour le transfert. Parfois, ils procèdent de nuit, pendant que toute la ville fait semblant de dormir derrière les rideaux occultants. Parfois, ils procèdent en plein jour.

Et c'est cette occasion que nous devons saisir. À un certain moment, entre le Hollandsche Schouwburg et la gare de chemin de fer, nous devons récupérer l'appareil photo dissimulé dans le landau – dans lequel se trouvera probablement un enfant. Et moi, je dois repérer Mirjam, distraire les gardes et m'enfuir avec elle sans que personne s'en aperçoive. Voilà.

– Et les soldats ?

– C'est pour Ollie et Judith, répond Willem. C'est leur affaire aujourd'hui. Toi et moi, maintenant, on a juste à nous occuper du repérage des lieux. On y arrivera. Tout va bien se passer.

Je veux le croire. Il a l'air si sûr de lui que je m'accroche à cette certitude. Pas parce que je pense qu'il a raison, mais parce que c'est bon d'avoir quelqu'un qui dit que tout va bien se passer.

Willem consulte sa montre et presse le pas.

– Il faut qu'on se dépêche.

Il me prend par la main et m'entraîne.

– Les déportations à Westerbork ont lieu par ordre d'arrivée des prisonniers. Ceux qui ont été arrêtés dans la même rafle que Mirjam devraient être conduits demain soir à la gare, avec le landau. J'aurais bien aimé qu'on puisse assister à un autre transfert, en soirée, pour voir comment ça se passe, mais il n'y en a pas – on va devoir en suivre un cet après-midi pour savoir quel trajet il emprunte.

– Et s'il n'y a pas moyen de se glisser dans le convoi au cours du trajet ?

– Il y en a au moins un.

– C'est-à-dire ?

– Ils n'imaginent probablement pas que quelqu'un puisse être assez fou pour se faire passer pour un nazi et arrêter le convoi. Donc ils ne s'y attendront pas.

Nous nous arrêtons à l'angle du pâté de maisons du Schouwburg, suffisamment près pour observer l'entrée du théâtre sans nous faire trop remarquer. Willem se penche sur sa bicyclette ; il démonte la chaîne et la remet lentement en place, en la faisant passer par-dessus le dérailleur. Ce qui nous fournit un excellent prétexte pour nous attarder dans le secteur. Pendant qu'il s'active sur son vélo, je surveille la grande porte du théâtre.

Il n'est pas tout à fait quatre heures. À quatre heures précises, la porte s'ouvre. Je donne un petit coup de pied dans celui de Willem qui remet aussitôt la chaîne en place en soupirant, comme s'il était désolé que son vélo endommagé nous ait retenus si longtemps. Les soldats sortent en premier, deux d'entre eux, un jeune et un autre qui me fait penser au frère aîné de mon père, celui qui vit en Belgique et m'envoie toujours de l'argent pour mon anniversaire.

Les prisonniers suivent, chargés de valises, débraillés et fatigués, l'air de ne pas avoir dormi depuis des jours. Ils sont assez nombreux, soixante-dix environ, et les soldats les font avancer au milieu de la chaussée. C'est une belle journée d'hiver à Amsterdam, et bien qu'il y ait du monde dans les rues, des couples comme Willem et moi, personne n'a l'air de trouver exceptionnel ni anormal ce défilé forcé. Mais notre conception de ce qui est normal ou pas est devenue effrayante.

Il n'y a pas de Mirjam, mais des filles de son âge ou plus jeunes, parmi de jeunes couples et des hommes d'âge mûr. L'un d'eux passe à ma hauteur, en manteau de tweed vert et chapeau feutre. Il regarde droit devant lui, mais il me semble reconnaître ce regard qui me rappelle la poussière de la craie : c'est mon instituteur de cours élémentaire. Celui qui apportait tous les mercredis une boîte de bonbons durs et nous en offrait un chacun à la sortie. Je ne sais plus comment il s'appelait. Je ne savais pas qu'il était juif.

Le soldat qui ressemble à mon oncle crie quelque chose. Il parle vite en allemand; je ne comprends pas les mots mais j'en saisis le sens quand il indique du bras tendu l'extrémité du pâté de maisons. Devant moi, une femme plus âgée trébuche au milieu de la foule. L'homme à côté d'elle – son mari, à la façon tendre et familière dont il la touche – essaie de la relever, mais le soldat brandit son pistolet et fait signe à l'homme d'avancer. Comme celui-ci s'apprête à aider de nouveau sa femme, le soldat lui assène alors un coup de crosse. L'homme chancelle, et à présent c'est sa femme qui le soutient. J'essaie de ne pas regarder.

– J'espérais qu'il n'y aurait pas autant d'espaces à

découvert le long du parcours, regrette Willem en poussant lentement sa bicyclette.

Nous continuons à faire comme si nous bavardions normalement. Nous continuons à faire comme si nous ignorions cette violence autour de nous.

– Ce n'est pas très bon pour nous.

Non, ce trajet n'est pas bon pour nous. C'est le chemin le plus court vers la gare, ce qui est logique. Mais ça signifie que nous allons emprunter de larges avenues traversant des espaces à découvert et longer d'interminables pâtés de maisons, sans la moindre ruelle adjacente. Il y a donc fort peu d'endroits où nous pourrions rester à couvert avant de passer à l'action, et il nous en faut un. L'uniforme ne nous suffira pas pour mener à bien notre plan.

– Réfléchis à tout ce que tu aperçois au passage, me conseille Willem dont les yeux se tournent furtivement vers la droite et la gauche, balayant les alentours. Par où t'enfuirais-tu avec le minimum de risques de te faire repérer ?

– Nous allons traverser l'Oosterpark, dis-je.

C'est un grand parc municipal très bien entretenu, dans l'obscurité duquel plusieurs personnes pourraient se fondre sans problème.

Willem réfléchit à ma proposition.

– Mais nous n'avons aucun contact dans les environs du parc. Personne dans le groupe n'habite dans le quartier. Une fois que tu y seras, où iras-tu ?

Il a raison. Par ailleurs, nous ne traverserons l'Oosterpark qu'après avoir franchi deux canaux. Et ce n'est pas une très bonne idée de s'échapper par des ponts, ils sont trop faciles à fermer ou à bloquer.

– Il faut que ce soit avant d'arriver à Plantage Muidergracht, fais-je remarquer. Assez près de chez Mme de Vries pour qu'on puisse se réfugier chez elle. Il faudrait donc récupérer Mirjam et le landau très vite après leur départ du Schouwburg.

– Je crois que tu as raison. Si nous allons aussi loin que le pont, nous n'aurons aucune chance.

« Concentre-toi sur les échappées possibles, me répété-je. Concentre-toi sur le fait que tu es tout près de sauver Mirjam. Concentre-toi sur cette unique vie. »

Je suis obligée de me concentrer sur Mirjam parce que je ne veux pas penser à mon instituteur de l'école primaire, que je ne sauverai pas, ni à M. Bierman, que je ne sauverai pas, ni aux camarades de classe de Mirjam, pas plus qu'à tous ces gens qui marchent si près de nous. Je ne viendrai en aide à aucun d'entre eux.

– Et là ?

Willem s'est arrêté et m'indique un immeuble, en faisant mine de s'intéresser surtout à son architecture.

Nous sommes parvenus à l'intersection de trois rues partant dans trois directions en formant des angles aigus, de sorte qu'au-delà d'une vingtaine de mètres on n'en distingue plus le bout. Si Mirjam et moi nous enfuyions depuis cet endroit, nous serions hors de vue en moins de quelques secondes, et deux soldats – à supposer qu'ils ne soient que deux, à supposer un grand nombre de choses – ne sauraient plus dans quelle rue nous poursuivre.

Mon regard balaie les immeubles alentour et s'arrête sur la devanture d'une boucherie dont la vitrine est surplombée par un grand auvent orange, la couleur de notre monarchie en exil. Ce qui semble d'une certaine manière un heureux présage.

– La boucherie, dis-je à Willem avec un signe de tête. Sous l'auvent.

La boutique elle-même est beaucoup plus en retrait de la rue que les autres magasins qui la flanquent, et constitue ainsi une position de repli naturelle plus propice. Sous l'auvent se dresse une grosse vache en plâtre, grandeur nature, bien assez grande pour permettre à une ou deux personnes de se cacher derrière ses flancs.

Willem pousse un gros soupir et, l'air faussement contrarié, s'agenouille auprès de son vélo pour examiner tranquillement la boucherie.

– Parfait, conclut-il. Entre la vache et la façon dont se présente l'entrée de la boutique, il faudrait vraiment savoir qu'il y a quelqu'un derrière pour le voir.

Pense-t-il vraiment que c'est une bonne idée ? Et moi ? Ou ai-je simplement envie que ça marche ? Je ne saurais le dire. Ce croisement de rues que nous avons choisi, Willem et moi – cet auvent en surplomb et cette vache en plâtre –, se situe à plus d'un kilomètre de la gare de Muiderpoort. Ce qui paraît une assez grande distance. Mais est-ce suffisant pour réussir à sauver une vie ?

Le convoi nous a à présent dépassés. Des colonnes d'individus, graves, silencieux, sont emmenées Dieu sait où, et nous les suivons des yeux, impuissants. Il ne reste bientôt plus que nous deux.

– Ça va aller ? me demande Willem. Pour ce que tu as à faire ? Pour l'uniforme ?

– Ça ira, oui.

– Si tu veux que je te mette en relation avec quelqu'un… Je ne sais pas si je connais les bonnes personnes, mais je pourrais…

– Non, non, c'est bon, Willem.

Il hoche la tête et hésite avant de poursuivre :

– Hanneke, j'espère que tu ne vas pas mal le prendre. Mais c'est juste que se procurer un uniforme, c'est en général le genre de choses qu'on prévoit des semaines à l'avance. Je t'aime bien. Je te trouve très forte. Mais Ollie… c'est mon meilleur ami, et je ne voudrais pas qu'il lui arrive quoi que ce soit. À aucun des autres, d'ailleurs. Tu n'étais pas tellement partante pour nous aider. Alors je voudrais que tu me dises si on a raison de te faire confiance.

J'ai passé deux ans à refuser que l'on me fasse confiance, à refuser que l'on compte sur moi. Mais aujourd'hui, j'ai vu de mes propres yeux un transfert, j'ai vu un centre de déportation, j'ai vu un petit mot plein d'espoir écrit par une jeune fille terrorisée, et j'ai vu des gens courageux contraints de se cacher, et des gens désagréables se montrer courageux en secret, donc quand j'ouvre la bouche, c'est pour répondre à Willem :

– Oui. Je ferai de mon mieux, Willem.

Ma gorge se serre et je détourne les yeux, et quand je tourne de nouveau la tête, Willem soutient toujours mon regard, poliment, mais avec une douloureuse inquiétude.

– J'espère que tout va bien de ton côté, Hanneke. S'il y a quelque chose que tu veux me dire, n'hésite pas, je n'en parlerai pas aux autres.

Je mords violemment l'intérieur de ma joue parce que la question de Willem est tout à fait sincère et parce que, après tout ce qui est arrivé ces dernières quarante-huit heures, je me sens déjà à fleur de peau.

– Ce n'est rien. Ça va. C'est seulement que… je ne dors

pas bien. J'ai du mal à dormir, et je n'ai pas pleuré depuis la mort de Bas.

Explication partielle, certes, mais c'est toujours plus que ce que j'ai pu avouer à quiconque.

Willem pose de nouveau la main sur mon bras.

– Ça ne fera pas revenir Bas, Hanneke. Je sais que tu le sais déjà. Mais c'est juste au cas où tu serais tentée de croire le contraire. Ce n'est pas parce que tu auras sauvé Mirjam que tu dormiras mieux la nuit…

VINGT-QUATRE

La sonnette de la porte d'entrée a changé. Au lieu de l'espèce de bourdonnement enroué, le son est clair. Au début, j'ai cru que j'avais oublié, mais comment aurais-je pu oublier ce son que j'avais entendu cent, deux cents, cinq cents fois dans ma vie ?

Elsbeth avait dû faire installer cette nouvelle sonnette après le déménagement de ses parents chez sa grand-mère et son installation avec Rolf là où elle avait passé son enfance. C'est curieux de penser à elle en tant que femme d'intérieur prenant des décisions concernant sa maison. Je me demande si elle a changé aussi le papier peint du salon. Elle a probablement eu les moyens de le faire, car elle l'a toujours trouvé hideux.

Comme personne ne vient ouvrir, je sonne de nouveau et colle mon visage contre la porte vitrée. Même salon. Même papier peint.

Je savais que j'allais être mal à l'aise en venant ici. Je savais que ça allait être pénible. Je n'avais pas prévu toutefois l'appréhension qui me noue le ventre. Je ne savais pas que je devrais à ce point me retenir à deux mains pour ne pas repartir en courant.

Rien, pas un bruit venant de l'intérieur, pas la moindre lueur vacillante d'une lampe de chevet. Il n'y a personne. Ça vaut mieux, c'est plus sûr, plus simple. J'avais envisagé des millions d'éventualités, qu'elle soit chez elle, que lui y soit, qu'ils y soient tous les deux, et qu'il n'y ait personne représentait le scénario idéal. C'est pour ça que je suis venue à cette heure-ci, parce que la famille d'Elsbeth se réunit tous les dimanches pour dîner chez la grand-mère, et je parie que cette tradition perdure même pendant la guerre. Alors pourquoi une part de moi se sent-elle si frustrée de ne pas la voir en face ?

Il y a autre chose qui n'a pas changé dans cette maison : la clé de secours posée sur le chambranle de la porte, légèrement rouillée, froide au creux de ma main.

Les odeurs sont les mêmes : toute la maison sent le clou de girofle et la lessive, comme avant, cette odeur propre à la famille Vos et que je connais suffisamment pour l'avoir trouvée familière et rassurante. Mais, cette fois, je ne viens pas en invitée, dois-je me rappeler. Cette fois, je travaille.

Avant de changer d'avis, je me glisse à l'intérieur. La chambre des parents est à l'étage, au fond du couloir. Je n'y suis pratiquement jamais entrée, mais à l'occasion Elsbeth allait y subtiliser le rouge à lèvres de sa mère pour qu'on s'entraîne à s'en mettre. Je vois tout de suite que cette pièce n'a pas l'air occupée. Un tas d'affaires de couture, des travaux en cours, sont posés sur le lit.

Mon cœur se serre. Si Elsbeth et Rolf ne se sont pas installés dans la grande chambre, cela signifie que je vais devoir pénétrer dans une pièce que j'espérais éviter. Retour vers la cage d'escalier. Première porte à droite.

Je l'ouvre et suis assaillie par les fantômes. C'est la chambre d'Elsbeth, celle où nous avons passé tant et tant d'après-midi, à danser, à faire semblant de travailler à nos devoirs, à élire nos vedettes de cinéma préférées. À discuter de ce qu'on deviendrait plus tard, des bébés qu'on aurait toutes les deux en même temps, de la façon dont on vieillirait ensemble, dont on se promènerait autour de la place en se soutenant l'une l'autre. Assez ! Assez !

Sa robe de chambre est suspendue derrière la porte. Elle a toujours un trou à la manche, datant de l'époque où nous fumions en cachette sur le balcon.

Je refoule toute émotion. Je me raccroche aux raisons pratiques de mon intrusion. Elsbeth partageait sa chambre avec sa sœur aînée. La penderie de Nellie était à gauche et celle d'Elsbeth à droite. Quand celle-ci a fait venir son mari dans la maison de son enfance, je suis sûre qu'elle lui a proposé de ranger ses vêtements dans le placard de Nellie. C'est le genre de choses dont Elsbeth serait capable : dire à son mari d'enlever les affaires de sa sœur pour se faire de la place. Et lorsqu'il aurait découvert l'un des soutiens-gorge oublié par Nellie, Elsbeth aurait ri de son embarras.

J'ouvre la porte coulissante de la penderie de gauche. J'ai vu juste : à l'intérieur, des vêtements d'homme parfaitement rangés, pantalons et chemises suspendus les uns contre les autres. Ce sont les habits que porte le mari d'Elsbeth. Son mari. Rolf. Pour sa nouvelle vie, celle dont je ne fais pas partie.

Pas d'uniforme, cependant. Non, l'uniforme n'est pas

là. Je vérifie une seconde fois. Il doit bien en avoir au moins deux – l'un à porter et l'autre à laver, mais il n'y a rien là-dedans. Rien non plus sur les dossiers des chaises, rien posé sur le lit fait à la va-vite. Où peut-il être ?

De retour dans le couloir, j'ouvre le cagibi réservé au linge. À l'intérieur, un panier en osier rempli de serviettes et de draps tout froissés attendant d'être lavés. Je fouille, en quête d'un tissu gris et noir, la couleur de la mort, la couleur de la Gestapo. Au fond, j'aperçois une étoffe terne et sombre, que je sors du panier.

Comment ai-je pu oublier ? La grand-mère d'Elsbeth faisait ses cadeaux par deux. Comme l'« amygdale » ne lui allait pas, Elsbeth me l'a donnée et a ri en voyant ma tête lorsque j'ai découvert l'affreuse robe. Mais elle a été obligée de garder sa jumelle, une autre robe identique d'un mauve grisâtre sinistre.

Elle est imprégnée de son odeur, talc et parfum, et j'ai des dizaines de souvenirs d'Elsbeth dans cette robe. Elsbeth faisant des grimaces le jour où sa mère lui a proposé de la mettre pour aller à une fête. Elsbeth la portant quand même, mais renversant dessus « sans le faire exprès » un verre de punch. Elsbeth racontant à la fête que Henk embrassait merveilleusement et m'expliquant avec le plus grand sérieux qu'un premier baiser n'était jamais aussi bon qu'un deuxième.

« J'ai embrassé Ollie », ai-je envie de lui dire. J'ai embrassé Ollie, et Bas est toujours mort. Et qu'est-ce que tu deviens, et était-ce bête que notre amitié ait pris fin parce que tu aimais un garçon, ou est-ce simplement la vie ?

Je fourre la robe dans le panier et attrape le col noir qui apparaît alors. La chemise de Rolf. Au moment précis où je saisis le pantalon assorti en dessous, la porte d'entrée s'ouvre.

Sans réfléchir, je plonge au fond du cagibi et me plaque contre le panier à linge sale, en serrant contre moi l'uniforme tout froissé de Rolf. Je tire la porte qui grince, sans la fermer complètement pour éviter le cliquetis de la serrure. Mon cœur bat si fort à mes oreilles que je suis sûre qu'on peut l'entendre ; je lui ordonne de se calmer, mais il refuse de m'obéir.

– C'est incroyable que tu aies oublié le gâteau ! Ça ne vaut pas le coup, un dîner sans gâteau.

Encore une chose qui n'a pas changé : la voix d'Elsbeth, moqueuse et enjouée, qui me fait comme un coup de poing à l'estomac. Ma bouche s'ouvre sous le choc, et je plaque l'infâme uniforme de Rolf contre mes lèvres.

– Apparemment, sans gâteau, la vie ne vaut pas d'être vécue, si tu es ma femme, rétorque-t-il.

– C'est pour ça que j'aime ce qu'il y a de plus doux dans la vie, dit-elle en riant.

– Y a-t-il autre chose dont on a besoin pendant qu'on y est ? demande Rolf.

– Je vais prendre un pull, on gèle, chez grand-mère.

Ils se comportent de façon tellement normale entre eux. Je ne m'attendais pas à ça. Ils ne donnent pas l'impression qu'on est en guerre. Ils plaisantent, s'embrassent, comme les amis que je devrais encore avoir. J'entends les pas d'Elsbeth dans l'escalier, le craquement de la quatrième marche. Sa chambre est celle qui se trouve juste avant le petit cagibi. Elle n'a aucune raison de passer devant. Je l'entends à côté ouvrir la penderie, fouiller, déplacer les cintres, tout en fredonnant. Elsbeth n'a jamais su chanter.

– Tu n'as pas vu mon pull jaune ? demande-t-elle en direction de la cuisine, au rez-de-chaussée.

– Tu ne l'aurais pas mis au sale ?

La salive me monte à la bouche. Je vois s'approcher les fins poignets d'Elsbeth, de plus en plus près, et soudain mon nez me picote à cause du talc. Elle pose la main sur la poignée. Que ferai-je si elle me découvre ? Je passe en revue les multiples stratagèmes qui me sauvent avec les nazis, sauf que, en l'occurrence, ils sont tous absurdes. Je pourrais la frapper. Je pourrais la serrer dans mes bras. Je pourrais l'embrasser et faire comme si ces deux dernières années n'avaient pas existé. Mais elles ont bel et bien existé, et aujourd'hui je ne me contente plus de détester, d'aimer et de regretter Elsbeth, aujourd'hui, je dois aussi la craindre.

– Elsbeth, il est là, ton pull ! lui crie Rolf. Il était sur la chaise.

Elle s'éloigne de nouveau dans un claquement de talons. Mon cœur frappe fort dans ma poitrine, d'angoisse, de rage et de chagrin. Et voilà… Mon ancienne meilleure amie a de nouveau disparu.

Quand je rentre à la maison, ce soir-là, maman et papa sont déjà couchés. Il est trop tôt pour qu'ils dorment, mais ils ne se donnent pas la peine de se relever. Pendant des années, c'est ce que j'ai souhaité : qu'ils se couchent sans m'attendre, mais aujourd'hui, je les vois d'ici en pyjama, m'entendant suspendre mon manteau, et cela me trouble. Quelque chose a changé entre nous depuis notre dernière dispute quand je suis partie avec Willem. Je suis toujours leur fille, mais plus leur enfant.

Il y a une lettre calée contre un livre sur ma table de

nuit. Je ne reconnais pas l'écriture de l'enveloppe, et lorsque je l'ouvre, un petit mot en forme d'étoile s'en échappe. Christoffel a dû la déposer en mon absence, après le retour de son père de La Haye. Une réponse d'Amalia. Exactement ce que je désirais il y a deux jours, mais qui à présent n'a plus aucune importance.

Voici ce que je lis en dépliant la page de cahier : « Chère Hanneke, j'ignore où elle est. J'aimerais bien le savoir. Mon amie me manque aussi. »

Je m'imagine Mirjam et ses joyeuses retrouvailles avec Amalia, arrivant avec une pile de magazines, des semaines de réflexions et d'impressions à partager, des retrouvailles qu'Elsbeth et moi ne connaîtrons jamais.

En m'endormant, un vieux cauchemar revient me hanter, celui que je faisais toutes les nuits après la mort de Bas. Il marche vers moi dans son uniforme de l'armée pour m'apporter la lettre que j'ai déchirée. Dans mon rêve, il en a reconstitué les morceaux et est furieux que je ne l'aie pas lue.

« – Ça veut dire que tu m'as oublié, me reproche-t-il.

– Mais, non, tenté-je de lui expliquer. Ça ne veut pas du tout dire ça. Je pense à toi tous les jours. Écoute, je vais la lire tout de suite. Je vais la lire à l'instant même puisque c'est si important. »

Mais, à chaque mot que je lis, Bas devient de plus en plus pâle et de plus en plus gris. Lorsque je suis parvenue à la moitié, il n'est plus qu'un cadavre en face de moi, et je ne peux achever la lecture de sa lettre parce que je suis en larmes. À mon réveil, j'ai les yeux secs – mes yeux sont toujours secs –, mais mes draps sont entortillés autour de mon corps et trempés de sueur.

Le lendemain soir, juste avant le couvre-feu, Ollie frappe à la porte. Maman lui ouvre et il lui explique que sa mère n'est pas bien. Ils doivent la conduire, son père et lui, à l'hôpital. Pia a peur de rester toute seule à la maison, pourrais-je venir passer la nuit avec elle ?

Ma mère n'est ni pour ni contre, elle ne me regarde même pas. Elle tourne la tête et me demande ce que je veux faire.

– Il faut que j'y aille, pour la maman d'Ollie.

Sauf que sa mère va très bien et que Pia est probablement chez elle en train de faire tranquillement ses devoirs. Le convoi de Mirjam doit quitter le théâtre dans deux heures.

VINGT-CINQ

Lundi

Nous devons rester tout près l'un de l'autre, sans bouger, sous l'auvent de la boucherie. L'endroit est bien choisi cependant. L'auvent et la grosse vache nous protègent autant que je le pensais : quatre soldats, deux par deux, sont passés devant nous sans nous voir. J'espère simplement que le ciel ne va pas se couvrir. S'il se met à pleuvoir ou à neiger, l'un d'eux pourrait choisir de s'y abriter.

Je ne vois pas Willem, mais je sais qu'il est caché non loin, à quelques rues de là, avec des vêtements de rechange pour Ollie.

Parce qu'Ollie, Olivier, Laurence Olivier, quand Bas était d'humeur à plaisanter, a revêtu l'uniforme gris de la Gestapo du mari d'Elsbeth, qui lui est un peu large aux épaules. En examinant Ollie d'un peu trop près, n'importe qui s'apercevrait que rien ne va, et si l'une de ses connaissances venait à le croiser et s'étonnait de cet uniforme, ce serait bien plus grave.

Voici quel est le plan : Ollie et moi attendons sous l'auvent que le convoi arrive. Ollie arrête le soldat de tête, sous prétexte qu'il a reçu l'ordre de fouiller un landau contenant des marchandises de contrebande. Il récupère l'appareil photo. Il rejoint Willem pour se changer afin que des voisins soupçonneux ne le voient pas en uniforme. Ollie est certainement tendu, mais il n'en montre rien. Il regarde droit devant lui, dans la nuit, les gens qui se dépêchent de rentrer chez eux. Nous avons le temps, une demi-heure au moins, nous avons pris position juste avant le couvre-feu. Nous tuons le temps en récapitulant les phases de l'opération et les diverses consignes.

– Tu n'as qu'une minute pour réussir, me dit sèchement Ollie. Je les interrogerai au sujet du landau en leur montrant l'ordre falsifié par Willem. Je ferai durer le plus longtemps possible, mais tu n'auras pas trop de temps, et ils ne doivent absolument pas te voir.

– Je sais, Ollie.

– Ensuite tu courras avec elle jusqu'au coin de la rue où je t'attendrai avec…

– Ollie…

Nous nous taisons de nouveau. Je connais par cœur le déroulement du plan parce que nous en avons étudié toutes les variantes possibles, et parce qu'il m'a déjà fait plusieurs fois ces recommandations : si je ne trouve pas Mirjam ou si je n'arrive pas à la convaincre de me suivre pendant le laps de temps qu'il faut à Ollie pour récupérer l'appareil photo dans le landau, eh bien, on ne pourra plus rien pour elle.

Alors j'aurai failli à ma parole.

– À quoi tu penses ? me demande Ollie.

– À rien. Et toi ?

Il se détourne légèrement, et l'obscurité suffit à dissimuler son expression.

– Je pense à Bas.

– Ah bon ?

– Pas toi ?

Si, moi aussi. Constamment. Bas qui fait du patin à glace avec ma mère. Bas qui m'apporte un gâteau. Bas qui me rend dingue. Bas vivant. Bas mort.

– Ce soir, je pense à…, commence Ollie avant de s'interrompre pour déglutir. Je pense à ce qui a pu passer par la tête de Bas au cours de l'invasion, quand il a compris qu'il allait probablement mourir.

– Ne se disait-il pas simplement qu'il avait peur ? suggéré-je. Qu'il avait très peur et qu'il avait très envie d'être chez lui ?

Il m'est d'autant plus facile de compléter la pensée d'Ollie que j'y ai maintes fois pensé moi-même.

– Souffrait-il ? demande-t-il.

– Était-il en colère ?

– Ou simplement tout seul ?

– C'était ma faute, murmuré-je.

Les mots tombent et se fracassent à nos pieds.

– C'est ma faute si Bas est mort.

Je ne distingue pas l'expression d'Ollie dans la pénombre.

– Qu'est-ce que tu as dit ?

– Bas… C'est ma faute si Bas est mort.

Cette chose épouvantable entre toutes, ça y est, je l'ai dite, et son énormité me coupe le souffle. Quand on avoue une chose horrible, normalement, on devrait être soulagé d'un poids sur la poitrine, mais exprimer cette pensée à voix haute n'a fait que l'alourdir.

– Qu'est-ce que tu racontes ? Tu n'es pour rien dans ce qui est arrivé à Bas. Tu étais à des kilomètres de là. Tu n'as pas appuyé sur la détente. Tu n'as pas envoyé de bombe.

– Je sais bien que je n'ai pas appuyé sur la détente.

C'est ce que m'ont dit mes parents après la mort de Bas. Que je n'étais pas là. Que je ne l'ai pas tué, ni bombardé, ni noyé, ni rien de ce qui aurait pu précisément causer sa disparition.

– Mais je l'ai envoyé là-bas. Je lui ai dit de s'engager.

– Hanneke, tu connaissais Bas. Tu le connaissais aussi bien que moi. Franchement, crois-tu qu'il n'avait pas envie d'y aller ? Franchement, crois-tu qu'il se serait engagé si, au fond de lui, il ne l'avait pas réellement désiré ?

Il cherche à me réconforter, mais je ne me sens que plus mal. Je suis sur le point de confier à Ollie un secret que je ne voulais révéler à personne.

– Il me l'a dit, qu'il ne voulait pas y aller. Au cours de sa fête de départ. Je suis partie et il m'a couru après. Il m'a dit qu'il ne voulait pas y aller, et je lui ai répondu qu'il le fallait. Je lui ai dit aussi que c'était son devoir. Et il m'a donné une lettre à lire au cas où il mourrait, mais je ne l'ai pas lue. Je l'ai rapportée à la maison et je l'ai jetée, parce que j'étais absolument sûre qu'il allait revenir, et je me suis complètement trompée, parce qu'il n'est pas revenu. Tu comprends, Ollie ? C'est moi qui l'ai poussé à partir !

J'ai mal à la gorge. Ma gorge est douloureuse tant les mots, en sortant de ma bouche, me font souffrir physiquement. Maintenant, j'ai tout dit. Je ne peux pas regarder Ollie car j'ai trop honte. Il se tient très raide, immobile, et je l'entends avaler sa salive plusieurs fois de suite. Lorsqu'il reprend la parole, sa voix est grave.

– Moi aussi, j'ai discuté pour la dernière fois avec Bas à la fin de la fête. Il était tard. Tout le monde était parti. Il est entré dans ma chambre et je lui ai demandé pourquoi il n'était pas couché, puisqu'il devait se lever très tôt pour aller faire ses classes.

– Tu lui as parlé après moi ?

Je ne comprends pas pourquoi je n'y ai jamais pensé. Il était évident que la famille de Bas aurait discuté avec lui, il vivait avec eux. Dans mon esprit, cependant, j'étais la dernière à qui il avait adressé la parole. Je lui ai parlé et il est mort. Voilà ce que j'ai en tête et qui m'empêche de dormir toutes les nuits.

– Plusieurs heures après, oui. Le jour allait se lever.

Je n'ose plus respirer.

– De quoi avez-vous discuté ?

– Je lui ai demandé comment il se sentait. Je lui ai demandé s'il avait peur. Je lui ai dit que je ne le jugerais pas si c'était le cas, car à sa place, moi, j'aurais peur. Il a reconnu avoir peur – mais il a ajouté que, si ce n'était pas le cas, ça ne compterait plus vraiment comme du courage, non ? Et il m'a traité de petite fleur fragile parce que je ne m'engageais pas. Alors, je lui ai demandé quel genre de fleur. Et il a répondu, certainement pas une mauve parce que personne ne voudrait embrasser une mauviette !

Ollie sourit à présent au souvenir de ce fou de Bas, si intrépide, et curieusement, je souris aussi, bien que nous soyons si tristes tous les deux.

– Et il m'a remis aussi une lettre.

Je me fige. Ollie fouille dans la poche de son pantalon.

La lettre a été écrite sur une page de cahier, comme celles sur lesquelles les élèves font leurs exercices de grammaire, comme celles sur lesquelles Elsbeth et moi, Amalia et Mirjam, et tous les jeunes du monde entier s'écrivent leurs petits secrets. Il me la tend.

– Lis !

Elle a été pliée et repliée maintes fois, changée tant de fois de poche que les pliures sont usées et fragiles. Dans la pénombre, je dois la tenir à quelques centimètres de mon nez et peine à déchiffrer l'écriture.

Laurence,

Excuse-moi d'être un tel crétin. Tu as été un bon grand frère. Dis à maman qu'elle doit garder le bon fils, même si elle n'y croit pas au début (qui lui en voudrait ?). Il y a un peu d'argent sous mon matelas, tu peux le prendre. Mais j'ai dit la même chose à Pia, alors vous verrez bien lequel de vous deux est le plus rapide. Dis à Hanneke que je l'aime. Et qu'elle passe à autre chose. Pas trop vite. Peut-être d'ici deux ou trois mois.

B.

Là, je ris franchement, en collant ma main sur la bouche, parce que cette lettre est tellement déconcertante, à l'image de Bas : tour à tour sérieux et comique, critique envers lui-même et charmant.

– Pourquoi ne me l'as-tu jamais montrée ?

– Parce que je supposais que tu en avais eu une, toi aussi. Et parce que tu n'es jamais venue nous voir, après la cérémonie. J'ai cru que tu ne voulais plus rien avoir à faire avec notre famille.

– J’ai cru que vous me détestiez tous.

– Pas moi.

– Ollie, tu crois qu’il pensait ce qu’il t’a dit, qu’il avait peur mais qu’il était content de partir ?

– Crois-tu qu’il pensait ce qu’il t’a dit, à toi ? Qu’il n’avait pas du tout envie de partir ?

Je n’en sais rien. Pendant deux ans et demi, j’ai cru que je le savais.

– Je ne suis pas sûre.

– Peut-être que Bas n’était pas sûr, non plus, répond Ollie. Peut-être qu’il avait envie de partir à un moment et de rester ici l’instant d’après.

«Dis-lui de passer à autre chose», avait écrit Bas. Encore une demande que je n’avais pas honorée...

Ollie me prend par les épaules et colle sa joue contre la mienne. Je sens son souffle dans mes cheveux, et dans mon cou et, soudain, sans vraiment réfléchir, je lève la tête et le regarde droit dans les yeux. Il me sourit, et j’avance mes lèvres vers les siennes. Ce n’est même pas que j’ai envie d’embrasser Ollie. C’est plutôt que, pour la première fois depuis plus de deux ans, je me sens enfin libérée de la culpabilité que je me suis infligée. Mes lèvres frôlent les siennes.

– Hanneke, que fais-tu ?

Ollie recule brusquement en levant les mains pour m’empêcher d’approcher davantage.

Je me reprends.

– Je suis désolée, Ollie. J’ai... j’ai mal interprété la situation.

Il secoue la tête très vite, je le vois presque rougir malgré l’obscurité.

– C'est juste que je ne te considère pas comme ça, Hanneke.

– Non, bien sûr. Tu voulais juste être sympa. Je suis la petite amie de ton frère.

– Non, ce n'est pas ça, dit-il, l'air peiné. J'aime quelqu'un d'autre.

J'ai atrocement honte. Ollie, qui s'est montré tellement gentil avec moi cette dernière semaine – je viens de trahir cette gentillesse en essayant de l'embrasser, alors qu'il est amoureux de quelqu'un d'autre. Pourquoi ne me l'a-t-il pas dit plus tôt ?

– Judith ? risqué-je. Tu aimes Judith ?

– Judith ? Non, ce n'est pas Judith.

– Alors, qui ?

Ollie pousse un soupir.

– Comment t'expliquer ? Voilà : tu as aidé la Résistance à cause d'une seule personne, Hanneke. Moi, je l'ai rejointe à cause d'une seule personne aussi… Parce que les Juifs ne sont pas les seuls à souffrir par la faute des nazis. Ce n'est pas Judith que j'aime. J'aime Willem.

– Tu aimes… Willem ?

L'idée me dépasse.

– Tu aimes Willem ?

– Personne d'autre n'est au courant.

J'essaie de reprendre mes esprits. Je sais que les nazis ont déporté des homosexuels et des prisonniers politiques. Mais je n'avais jamais rencontré quelqu'un qui était « comme ça ».

– Tu es sûr ? balbutié-je. Tu m'as embrassée il y a quelques jours seulement, devant les policiers allemands.

– Oui, c'est vrai. Et après, tu m'as dit que j'étais bon

comédien. C'est exact. Meilleur que toi, probablement. Toi, tu joues la comédie pour les Allemands en temps de guerre. Moi, je joue la comédie tous les jours pour tout le monde. Je n'en ai jamais parlé à personne. Je suis un clandestin aussi. Le monde entier est ma clandestinité.

– Mais je ne comprends pas… Comment tu l'as su ? Comment as-tu su que toi… et Willem ?

– Comment as-tu su que tu aimais Bas ?

– Parce que je l'aimais.

– Et moi, je le sais parce que je l'aime. Je le sais depuis longtemps…

– Es-tu en danger ? demandé-je parce que je suis trop abasourdie pour songer à toutes les autres questions que je pourrais lui poser.

– Tu vas le dire ? s'inquiète-t-il.

– Bien sûr que non !

– Alors, non. Tant que personne n'est au courant, répond-il avant de se raidir. Le convoi… Il est là.

VINGT-SIX

Le claquement de dizaines et de dizaines de pas. Ils résonnent bruyamment, surtout quand votre vie en dépend. La présence d'Ollie à mes côtés me réconforte et me fait peur à la fois. Tant de gens ont pris des risques. Willem, tapi dans l'ombre. Mme de Vries avec Mina, qui doit encore recueillir Mirjam avant qu'on puisse la conduire chez Mme Janssen. Mme Janssen, qui prie pour son retour chez elle.

– Manteau bleu, chuchoté-je comme si j'avais besoin de me le rappeler. Il faut que je repère le manteau bleu.

Et si elle ne le portait pas ? Et si elle trouvait que la nuit était trop douce, si elle l'avait donné à quelqu'un d'autre, ou se l'était fait voler ? Et le landau – s'il ne partait pas avec ce convoi ? Et s'il était resté au théâtre ? Ollie ne peut pas porter indéfiniment cet uniforme pour arrêter tous les convois. Tous les aléas imprévisibles me passent par l'esprit quand je songe à la fragilité du plan sur lequel reposent tous nos espoirs.

Deux gardes escortent les prisonniers, les mêmes que pour le convoi de la veille : le plus âgé au visage buriné qui ressemble à mon oncle est en tête, et le jeune ferme la marche. La colonne n'en finit pas. Mon cœur se serre. Je ne la vois pas ; c'est difficile de voir au-delà des gens qui passent à ma hauteur. Le reste des prisonniers forme une masse compacte et leurs visages n'apparaissent qu'à la lueur de la pleine lune.

Mais, vers l'arrière, tressautant bruyamment sur les pavés, j'aperçois un gros landau. Et encore derrière, un autre landau.

Deux landaux ! Lequel est celui de Mina ? Je le saurais si j'étais plus près, je l'ai déjà vu. Mais pas Ollie. Que va-t-il faire ? Dois-je essayer de le lui décrire discrètement ? Mais ça y est, il est déjà parti, et j'entends le claquement sec de ses bottes sur la chaussée.

– Attendez ! ordonne-t-il avec un accent allemand irréprochable.

Le jeune soldat l'entend et se retourne, décontenancé, en cherchant à voir d'où vient l'ordre.

– Attendez ! répète Ollie en agitant les faux documents que lui avait forgés Willem. Il y a un problème avec ce convoi.

– Halte ! lance le soldat le plus âgé.

Hésitants, les prisonniers s'immobilisent peu à peu au milieu de la rue tandis que l'homme braque une lampe torche en direction d'Ollie.

– Nous n'en avons pas eu connaissance, objecte-t-il.

– Je ne crois pas qu'il revienne à la Gestapo d'informer les gardes des opérations de nos services secrets, réplique Ollie. L'ordre vient directement de Schreieder.

Au nom de l'officier à la tête de la Gestapo, les deux soldats échangent un regard furtif et se précipitent vers Ollie.

– Ne touchez pas ! s'exclame Ollie alors que l'un des soldats tend la main vers ses papiers. Je ne vais tout de même pas vous laisser salir mes ordres de mission, non ?

Je parcours des yeux tous les rangs de prisonniers parqués derrière les soldats, cherchant désespérément à repérer un tissu bleu ciel. Les deux Allemands sont en train d'examiner le faux ordre de mission d'Ollie. Ils ne font pas attention à moi. Je cours.

Je m'élance le long de la colonne de prisonniers.

Je me glisse à l'arrière, contre une femme que je fais sursauter en lui donnant un coup d'épaule.

– Mirjam Roodveldt ? marmonné-je sans presque remuer les lèvres. Manteau bleu ?

La femme secoue la tête tandis que je passe au rang suivant.

– Jeune fille de quinze ans ? Cheveux bruns.

Je progresse de rang en rang en répétant son nom. La plupart des gens m'ignorent.

– Mirjam Roodveldt ?

Certains secouent la tête avec réprobation, en me suppliant du regard de cesser d'attirer l'attention sur eux.

– Maman, est-ce que ça veut dire qu'on va rentrer à la maison ? demande un petit garçon en tirant sur le manteau de sa mère. Puisque le monsieur a dit qu'il y avait un problème ? On peut s'en aller, alors ?

– Silence ! crie le soldat le plus âgé sans lever les yeux et interrompant sa discussion avec Ollie. Faites taire l'enfant ou c'est moi qui vais m'en charger !

– Il plaisante, articule sans bruit la femme terrorisée à son fils tout en lui plaquant la main sur la bouche.

– Mirjam ? chuchoté-je en passant au rang suivant.

La mère me regarde à présent et me supplie en silence de me taire.

Pendant ce temps-là, les soldats ne sont pas d'accord entre eux. L'un veut entendre ce qu'Ollie a à dire, tandis que l'autre veut retourner au théâtre pour obtenir confirmation des ordres. Soudain, un éclat bleu, un bleu vif céruléen. À peine l'ai-je entraperçu qu'il disparaît aussitôt dans l'obscurité. C'était après la femme au chapeau rose. Avant la famille dont le père portait stoïquement dans ses bras la petite fille endormie.

– Mirjam ? dis-je tout bas. Mirjam ! répété-je un peu plus fort.

– Taisez-vous, s'il vous plaît, murmure la femme au chapeau.

– Vous allez nous faire tous tuer, renchérit d'une voix tremblante l'homme auprès d'elle.

– Silence ! tonne de nouveau le soldat le plus âgé. Kurt, tue le prochain qui parle ! ordonne-t-il au jeune à côté de lui.

Tous les prisonniers se figent, leur souffle dessine des panaches blancs dans la nuit froide.

Mais j'ai vu quelque chose. Un mouvement furtif, la dernière fois que j'ai appelé son nom. À quelques rangs devant moi, une jeune fille a tourné la tête, imperceptiblement. Même dans le noir son manteau est bleu comme le ciel. Le sang me monte aux oreilles alors que j'avance d'un rang. Encore un et je suis juste derrière elle. Mon cœur bat si vite dans ma poitrine, et cette fois ce n'est pas de peur, mais de joie pour ce que je suis sur le point de réussir. Je l'ai retrouvée. Elle va être sauvée !

Sur ma gauche, un autre mouvement furtif. Les soldats ont réussi à se mettre d'accord au sujet des documents d'Ollie, et les trois hommes se dirigent d'un pas décidé vers la première femme avec le landau. Ils lui font signe d'en retirer l'enfant et vite. Pendant que leurs lampes torches sont braquées sur elle, Ollie lève la tête et me cherche fébrilement des yeux.

– File ! articule-t-il en croisant mon regard. Vite !

Je touche le dos du manteau de Mirjam, elle se retourne et me regarde.

– Mirjam, chuchoté-je. Suis-moi.

Mirjam se raidit et secoue la tête, affolée. À quelques mètres de là, Ollie indique aux soldats que ce n'est pas le bon landau et qu'il doit inspecter l'autre. J'entends ses souliers claquer sur les pavés, et je sens qu'il s'efforce de marcher lentement pour me laisser quelques secondes de plus. Merci, Ollie !

– Mirjam, c'est bon. Je sais qui tu es.

– Non.

À côté d'Ollie, la femme qui poussait le deuxième landau en sort son bébé. Celui-ci se met à pleurer, un vagissement ténu et perçant à la fois, assez sonore toutefois pour couvrir les instructions que je murmure à Mirjam.

– Il faut qu'on coure. Suis-moi. On nous attend.

Je glisse ma main dans la sienne ; elle semble toute petite et fragile dans la mienne. Elle est si jeune.

Ollie a récupéré l'appareil photo et la pellicule, cet appareil qui représente des centaines de vies. Il passe devant nous avec, et je distingue ses traits, affolés dans le clair de lune, ses yeux qui me supplient de courir, de courir immédiatement, d'abandonner Mirjam si elle ne veut pas me suivre. Je ne peux pas. Je suis allée trop loin. Je la tiens par la main.

– Maintenant, susurré-je.

Je tire sur la main de Mirjam pour l'entraîner sur le côté. Elle résiste.

– Maintenant, la supplié-je.

Les soldats ont repris leurs places respectives.

– Dépêchez-vous ! ordonne l'un d'eux. Avancez !

La colonne des prisonniers s'est remise en marche, et j'avance avec eux. Qu'ai-je fait ? Pourquoi Mirjam ne m'écoute-t-elle pas ? Ollie s'éloigne peu à peu, se fond dans l'obscurité avec le précieux appareil. Je me rapproche du pont et de ses redoutables espaces à découvert. Si nous continuons ainsi jusqu'à la gare, ils pourraient m'obliger à monter dans le train. Nous devons essayer de courir.

Plus que quarante pas jusqu'au pont. Trente-cinq. Nous approchons de la dernière petite rue par laquelle nous échapper avant le pont. Je commence à tirer Mirjam dans cette direction. Pourquoi refuse-t-elle de me suivre ? Il se passe quelque chose. Sa main se tord dans la mienne, cherche à se dégager et se libère.

Mirjam court, mais pas dans la bonne direction. Elle court droit vers le pont à découvert. Oh, mon Dieu, mon Dieu, que fait-elle ? C'est la pire des directions qu'elle pouvait choisir. Son manteau bleu flotte dans son dos, claque dans le vent froid, s'éloigne toujours plus de moi.

– Arrête ! lui crié-je en même temps qu'un soldat lui hurle : « Halte ! »

– Halte ! répète le soldat dont les bottes claquent sur les pavés.

Que faire ? Essayer de distraire leur attention ? Lui courir après ? Dire à tous les gens du convoi de se mettre à courir aussi ?

– Arrête, dis-je une deuxième fois, à mi-chemin entre la ruelle et le convoi.

Tout à coup, deux bras puissants me saisissent par la taille, me coupant le souffle, et m'entraînent vers la ruelle.

– Lâchez-moi !

– Te lâcher ? Certainement pas ! rugit Ollie d'une voix mauvaise. J'ai bien vu que tu cherchais à fuir !

Mirjam court toujours le long de la rue pavée, puis s'engage sur le pont aux rambardes métalliques. Ses jambes sont frêles. Ses souliers résonnent à peine sur les lames de bois, contrairement aux grosses bottes des soldats. J'essaie de me dégager des bras d'Ollie qui enserrent ma taille. L'appareil photo me rentre dans la hanche, et Ollie me serre encore plus fort.

– J'ai pleine autorité sur ces gardes en ce qui te concerne ! Tu fais évidemment partie du complot ! Je t'emmène immédiatement pour interrogatoire !

– S'il te plaît, le supplié-je d'un ton désespéré que je ne me connaissais pas.

– Non, chuchote-t-il. Tu ne peux pas…

Cette fois, c'est le vrai Ollie qui me parle, pas celui qui se fait passer pour un officier allemand.

– S'il te plaît, Ollie. Ils vont…

Pan !

Ça y est… Ils l'ont tuée, au milieu du pont. Une balle

dans la nuque, de sorte que le sang gicle de sa gorge, épais et luisant dans le clair de lune.

– Non ! m'écrié-je, alors que retentit un deuxième coup de feu.

Les genoux de Mirjam se dérobent sous elle et ses mains se portent à son cou, mais je sais qu'elle est morte avant même d'avoir touché le sol. Je le sais à la façon dont elle se laisse choir à terre, dont elle s'affaisse la tête la première.

Les prisonniers assistent médusés à la scène et contemplent bouche bée le corps au milieu du pont ; certains poussent des cris sous le choc, d'autres se tordent les mains dans un silence horrifié. Le petit garçon, qui tout à l'heure interpellait sa mère, pleure, et celle-ci lui a posé la main sur la bouche pour atténuer le bruit de ses sanglots ; les larmes de son enfant glissent entre ses doigts.

Le jeune garde, celui qui l'a tuée, reprend sa place.

– C'est un avertissement ! lance-t-il.

Mais sa voix a tremblé. Il ne s'attendait pas à cela, et il ne sait plus que faire maintenant.

– Avancez ! Vite !

Il ne va même pas aller la chercher. Il va faire passer les autres prisonniers à côté d'elle, en la contournant, et la laisser sur le pont pour que les laitiers et les balayeurs des rues la découvrent au petit matin.

Ollie m'entraîne loin du pont, un bras passé autour de ma taille et l'autre tenant l'appareil photo.

– Marche, Hanneke, m'ordonne-t-il. Il faut que tu marches !

Je ne vois pas où il m'emmène parce que je pleure. Les sanglots me secouent tout le corps, les premières larmes que je verse depuis la mort de Bas. Elles m'aveuglent, et leur goût salé est incongru sur mes lèvres.

Je pleure pour Mirjam, la fille que j'étais censée secourir et que je ne connaissais même pas. Je pleure pour la mère qui faisait taire son fils, et pour l'homme qui me suppliait de cesser de parler. Je pleure pour Mme Janssen, qui n'a plus personne et que j'ai promis d'aider, et qui m'a fait confiance et pour qui je n'ai rien pu faire. Je pleure pour Bas. Je pleure pour Elsbeth et le soldat allemand qu'elle a préféré à sa meilleure amie, et pour Ollie, qui ne peut pas vivre au grand jour son amour avec Willem, et pour tous les habitants de mon pays qui ont vu les tanks arriver au début de l'Occupation et qui ne les ont pas encore vus repartir.

VINGT-SEPT

Ollie m'entraîne dans les rues et les ruelles obscures. Je suis incapable de dire si le chemin qu'il emprunte est sûr ou pas, si l'on va bien à la rencontre de Willem. J'ignore si les autres sont au courant de ce qu'il se passe ou s'ils attendent notre retour, pensant que le plan a fonctionné. Mes pieds avancent mécaniquement à côté des siens. Au bout d'un moment, il me fait descendre quelques marches et je réalise que nous devons être arrivés à l'appartement qu'il partage avec Willem.

– Du thé ? me propose-t-il sèchement.

C'est la première phrase qu'il prononce. Ses mains tremblent en ouvrant les portes du placard et en les refermant violemment, il ne sait plus où sont rangées les tasses. Il ne cesse de jeter des coups d'œil vers la porte d'entrée. Willem est toujours dehors, là-bas. Willem et Mirjam.

– Willem est encore…, commencé-je.

– Je sais, me coupe Ollie.

Et, au regard qu'il me lance, je comprends qu'il ne veut pas en parler. Il finit par cesser de fouiller dans les placards, se penche sur le plan de travail et se retient si fort au bord que ses phalanges blanchissent.

– Ça va ? demande-t-il, toujours de dos.

Je ne réponds pas. Que suis-je censée dire ? Ollie frappe rageusement le plan de travail des deux mains. Le bruit me fait sursauter.

– Merde. Merde !

– Qu'est-ce que tu fais ? m'exclamé-je tandis qu'il se dirige vers la porte d'entrée.

– Il faut que j'aille voir si Willem n'a pas eu de problème.

– Ollie, tu ne sais pas où il est !

Il enfile son manteau et le boutonne jusqu'en haut pour dissimuler son uniforme de la Gestapo.

– Je ne vais pas rester ici à attendre ! Je ne vais pas l'abandonner. Il faut que je retrouve Willem.

– Je viens avec toi. Je ne peux pas non plus abandonner Mirjam. Je ne peux pas la laisser là-bas.

– Non, tranche-t-il, la main sur la poignée de la porte. Tu ne peux pas y retourner. On t'a vue emmenée par un membre de la Gestapo.

– Mais j'ai promis de la retrouver... Elle est toute seule là-bas, sur le pont. Je pourrais l'emmener chez M. Kreuk. J'ai une clé. Je vais l'emmener chez M. Kreuk.

Ma voix déraille, je ne la contrôle plus ni ne la reconnais.

Ollie appuie son front contre la porte, il me tourne le dos. Ses épaules se soulèvent et s'abaissent.

– Je la récupérerai. Avec Willem.

– Mais pourquoi ferais-tu ça ? demandé-je, les yeux pleins de larmes. Je me suis comportée comme une égoïste imprudente. Pourquoi ferais-tu ça pour moi ?

Il pose l'autre main contre la porte, près de sa tête.

– Parce que, quand elle est tombée sur le pont… Nous n'avons jamais pu voir Bas quand il est mort. Nous n'avons jamais pu le voir du tout.

Je n'ai rien à répondre à une telle gentillesse.

– Fais attention. Sois prudent.

– Donne-moi ta clé. Attends-moi ici. Ne bouge pas.

– D'accord.

J'attends longtemps.

Mardi

Je me réveille, je ne suis plus sur le canapé d'Ollie, le dernier endroit où je me rappelle m'être posée. À la place, je suis couchée dans un lit et le soleil entre par les fenêtres. Ollie est assis dans un fauteuil, à l'autre bout de la pièce. Je me redresse en sursaut. Je ne me souviens pas de m'être endormie, et j'en veux à mon corps de m'avoir lâchée. J'ai dû tout débrancher, à cause de l'inquiétude, de la tristesse et de la fatigue, pendant qu'Ollie repartait dans la nuit.

– Ollie, murmuré-je.

La gorge me brûle d'avoir trop pleuré la veille.

– Bonjour.

– Qu'est-ce qui s'est passé ? Où est Willem ?

Mon angoisse s'envole à l'instant où Willem apparaît à la porte.

– Je suis là, sain et sauf.

Sauf. Pas d'autre mort cette nuit, à part celle de Mirjam. Elle n'est pas sauve et ne le sera jamais.

– Est-ce que tu as pu… ?

Je ne sais comment finir ma phrase.

– Est-ce que tu as réussi à récupérer Mirjam sur le pont ?

– C’est fait, répond Ollie. Ça n’a pas été facile, mais c’est fait.

– Elle est chez M. Kreuk ?

– Oui. Et Mme de Vries est au courant de ce qui s’est passé. Et tous les nazis savent, apparemment, que deux filles ont essayé de s’enfuir, et que l’une a été tuée et l’autre arrêtée.

Je parcours la chambre des yeux ; il y a une photo des parents d’Ollie sur l’un des deux bureaux.

– Tu m’as laissé ton lit.

– C’est Willem qui t’a couchée, répond Ollie. Nous avons dormi par terre.

– Je suis désolée. Je suis désolée que tu aies eu à aller chercher Mirjam. Je suis désolée de ne pas avoir couru au moment où j’aurais dû le faire. Je suis…

Il y a tellement de choses pour lesquelles je devrais m’excuser : mon inconséquence, la façon dont j’ai perdu la tête et essayé d’entraîner tout le monde avec moi.

– Nous avons l’appareil photo. C’est toujours ça, dit Willem, trop gentiment.

– Qu’est-ce que tu vas en faire ? Le rendre à Mina ou détruire la pellicule ?

Ils se regardent.

– Nous n’avons rien décidé, dit Ollie en me tendant le mug posé sur l’accoudoir de son fauteuil. Bois.

Je porte machinalement la tasse à mes lèvres, et lorsque le liquide coule dans ma gorge, je ne sais même pas ce que je bois. Au cours des dernières douze heures, j’ai ressenti tout ce que je pouvais ressentir. Maintenant, je suis comme anesthésiée.

– Il faut que je m’en aille.

Je porte mes vêtements de la veille, tout sales et froissés, mais quelqu'un m'a ôté mes chaussures. Mes bas sont filés, ma dernière paire. Au moment où j'essaie de me lever, j'ai la tête qui tourne.

Willem jette un regard inquiet à Ollie.

– Elle devrait prendre un petit déjeuner, tu ne penses pas, Ollie ?

– Il faut que j'aille voir Mme Janssen. Il faut que je lui raconte ce qui s'est passé.

Tout mon corps se refuse à cette visite, mais la différer ne ferait qu'aggraver les choses. Il y a des fois où l'espoir peut être tout à fait nocif. Je dois soulager Mme Janssen de son calvaire le plus tôt possible.

Willem m'apporte mes chaussures sans cesser de répéter que je n'ai pas besoin de partir tout de suite. Comprenant qu'il n'arrivera pas à me faire changer d'avis, il m'emballe un morceau de pain et une pomme dans une serviette. Je n'ai pas le cœur à avaler quoi que ce soit pour l'instant, mais je me garde de le lui dire. Je fourre mon en-cas dans mon sac, sitôt sortie de l'appartement.

Ma bicyclette est… Je ne sais même plus où est ma bicyclette. Probablement toujours chez Mme de Vries, dans son entrée, là où je l'ai laissée avant qu'Ollie et moi allions prendre position devant la boucherie. Dans une version plus réjouissante de l'histoire, je serais rentrée chez moi avec, ce matin, après avoir accompagné Mirjam, saine et sauve, chez Mme de Vries.

Sans ma bicyclette, je suis obligée d'aller à pied chez Mme Janssen, ce qui va me prendre près d'une heure. J'ai un peu de monnaie dans ma poche et je pourrais prendre un tram, mais j'estime que je mérite cette épreuve. Je m'inquiète tout au long du chemin sur la façon dont je vais lui annoncer la nouvelle. Vaut-il mieux lui dire les choses de but en blanc, genre « elle est morte, madame Janssen », ou commencer par le commencement en lui expliquant ce qui s'est passé et où le plan a échoué ?

En fait, je n'ai rien eu à dire, car Mme Janssen a tout compris rien qu'en voyant mes épaules affaissées, ou mes vêtements tout chiffonnés, ou peut-être simplement rien qu'à ma façon de marcher. Elle attendait à la fenêtre de devant, et lorsqu'elle m'a vue approcher dans la rue, elle a laissé tomber sa tête sur sa poitrine.

– Comment ça s'est passé ? me demande-t-elle en m'ouvrant.

Ça ne me semble pas correct de lui annoncer ça sur le perron. Mais, en fait, rien de tout ça ne me semble correct.

Les mots ont du mal à sortir et me blessent la gorge.

– Elle a couru. J'ai insisté pour qu'elle me suive, mais elle s'est mise à courir. Ils l'ont eue. Elle est morte.

J'ai ajouté la dernière phrase parce que « eue » pouvait vouloir dire qu'ils l'avaient simplement attrapée. Je n'ai pas envie d'expliquer deux fois de suite pourquoi Mirjam ne reviendra plus jamais dans cette maison.

Mme Janssen s'appuie lourdement sur sa canne, et j'ai l'impression que quelque chose encore en elle se brise. Je la prends par le coude comme une automate et l'aide à rentrer chez elle. Nous nous asseyons toutes les deux sur le vilain canapé du salon.

– Que s'est-il passé ? veut-elle savoir. Pourquoi t'a-t-elle fuie ?

Son chagrin est calme et digne, ce qui le rend en quelque sorte d'autant plus pénible. Je crois que ç'aurait été plus facile si elle s'était effondrée complètement, comme moi la veille, quand Ollie avait dû m'emmener chez lui parce que j'étais dans tous mes états. Mais l'affliction de Mme Janssen est celle d'une personne habituée aux disparitions.

Pourquoi Mirjam m'a-t-elle fuie ? Si elle voulait échapper aux nazis, pourquoi aurait-elle cherché à me fuir, moi qui venais de lui proposer de l'aider ?

– Je n'en sais rien, avoué-je. Mais j'étais une inconnue qui l'abordait dans le noir, l'attrapait par la main et lui demandait de la suivre. Peut-être a-t-elle simplement pris peur. Il y avait une telle confusion, cette nuit… Nous avions tous peur.

– Crois-tu qu'elle ait pu penser que tu t'étais infiltrée, que tu travaillais pour les Allemands ? Ou peut-être n'a-t-elle pas bien compris dans quelle direction tu lui disais de courir ?

– Je n'en sais rien. Je n'en sais rien.

– J'aurais dû venir, regrette-t-elle, l'air accablée. Elle ne te connaissait pas, mais moi, oui.

– Vous n'auriez rien pu faire, affirmé-je. Aucun de nous n'aurait pu faire quoi que ce soit.

Toutefois, je ne sais pas si c'est vrai. Aurais-je dû mentionner le nom de Mme Janssen à Mirjam ? Est-ce que ça aurait changé quelque chose ? Pourquoi ne m'a-t-elle pas suivie ? Finalement, je lui livre la seule information un tant soit peu réconfortante que j'aie.

– Nous avons son corps. Mes amis ont réussi à le récupérer. Il est chez M. Kreuk.

– Qui est auprès d'elle ?

– Personne pour l'instant. M. Kreuk arrive en général vers huit heures et demie. Quand il sera là, je lui demanderai de s'occuper d'elle. Je lui demanderai de lui trouver une place pour l'enterrer.

– Je paierai, dit aussitôt Mme Janssen.

– Non, c'est moi.

Je paierai avec l'argent que Mme Janssen m'a donné pour que je la retrouve. C'est tout ce que je peux faire pour elle. Ce devrait être suffisant pour lui offrir une pierre tombale. Simple, mais jolie.

– Tu devrais aller aux pompes funèbres, dit Mme Janssen.

– Je peux rester avec vous. Je peux vous tenir compagnie.

– Non, Hanneke, vas-y. Je ne veux pas qu'elle soit seule.

Je passe d'abord chez Mme de Vries. Ils savent déjà ce qui s'est passé la nuit dernière.

– Hanneke, je suis vraiment désolée, me dit Mme de Vries en ouvrant la porte, du ton le plus chaleureux dont elle est capable.

Elle a dû me voir entrer dans l'immeuble, car aucun des clandestins n'est caché. Les Cohen sont assis sur le canapé, main dans la main. Mina surgit en courant derrière Mme de Vries et se précipite dans mes bras.

– Nous avons vu partir le convoi du Schouwburg hier soir, dit-elle, le visage enfoui au creux de mon cou. Et puis nous n'avons plus rien vu du tout. Nous avons attendu, attendu, que tu la récupères, mais nous n'avons compris qu'il s'était réellement passé quelque chose que lorsque Willem est venu ici, il te cherchait.

Les enfants sont réveillés, encore en pyjama, éberlués derrière leur mère, ils nous dévisagent alternativement Mina et moi en essayant de comprendre. Mme de Vries s'aperçoit de leur présence et les renvoie dans leur salle de jeux ; les Cohen se lèvent pour les y accompagner.

Immobiles dans l'entrée, Mina et moi restons dans les bras l'une de l'autre pendant un long moment. Au bout de l'appartement, les jumeaux rient. Je ferme les yeux et m'efforce de faire abstraction de ce son qui semble tellement déplacé en cet instant. Je voudrais disparaître au fond de mon lit pendant des jours. J'ai envie de baisser les bras.

Même Mina pleure. Mina la courageuse, l'optimiste, qui voulait continuer à lutter alors qu'elle devait se cacher. Et à quoi bon tout ça ? Que pouvons-nous faire contre la monstrueuse machine de guerre qui tue les jeunes filles en leur tirant dans le dos alors qu'elles s'enfuient, prises de panique ?

Je sens qu'on me tape gentiment sur l'épaule. C'est Mme Cohen avec, à la main, ce qui ressemble à une nappe blanche pliée. Elle s'excuse de me déranger et me tend le tissu.

– Pour ton amie, m'explique-t-elle. Je ne sais pas si tu es au courant, mais les gens de notre confession sont souvent enterrés dans des étoffes funéraires traditionnelles. Ce n'est qu'une nappe ; ces temps-ci, nous ne pouvons respecter toutes nos traditions. Mais j'ai pensé que tu voudrais peut-être quelque chose dans quoi envelopper ton amie avant de l'ensevelir. Mais seulement si tu en as envie. Je ne me permettrais pas…

Sans un mot, je lui prends des mains le tissu soyeux qui me glisse entre les doigts.

– Normalement, quelqu'un veille aussi le corps, pour que le défunt ne reste pas seul, ajoute Mme Cohen. Nous ne pourrons pas assister à l'enterrement, bien sûr, mais si tu nous dis à quelle heure il est prévu, mon mari et moi commencerons les prières à ce moment-là.

– Merci.

Ce geste me laisse au bord des larmes. Je connais à peine les Cohen, je ne suis même pas certaine qu'ils sachent véritablement ce que j'ai fait et les raisons pour lesquelles je l'ai fait.

– Merci, répété-je, parce que je ne sais pas quoi dire d'autre.

VINGT-HUIT

M. Kreuk ne me pose aucune question, ni sur Mirjam, ni sur mes raisons de vouloir m'occuper de son corps, et je lui en suis reconnaissante. C'est, à mon avis, un juste retour des choses pour toutes celles que je ne lui ai pas posées depuis qu'on se connaît. Au bureau, il se contente de me taper gentiment sur l'épaule, puis il retrousse soigneusement les manches de sa chemise, ainsi qu'il a coutume de le faire avant de se mettre au travail. Quelques heures plus tard, il m'avise que le corps a été habillé, à part les chaussettes et les chaussures.

Après avoir quitté Mme de Vries, j'étais rentrée chez moi et j'avais cherché dans mes affaires de quoi vêtir Mirjam. Mes parents s'étaient rendus au rendez-vous habituel de mon père chez le médecin. J'ai choisi une robe qu'ils m'avaient offerte pour mon anniversaire, il y a quelques années de cela. Elle me va encore – l'un des rares jolis vêtements qui m'aille toujours – mais je l'ai quand même pliée et mise dans un sac avec mes chaussures préférées en cuir verni.

– Je peux ? chuchoté-je. Est-ce que j'ai le droit de le faire ?

M. Kreuk a l'air stupéfait. C'est la première fois que je lui demande l'autorisation de rester dans la pièce en présence d'un corps. En général, ceux-ci sont introduits par la porte de derrière, toilette faite, tout habillés, puis placés dans leur cercueil. Je n'entre jamais dans la chambre funéraire.

– Tu es sûre ?

– Oui, j'y tiens.

Parce que je n'ai pas pu l'aider. Parce que je l'ai retrouvée trop tard. Parce que son manteau bleu est souillé, couvert de sang.

Il m'emmène dans la petite pièce blanche. J'ai apporté les chaussures et les chaussettes, ainsi que la nappe en lin que m'a donnée Mme Cohen. J'aurais dû lui demander ce que je devais précisément en faire. Faut-il en envelopper Mirjam ou simplement l'en recouvrir ? Étais-je seulement censée apporter les autres habits, ou doit-elle n'être revêtue que d'un suaire ? Est-ce très important ? Mme Janssen m'a dit que les Roodveldt n'étaient pas pratiquants.

M. Kreuk se tient à quelques pas derrière moi tandis que je contemple le corps de Mirjam, étendu sur la table. Je ne me suis trouvée en présence d'un mort que deux fois : à l'enterrement de mes grands-parents, quand j'avais onze et douze ans. Et là, la lumière était tamisée et il y avait de la musique. Aujourd'hui, il n'y a que le silence, et Mirjam. Elle est si petite.

La voilà donc, en chair et en os, et c'est véritablement la première fois que je la vois. Elle a un visage en forme de cœur, des cheveux bruns implantés en pointe en haut du front, un menton menu avec une petite tache de naissance sur la gauche, des cils longs et épais. Personne ne m'avait dit en la décrivant combien ses cils étaient veloutés. Son nez, un peu trop court pour son visage, est arrondi au bout. Personne ne me l'avait signalé non plus. Juste sous le col de sa robe en satin, un bandage blanc recouvre la déchirure de la balle qui l'a tuée. Je rajuste le col pour le cacher.

– Vous avez fait… vous avez fait du beau travail. Merci. Elle a presque l'air…

Je suis supposée dire qu'elle a l'air presque vivante, c'est en général le plus joli compliment que font les gens à M. Kreuk pour le remercier. Mais moi, je ne peux pas le dire, car je ne sais pas du tout à quoi elle ressemblait quand elle était en vie.

– Elle a l'air paisible.

– Puis-je faire autre chose pour toi, ou pour ton amie ?

– Non, je ne pense pas.

– Et pour les funérailles ? Faudra-t-il une concession traditionnelle ou… ou particulière ?

Ce doit être sa façon à lui de me demander si Mirjam doit être enterrée dans un cimetière juif. Je sais combien ça lui serait compliqué de trouver une telle place.

– Non, juste un joli endroit. Il n'y aura pas de funérailles, un enterrement, c'est tout.

Il hésite, ne sachant s'il doit ajouter quelque chose, et finalement s'en va sans rien dire.

Je ne peux encore me résoudre à la toucher. À la place, je me retourne vers la table sur laquelle son manteau bleu est encore plié. Le col et les boutons du haut sont couverts de sang séché, dont les taches brunes et rouille souillent aussi le reste du vêtement. M. Kreuk a déjà vidé les poches et posé ses effets personnels sur le manteau : ses papiers d'identité, troués par une balle et également brunis par le sang, ainsi qu'une lettre qui devait se trouver dans une poche latérale, car le papier blanc est tout propre.

Si je pouvais revenir en arrière et n'avoir jamais rencontré T, pour commencer, je le ferais tout de suite. C'était trop bête que ça puisse se mettre entre nous. Je me rattraperai dès que nous nous reverrons.
Je t'embrasse, Margaret

Le dernier petit mot de Mirjam la lycéenne au sujet de sa dernière brouille. Pourquoi l'a-t-elle écrit ? Amalia était-elle contrariée que Mirjam passe autant de temps avec Tobias ? Amalia avait-elle rencontré Tobias et désapprouvait-elle la relation de son amie ? C'est fou ce que le moindre détail compte aujourd'hui.

Ainsi que me l'avait promis M. Kreuk, Mirjam est tout habillée, à l'exception des pieds et du bas des jambes, car sa robe s'arrête à mi-mollets. Je prends une des chaussettes blanches et entreprends de l'enfiler sur les orteils puis sur le talon. Elle a les pieds si froids. Elle a les pieds si froids, alors qu'il y a quelques heures seulement ils couraient sur les pavés. Soudain, les larmes ruissellent sur mes joues. Toutes ces histoires que je me racontais pour essayer de me convaincre que Bas n'était pas mort tout seul… Mais, en dernier ressort, nous mourons tous tout seuls.

Les chaussures que je lui ai apportées sont les plus jolies que j'avais. Celles que je mettais pour aller à des fêtes où je ne vais plus jamais, avec des nœuds en satin au bout. J'ai de plus grands pieds qu'elle, de sorte que mes chaussures ne lui vont pas parfaitement, mais ça ne fera aucune différence pour elle. Après, je prends l'une de ses mains et la pose sur l'autre, repousse de son visage une ou deux mèches de cheveux et tire sur le bas de sa robe qui était remontée sur ses cuisses quand je bataillais avec les chaussettes. Mes larmes jaillissent de nouveau, et très étrangement, à la vue de ses lèvres gercées, comme tout le monde en hiver. Ou à la vue de ses genoux, ses genoux blancs, lisses, exposés et vulnérables jusqu'à ce que je les recouvre avec la robe.

Je dis à M. Kreuk que je suis malade et que je préfère rentrer chez moi. Il sait que c'est un mensonge, mais se contente de me répondre qu'il espère que je me rétablirai vite et qu'il voudrait juste savoir combien de personnes assisteront aux obsèques de Mirjam.

– Moi seulement. Et le plus tôt possible.

Il a déjà trouvé une concession et devrait pouvoir faire creuser une fosse dès demain matin. Il m'indique à quelle heure arriver au cimetière. Je ne sais pas comment il a fait pour obtenir un emplacement aussi vite, sauf si c'était celui de quelqu'un d'autre et que désormais cette personne n'a plus d'endroit pour être enterrée.

Avant que je quitte le bureau, M. Kreuk me glisse quelque chose au creux de la main. Je regarde : une grosse tablette de chocolat de marque, ce que j'ai vu de meilleur depuis le début de la guerre. Il pourrait la revendre au marché noir vingt fois plus cher que sa valeur, mais c'est sa façon à lui de me manifester sa sympathie. Se séparer gratuitement d'une marchandise destinée au marché noir représente pour le trafiquant le comble du sacrifice.

Je rentre à la maison. J'aurais dû songer à récupérer ma

bicyclette chez Mme de Vries pendant que j'y étais. Toute la matinée, je me suis rendue à pied d'un endroit à un autre, parcourant des kilomètres, presque sans m'en apercevoir. Le froid s'insinue sous mon manteau et les pavés sont une torture pour mes pieds, mais ces souffrances sont les bienvenues, beaucoup plus faciles à négocier que la douleur, le trou béant que j'ai au fond du cœur. Lorsque j'arrive à la maison, après quarante minutes de marche forcée, ma bicyclette m'attend en bas de l'immeuble, ainsi qu'Ollie, en haut. D'une voix lasse et contrainte, il fait la conversation avec mes parents, comme si de rien n'était.

– J'étais juste venu te déposer ton vélo, mais ta mère m'a vu par la fenêtre. Je lui disais simplement que tu me l'avais prêté pour aller à l'hôpital avec ma mère et mon père. Pia t'est si reconnaissante d'avoir pu rester avec elle.

– Je suis contente de l'avoir revue. Et ravie que le malaise de ta mère ait été une fausse alerte.

Ça me paraît tellement étrange de traverser tous ces événements à l'insu de mes parents. Tous ces mensonges, sur où j'étais, qui était malade, dans quel hôpital se trouvait la maman d'Ollie, me semblent tellement puérils à présent. Tandis que ma mère apporte le déjeuner, je m'assieds à côté d'Ollie. Sa main rejoint la mienne sous la table. Elle est chaude et réconfortante, et lorsque je la serre, il répond à ma pression.

– M. Kreuk a tout arrangé pour l'enterrement, lui dis-je tout bas dès que maman est repartie à la cuisine et que papa lit dans la pièce de devant. Merci de m'avoir ramené ma bicyclette.

– C'est quand, l'enterrement ? Je viendrai.

Je lui réponds qu'il n'a pas besoin de venir, qu'il ne

connaissait pas Mirjam. C'est idiot, puisque moi non plus je ne la connaissais pas, même si j'avais l'impression de la connaître par bien des aspects qu'il est inutile d'expliquer pour l'instant. Ollie insiste pour y assister, il me retrouvera au cimetière demain matin.

En fin de compte, Ollie et Willem sont là tous les deux, ainsi que Mme Janssen. C'est la première fois que je la vois en dehors de chez elle. Elle se déplace en prenant appui sur sa canne, et Christoffel, qui l'a accompagnée en taxi, l'aide à marcher sur la pelouse bosselée et caillouteuse après lui avoir offert son bras.

M. Kreuk a trouvé un cercueil en bois brut pour Mirjam et l'a transporté jusqu'ici en corbillard. C'est le modèle le plus simple que nous ayons en vente, mais il coûte quand même l'équivalent d'une de mes semaines de salaire.

Nous nous tenons autour de la fosse vide. Il n'y a ni prêtre ni rabbin, rien que nous six, plus les deux fossoyeurs qui attendent à quelques mètres de là, sous un bouquet d'arbres, appuyés sur leurs pelles.

Mme Janssen prononce une prière muette, et il me semble voir remuer aussi les lèvres de Willem. Ollie et moi-même restons immobiles et suivons des yeux le cercueil que l'on descend au fond. Au bout de dix minutes de silence respectueux, les fossoyeurs s'approchent et entreprennent de combler le grand trou.

VINGT-NEUF

Mercredi

Une fois l'enterrement achevé, M. Kreuk s'en va avec le corbillard, après m'avoir dit de prendre quelques jours de congé et de ne revenir travailler que lorsque je me sentirais mieux. Mme Janssen part après lui, toujours aidée de Christoffel pour monter dans le taxi de retour. Elle me demande de venir la voir bientôt, ce que je lui promets, quoique ça me soit difficile à imaginer pour l'instant.

Devant la grille du cimetière, Ollie et Willem me regardent tous les deux.

– On te raccompagne chez toi à vélo ? propose Willem. Nous n'avons pas cours cet après-midi.

– Je n'ai aucune envie de rentrer chez moi.

Mes parents ignorent qu'aujourd'hui n'est pas un jour comme les autres. La simple idée d'avoir à inventer une excuse pour mon retour prématuré à la maison et de me morfondre secrètement en leur présence m'est simplement insupportable. Je devrais retourner travailler, mais ça non plus, je n'en ai pas envie. J'ai eu mon compte pour la journée en matière de morts.

– On ne pourrait pas faire quelque chose d'autre ?

– À quoi tu penses ? demande Ollie.
– À rien. À rien, à part rentrer ou rester ici. Quelque chose de normal…
Il regarde Willem d'un air interrogateur. Aucun de nous ne sait plus ce qu'est un après-midi normal, un après-midi où nous n'avons pas à faire sortir des enfants du Hollandsche Schouwburg, ou à essayer de trouver des cachettes pour les clandestins, ou encore à faire du marché noir. Si nous n'étions pas en guerre, et que nous étions des jeunes gens normaux, que ferions-nous aujourd'hui ?
– Et si nous…, commence Willem avant de se mordre la lèvre. Et si nous faisions une balade à vélo ?
– Une balade à vélo ? répète Ollie en plissant le nez.
Il n'a jamais fait aussi froid de l'hiver. Nous faisons du vélo tous les jours, rien que pour nous déplacer, mais le temps n'est pas du tout propice aux balades pour le plaisir.
– Excuse-moi, ajoute-t-il à mon adresse. Je n'avais pas l'intention de me moquer.
Toutefois, la proposition me plaît bien, de même que marcher dans le froid m'avait plu auparavant. Il y a là-dedans une certaine dose d'effort et de désagrément. Ce ne sera pas une simple partie de plaisir, ce sera engourdissant, et c'est justement ça qui me plaît.
– D'accord ! s'enthousiasme Willem. Nous allons aller à Ransdorp, en traversant la campagne. On pique-niquera en route.
Là, il dit vraiment n'importe quoi. Ransdorp est un village situé de l'autre côté du fleuve, avec des fermes et quelques petites échoppes le long de larges rues gravillonnées. L'idée de choisir une destination touristique aussi désuète est particulièrement absurde.

Mais on y va quand même, en prenant le bac pour traverser, là même où j'ai croisé Christoffel quelques jours plus tôt et lui ai demandé de transmettre une lettre. Nous nous arrêtons en chemin pour acheter du pain, des miches que Willem et Ollie casent dans les poches de leur manteau, tandis que je remonte l'arrière de ma robe et m'assieds dessus pour qu'elle ne se prenne pas dans les rayons de ma bicyclette.

Il fait froid, aussi froid que ce à quoi je m'attendais, mais le soleil rend la température supportable, et après être descendus du bac, nous nous réchauffons en pédalant. Nous devons avoir une drôle d'allure : Ollie et Willem en costume sombre et moi en robe noire, la seule en ma possession, pédalant à la queue leu leu sur la route, le long d'un ruisseau. J'ai un point de côté à cause de l'effort. Mais c'est bon, et j'accélère pour dépasser les garçons, de quelques mètres au début avant de les distancer carrément.

– Qu'est-ce que tu cherches à fuir ? me lance Willem.

Son ton est enjoué, mais sa question n'a rien d'une plaisanterie. Je fuis tous ces derniers jours. Je fuis la vision de Mirjam sur le pont et le bruit du coup de feu dans le silence de la nuit, et l'expression de Mme Janssen sur le pas de sa porte, à la fois fragile et résignée. Mes pneus soulèvent une gerbe de gravillons sur leur passage.

– Ralentis ! me crie Ollie, avant d'ajouter quelque chose que je n'entends pas.

– Quoi ?

– Ralentis, il y a…

Ma bicyclette dérape sur une plaque de verglas, et j'en perds le contrôle. Je tente de freiner, mais les freins ne répondent pas. Je ne peux plus m'arrêter, et mon vélo fonce droit vers le fossé, tandis que je fais un vol plané. Je retombe les mains en avant pour amortir ma chute sur le sol gelé. Elles me font mal, mais mon genou gauche est encore plus douloureux, je l'ai senti heurter violemment le guidon avant d'atterrir sur quelque chose de dur et de pointu.

– Hanneke ! s'écrie Ollie.

J'ai le souffle coupé, des haut-le-cœur, j'inspire une goulée d'air pour pouvoir lui répondre.

– Ça va, ça va, haleté-je en levant une main pleine de terre, juste pour lui montrer que je peux me débrouiller toute seule.

Je me redresse lentement en me mettant à quatre pattes, mais me relever est au-delà de mes forces, et j'accepte qu'Ollie m'aide à m'asseoir sur un carré d'herbe gelée. Je remonte ma robe avec précaution : mon genou gauche est salement abîmé. Un gros caillou, entouré de petits gravillons, pointe en plein milieu.

Willem s'accroupit pour examiner la blessure.

– Il faut nettoyer ça, déclare-t-il. Je ne vois pas si c'est grave ou non.

Il court vers le ruisseau pour y plonger son mouchoir qu'il essore au-dessus de mon genou pour en chasser le plus de terre possible. Nous étudions ensemble les dégâts. Le gros caillou n'est pas aussi enfoncé dans la chair que je le craignais, mais à peine Willem l'a-t-il retiré qu'un filet de sang frais s'écoule sur mon tibia.

– Ça fait mal ? s'inquiète-t-il.

– Oui, avoué-je.

Et, aussitôt après, de façon tout à fait incongrue, je me mets à rire, car après tout ce que nous venons de vivre, c'est ce pauvre caillou, planté dans mon genou à la suite d'une chute de vélo tout à fait banale, qui me fait souffrir.

Il me regarde bizarrement.

– Tu es sûre que ça va ?

– Oui, oui, dis-je en me retenant de rire à nouveau.

– Bon, appuie bien dessus, me recommande-t-il en me tendant le mouchoir. Ça n'a pas l'air trop profond. À part ce caillou, tu n'as que des écorchures. Tu auras peut-être une petite cicatrice. Avec un mouchoir bien serré autour du genou, tu crois que tu seras capable de rentrer à vélo ?

Une fois mon bandage achevé, j'accepte les mains tendues de Willem et d'Ollie pour me relever, et regarde Ollie hisser ma bicyclette sur la route. Il monte lui-même dessus et fait quelques cercles en pédalant pour s'assurer que tout fonctionne correctement. Je contemple mon genou parfaitement bandé. Si le fait de le plier m'élance jusqu'à la cheville, la douleur est cependant supportable.

– Tu es sûre que tout va bien ?

– Oui.

Mais, alors que j'enfourche ma bicyclette, je n'en suis plus tout à fait certaine. Et la douleur n'y est pour rien. Il s'agit de quelque chose qui me turlupine et que je n'arrive pas à identifier.

– Nous ne sommes pas pressés, dit Ollie. Si tu veux, l'un de nous peut partir devant et essayer de trouver quelqu'un pour te ramener en voiture.

Mais qu'est-ce qui me turlupine comme ça ? Je pédale lentement, alternant douleur sourde et douleur aiguë, selon le genou que je plie. Qu'est-ce qui me turlupine ? Je l'ai sur le bout de la langue, ou plutôt de la cervelle…

– Ou tu pourrais t'asseoir derrière l'un de nous deux,

et nous reviendrions plus tard chercher ton vélo, propose Willem.

– Je peux pédaler.

Mon genou. Mon genou écorché, bientôt cicatrisé…

Les genoux de Mirjam ! Les jambes blanches et nues que j'avais vues en lui enfilant les chaussettes et les chaussures.

– Hanneke ? intervient Willem. Tu préfères passer devant ou rester derrière ? Hanneke ?

Judith se rappelait le jour où Mirjam avait eu ce beau manteau bleu. Ce n'était pas un simple cadeau, mais un cadeau qu'elle avait reçu parce qu'elle avait déchiré l'ancien en s'esquintant le genou sur lequel elle avait gardé une cicatrice.

Or les genoux que j'avais vus dans la chambre funéraire de M. Kreuk ne portaient aucune cicatrice, ils étaient bien lisses, blancs et ronds.

Ollie pédale devant moi, zigzaguant d'un côté à l'autre de la route et se retournant pour voir si je suis toujours en selle.

– Ollie, tu dois passer voir Judith aujourd'hui ?

Il ralentit puis s'arrête.

– Pourquoi ?

– Si tu la vois, pourrais-tu lui demander ce qu'elle sait de la tache de naissance que Mirjam avait au menton ? Demande-lui… Non, c'est tout. Demande-lui juste ça.

Ollie et Willem échangent un regard perplexe.

– Hanneke, tu pourrais peut-être m'attendre ici avec Willem pendant que je vais chercher un médecin, propose Ollie.

Je secoue la tête. Il y a quelque chose qui cloche, mais ce n'est pas ce que croit Ollie.

– Il faut que je rentre, tout de suite. Si tu lui parles, viens vite me voir. Je serai…

Je réfléchis, essayant de savoir où je pourrais bien être et où il pourrait me retrouver sans risque.

– Appelle-moi chez Mme de Vries, elle a encore le téléphone.

– Qu'est-ce que tu racontes ? Arrête-toi, Hanneke !

Les jambes me brûlent, mais je me force à pédaler, de plus en plus vigoureusement, jusqu'à ce que je double Ollie et reprenne la route gravillonnée qui conduit au bac. À l'arrêt, sur leur vélo, Ollie et Willem hésitent à me suivre. Je n'ai pas le temps de leur en dire davantage.

Je sais ce que j'ai vu. Je sais tout ce que j'ai vu quand j'ai habillé Mirjam hier, sur la table. Je sais que ses genoux étaient parfaitement lisses.

J'ai de plus en plus de mal à respirer, mais je ne crois pas que ça ait un rapport avec l'énergie avec laquelle je pédale, pas plus qu'avec l'air froid ou ma chute.

Le bac est enfin en vue. Les passagers en descendent lentement. Mon genou me lance, mais je n'arrive pas à me concentrer sur ma douleur. En ce moment précis, dans ce monde qui s'écroule sous mes yeux, il n'y a qu'une seule chose sur laquelle je peux véritablement me concentrer : le corps que j'ai habillé hier soir. Le corps sur lequel j'ai versé des larmes. Je ne peux y penser qu'ainsi : le corps. Parce que la fille que j'ai habillée, qui qu'elle soit, n'était pas Mirjam Roodveldt.

TRENTE

Comment la jeune fille étendue sur la table pouvait-elle ne pas être Mirjam Roodveldt ?

Y en avait-il une autre en manteau bleu ciel qui aurait quitté le Schouwburg et que je n'aurais pas remarquée ? M'étais-je trompée de personne en tentant d'aider celle-ci à s'enfuir ?

Au moment où j'arrive devant chez Mme de Vries, je n'ai plus de questions inédites à lui poser, car ce sont toujours les mêmes qui me trottent dans la tête. Personne ne vient m'ouvrir, mais je sais que Mina doit être là. Après avoir frappé trois coups, je chuchote derrière la porte que c'est moi et que je suis toute seule.

– Que se passe-t-il ? me demande Mina en entrebâillant la porte juste assez pour me permettre de me glisser à l'intérieur. Tu sais bien que je n'ai pas le droit d'ouvrir, un voisin pourrait me voir…

– Où est Mme de Vries ?

– Chez sa mère avec les garçons.

– Et les Cohen ?

– Ils font la sieste, dans la chambre d'amis. Que se passe-t-il ?

Je continue à parler à voix basse et, prenant Mina par le bras, je l'entraîne vers le bureau de M. de Vries, où nous étions toutes les deux l'autre soir.

– Il faut que je voie tes diapositives. Celles de la semaine dernière. Et, je t'en prie, ne me demande pas encore une fois ce qu'il se passe ! lui dis-je, anticipant sa question à la forme arrondie de ses lèvres.

– Tu veux... quoi ?

– Les diapos du Hollandsche Schouwburg. L'ami de Mme de Vries a-t-il apporté son projecteur ?

– Oui, répond-elle avec hésitation. Hier... Nous ne l'avons pas encore installé.

– Faisons-le tout de suite.

Le projecteur est toujours dans sa mallette de transport, posé à côté de la table de travail de M. de Vries. Pendant que j'allume la lumière et ferme la porte, Mina le sort de sa boîte – l'appareil noir a l'air lourd – et l'installe sur le bureau, face à un mur nu. Dès qu'elle l'a branché et a appuyé sur un bouton rouge, un grand carré blanc lumineux se découpe sur le mur.

– Tu veux voir celle avec Mirjam ? demande Mina.

J'acquiesce. Elle passe rapidement en revue les diapositives jusqu'à ce qu'elle ait trouvé celle qu'elle cherchait et l'insère dans l'appareil. Le carré lumineux disparaît.

Sur la diapositive, même avec la loupe, Mirjam n'était guère plus qu'une vague tache bleu ciel dans le coin droit. À présent, projetée sur le mur du bureau de M. de Vries, elle mesure plusieurs centimètres. Je la vois beaucoup plus nettement, même si j'ai encore du mal à distinguer les détails. Elle est toujours de profil, en manteau bleu, et s'échappe vers l'angle du cadre.

– Dis-moi, Mina, c'est elle, Mirjam ? demandé-je en désignant la fille au manteau bleu.

Je lui pose la question d'un ton neutre, calculé, presque dépourvu d'émotion, pour ne pas risquer de l'influencer.

Mina regarde à peine l'image et se retourne vers moi.

– Qu'est-ce que tu racontes ? Évidemment que c'est Mirjam. Tu as dit que…

– Oublie tout ce que j'ai dit. Je voudrais que tu regardes cette photo et que tu me dises si c'est bien avec cette fille que tu étais à l'école ? Regarde attentivement.

Pour finir, Mina regarde de nouveau la photo, appuyée sur ses coudes, et l'examine avec attention. Le projecteur émet un ronronnement sourd réconfortant. Je ne bouge pas et m'efforce de rester le plus immobile possible.

– Alors ? insisté-je, n'y tenant plus.

– Franchement, je n'en suis pas sûre. C'est son manteau. En tout cas, c'est exactement le même que celui que portait Mirjam au lycée. Mais la photo est prise de loin, là, et elle tourne à moitié la tête. Elle est trop floue pour le dire. Pourquoi me demandes-tu ça maintenant ?

– Mina, regarde mieux ! Est-ce qu'il s'agit de Mirjam, oui ou non ?

– Je ne peux pas te répondre, Hanneke, dit-elle d'une voix penaude. Si on me montrait cette photo en me demandant si je reconnais des camarades de classe, je ne sais pas si je pourrais en désigner. Mais si on me demandait de montrer Mirjam Roodveldt, alors c'est la fille au manteau bleu que je désignerais. Maintenant, peux-tu m'expliquer de quoi il s'agit ?

– Je l'ignore. Il y a quelque chose qui cloche, mais je n'ai pas encore trouvé quoi. Tu peux t'arranger pour que ce soit moins flou, non ? En rapprochant le projecteur du mur, peut-être ?

Je parcours des yeux la photo, de gauche à droite, comme si je lisais un livre. Il y a les soldats. Les gens terrorisés. Là, floue sur la gauche, une bénévole de la crèche. Et là, en bas dans le coin droit, la fille qui ressemble à Mirjam.

La sonnerie stridente du téléphone retentit dans l'appartement et me fait sursauter. C'est peut-être Ollie, je lui avais dit de m'appeler ici.

– Tu vas répondre au téléphone, Mina ?

– Non, je n'ai pas le droit. Je ne suis pas censée être ici, tu te souviens ?

Je sors en courant de la pièce, et me précipite vers l'entrée et l'appareil téléphonique. Je parviens à décrocher à la quatrième sonnerie. C'est bien Ollie qui appelle d'un endroit bruyant.

– Hanneke, je viens de discuter avec notre amie qui est à la campagne, commence-t-il d'une voix neutre et guindée. Notre camarade, celle qui était en classe avec nous et à laquelle tu pensais, eh bien, elle n'avait pas de tache de naissance sur le menton.

Je m'applique à lui répondre sur le même ton :

– Intéressant… Peut-être ne pensons-nous pas à la même personne. Elle en est sûre ?

– Tout à fait sûre. Apparemment la fille avait un petit grain de beauté dans le cou, et des cicatrices au genou, mais aucune tache de naissance.

Il s'interrompt un long moment.

– Veux-tu que je vienne dîner ce soir ? propose-t-il, ce

qui est en réalité sa façon à lui de me demander ce qu'il se passe.

– Je te remercie, mais non. Je te ferai signe bientôt.

J'ai le plus grand mal à garder le même sang-froid que lui.

Je raccroche et compose aussitôt le numéro de Mme Janssen, les doigts tremblants, priant pour que son téléphone n'ait pas été coupé. Ça sonne.

Que suis-je en train de faire ? Une fille est morte. Nous l'avons enterrée ce matin. Peu importe qui elle était, c'était triste, horrible et définitif. Peut-être devrais-je faire en sorte que ce soit bien définitif. Peut-être que Mme Janssen en a assez subi.

Elle répond à la quatrième sonnerie, aussi embrumée que si je l'avais réveillée. Je lui explique que je suis désolée de l'appeler, mais que j'ai une question à lui poser qui risque de lui paraître étrange.

– Hanneke ? C'est toi ?

– Oui, oui. Avec des amis, nous avons fait un pari concernant une de nos connaissances, Mlle R.

Je me tais une seconde pour m'assurer qu'elle suit bien.

– On se demandait si elle avait une tache de naissance au menton. Vous vous en souvenez ?

– Pourquoi me demandes-tu ça ?

Je ferme les yeux.

– S'il vous plaît. Répondez-moi seulement. Elle en avait une ?

– Je ne m'en souviens plus. Non… Je ne sais plus. Oui… Tu peux m'expliquer ce qu'il y a ?

– Je passerai vous voir plus tard. Je ne sais pas quand, mais je viendrai, lui dis-je avant de raccrocher.

Mirjam Roodveldt n'avait pas de tache de naissance sur le menton, mais des cicatrices au genou. La fille étendue sur la table funéraire, chez M. Kreuk, avait une tache de naissance, sans aucun doute, mais pas de cicatrices. La fille cachée dans la réserve de Mme Janssen avait peut-être une tache de naissance, ou peut-être pas, Mme Janssen ne se rappelle pas lui en avoir vu une, mais elle reconnaît qu'elle peut se tromper. Maintenant, cette fille est sous terre, et il est trop tard pour que j'obtienne une confirmation de la part de ceux qui pourraient l'identifier.

Ai-je eu raison depuis le début, le jour où j'ai dit à Ollie que la fille du théâtre n'était peut-être pas Mirjam ? Ai-je encore une chance de sauver la vraie Mirjam ?

Dans le bureau, Mina n'a pas bougé, elle est assise à la même place. Elle ne me demande pas qui a téléphoné. Manifestement, elle n'attend plus aucune réponse de ma part. La diapositive est toujours projetée sur le mur. Rien ne semble avoir changé depuis tout à l'heure. Tout cela n'a aucun sens. On voit les soldats... les gens terrifiés... les manteaux bruns... les chapeaux bleu lavande.

Au troisième examen, ça me saute aux yeux. Un détail qui brusquement paraît si évident que je ne comprends pas comment il a pu m'échapper.

– Il y a quelque chose qui ne colle pas dans cette photo, murmuré-je.

– De quoi tu parles ? Oui, je sais, la couleur est loupée, la pellicule a été développée trop vite.

– Non, ce n'est pas ça.

Je m'écarte pour que Mina puisse voir de quoi il s'agit.

– Regarde bien la photo. Regarde-la attentivement.

Et dis-moi si tu remarques quelque chose concernant le visage de cette fille.

Mina plisse le front.

– Je te l'ai déjà dit, c'est flou, donc c'est difficile de voir son visage. Mais je crois qu'elle a l'air affolée. Ce qui n'a rien d'étonnant.

– Non, pas l'expression. La direction.

Pour lui faire comprendre, je trace du bout du doigt une ligne imaginaire.

– Là, il y a le soldat, à gauche. Tu vois ? Il donne des ordres aux prisonniers. Et juste devant lui, il y a son collègue.

– Et ?

– Et tout le monde sur la photo a l'air terrorisé par les soldats. Tu vois de quel côté celui-ci pointe le doigt ? Et que tout le monde regarde dans cette direction ? On dirait qu'il indique aux gens par quel côté ils doivent entrer dans le théâtre.

Je constate à son expression que Mina commence à comprendre.

– Que regarde Mirjam ? s'étonne-t-elle.

Le visage de Mirjam est tourné dans une autre direction. Elle ne prête aucune attention aux soldats. Ce qu'elle regarde se trouve plus loin, en dehors du cadre de la photo. Il est possible qu'il ne s'agisse que d'un pur hasard, qu'elle regardait les soldats et qu'un bruit ou qu'un mouvement l'ait distraite. C'est l'explication la plus logique, et j'en suis consciente. Mais pour ma part, je ne parviens pas à me défaire d'une autre impression.

« Mirjam, la clandestine, qui que tu sois, est-il possible que tu aies eu peur de quelqu'un d'autre que des nazis ? »

TRENTE ET UN

Mme Janssen ne répond pas quand je frappe à sa porte. Je refais une tentative, aussi fort que possible sans risquer d'attirer trop l'attention.

– Madame Janssen ? C'est moi, Hanneke, dis-je à voix basse.

– Elle est sortie, me répond, du seuil de sa maison, une femme d'un certain âge.

C'est la voisine d'en face, Mme Veenstra, dont le fils n'était pas rentré le jour où Mirjam a disparu. Ou Celle qui n'est pas Mirjam.

– Mme Janssen ne sort jamais toute seule.

– Oui, je sais, mais là, elle est partie il y a une dizaine de minutes. Je lui ai dit que je pouvais lui rapporter ce dont elle avait besoin, mais elle m'a répondu qu'elle était obligée d'y aller elle-même.

– Vous a-t-elle dit où ?

– Non, mais elle avait l'air dans tous ses états. Je suppose qu'elle a reçu de mauvaises nouvelles d'un de ses fils. Vous voulez venir chez moi en attendant son retour ?

– Non, je vais l'attendre…

J'étais sur le point de dire que je l'attendrais simplement devant sa porte, quand je me suis aperçue que je n'avais même pas essayé de tourner la poignée. Ce que je fais discrètement ; la porte s'ouvre. Fritzi, le chien des voisins, se met à aboyer.

– Je vais l'attendre à l'intérieur. Elle sait que je dois venir de toute façon.

Mme Veenstra a l'air d'hésiter.

– Je voulais être sûre que c'était bien aujourd'hui que je devais passer, improvisé-je tout en cherchant ce qui pourrait convaincre la voisine que j'étais un peu comme chez moi dans cette maison. Vous savez, avec l'anniversaire de Jan, elle doit être toute tourneboulée. Je suis certaine qu'elle est à l'église.

Je n'ai aucune idée de la date d'anniversaire de Jan, mais je doute que Mme Veenstra le sache mieux que moi. J'espère seulement qu'elle ne se rend pas compte à quel point je suis mal à l'aise. Il y a une semaine, j'étais dans cette même maison et j'essayais de me rappeler comment il fallait se tenir quand on était en visite. Aujourd'hui, j'essaie de me rappeler comment on fait pour mentir et inventer des excuses.

– Voulez-vous que je lui transmette vos amitiés ? lui proposé-je.

Elle finit par rentrer chez elle et me laisser seule. L'appartement de Mme Janssen est silencieux, hormis le tic-tac de l'horloge. Il y a une tasse d'ersatz de café à moitié bue sur la table de la cuisine, à côté d'une tranche de pain à demi entamée. Ce sont les deux seuls signes d'une activité humaine. Je fais rapidement le tour des autres pièces par mesure de sécurité : les deux chambres vides des fils de Mme Janssen, sa propre chambre à coucher, sentant encore son parfum à la rose et un petit peu le renfermé, le bureau de M. Janssen, inoccupé depuis sa mort. Mme Janssen n'est nulle part.

Mon genou me fait mal. Le mouchoir d'Ollie est toujours noué autour, et de petites gouttes de sang ont transpercé le coton blanc. Je rince le mouchoir à l'évier de la cuisine et l'applique de nouveau sur ma blessure.

Je me demande si Mme Janssen a de l'aspirine en poudre et où elle la range. Maman la met dans la réserve. La porte de l'arrière-cuisine est entrebâillée, et le crochet secret défait, de sorte qu'on aperçoit la cachette derrière les bocaux de pickles et de raifort. Sur l'*opklapbed*, la petite couverture est toute froissée, avec une légère dépression au centre. Mme Janssen a dû venir s'y asseoir hier soir.

Rien ne pourra me distraire, pas plus chercher l'aspirine qu'accomplir les autres tâches quotidiennes sans grand intérêt.

La chronologie des événements ne m'apprend rien, et pourtant je l'ai étudiée plusieurs fois. Il y a quatre semaines, une fille, qui est, ou n'est pas, Mirjam Roodveldt, se présente à la porte de cette maison. Il y a une semaine, cette même fille disparaît, et Mme Janssen m'engage pour la retrouver. Il y a deux jours, une fille est ramassée dans une rafle et conduite au Hollandsche Schouwburg. Je tente de l'aider à s'échapper. Elle est tuée. Cette fille est-elle la même que celle qui a frappé chez Mme Janssen ? Ou est-ce une autre, une fille qui s'est procuré les vêtements et les papiers de Mirjam au cours des cinq jours pendant lesquels celle-ci a disparu ?

Quelle importance cela a-t-il désormais ? Une fille est morte.

– Bonjour ! Il y a quelqu'un ?

J'entends au loin la porte d'entrée s'ouvrir.

– Vous êtes là, madame Janssen ?

Je sors précipitamment de l'arrière-cuisine en claquant la porte derrière moi. Une jeune femme blonde, que je n'ai jamais vue, se tient au milieu du petit salon, habillée comme une vendeuse ou une employée de magasin.

– Vous désirez ?

– Oh ! s'exclame-t-elle en portant de façon mélodramatique la main à sa poitrine. Où est Mme Janssen ?

– Qui êtes-vous ? Que faites-vous ici ? lui demandé-je, décidant que le meilleur moyen de ne pas répondre à sa question était de me montrer plus grossière encore.

– Je suis Tessa Koster. Je travaille… je travaillais… pour M. Janssen au magasin de meubles. La porte était entrouverte. Est-ce vous la jeune fille qui tient compagnie à Mme Janssen ?

– Oui. Mme Janssen est absente. Je peux vous aider ?

– Oh, non. Je suis venue lui déposer quelque chose, mais je repasserai plus tard, quand elle sera là.

Tessa Koster sourit, confuse, et alors qu'elle retourne vers la porte, je reconstitue le puzzle : c'est l'employée du magasin de meubles, la secrétaire de M. Janssen. Celle qui partait en voyage de noces le lendemain de la rafle.

– Les photos, dis-je. Vous avez apporté à Mme Janssen les photos qui étaient dans l'arrière-boutique.

Elle semble désarçonnée que je sois au courant ; elle croit peut-être que je suis une espionne envoyée pour la piéger.

– Vous ne savez pas si Mme Janssen revient bientôt ? Il faut vraiment que je lui parle.

Mais je secoue déjà la tête, tâchant d'avoir l'air aussi sympathique que possible, parce que je veux qu'elle me laisse ces photos.

– Je ne sais pas à quelle heure elle sera là. Mais vous pourriez repasser demain, non ? Vous avez du courage de vous promener avec ces photos… On dirait qu'elles sont un peu… clandestines, dis-je en chuchotant le dernier mot.

– Ça… ça ira très bien…

– Avez-vous eu l'occasion de rencontrer la famille qui se cachait là-bas ? lui demandé-je pour qu'elle comprenne que j'en sais plus qu'elle ne l'imagine. La fille ? Mirjam ?

– Non, pas du tout. Vous étiez au courant ? s'étonne-t-elle en jetant de nouveau un coup d'œil en direction de la porte.

– Vous êtes sûre de ne les avoir jamais vus ? Ils ont passé plusieurs mois là-bas. Vous avez bien dû vous douter de quelque chose !

Mme Koster détourne les yeux pour contempler l'alliance toute neuve à son doigt, et c'est alors que j'ai un affreux soupçon.

– Madame Koster, est-ce vous qui avez prévenu la police que M. Janssen cachait des gens dans l'arrière-boutique ? L'avez-vous dénoncé aux nazis ?

– Écoutez, commence-t-elle, le regard fuyant. Je n'approuve pas ce qu'a fait M. Janssen, mais je ne l'ai pas dénoncé. Je ne le savais même pas. Quand je suis arrivée au travail, la rafle avait déjà eu lieu. Ces photos se trouvaient dans l'arrière-boutique, elles étaient tachées de sang, alors je les ai emportées chez moi pour les nettoyer et ensuite Mme Janssen m'a écrit pour me dire qu'elle les voulait. C'est tout ce que j'ai à voir avec ça ! Je peux vous les laisser ? Comme ça, je ne serai pas obligée de revenir…

Elle fouille dans son sac à main, le visage dissimulé sous ses boucles blondes, et finit par en sortir une enveloppe en papier.

– Tenez, prenez-les.

Je fais mine d'hésiter.

– Vous êtes sûre ? Vous n'allez pas l'attendre ?

Elle me met de force l'enveloppe dans la main.

– Prenez-les !

Après l'avoir raccompagnée à la porte, je retourne dans la cuisine avec le paquet de photos. Je prends tout mon temps cette fois. Je suis extrêmement méticuleuse. Je suis extrêmement patiente. Je m'assieds à la table, pose l'enveloppe bien en face de moi, et chacun de mes gestes est empreint d'une émotion que je mets un moment à identifier : la peur.

Le sang a presque totalement été nettoyé, il n'en reste que quelques traces sur les photos dont les coins collent encore ensemble. Je les sépare les unes des autres et les aligne côte à côte sur toute la table, histoire en images un peu poisseuses d'une famille, de la vie, de la mort.

Voici, je suppose, M. et Mme Roodveldt tenant dans les bras un bébé en robe blanche, derrière une table sur laquelle trône un gâteau. Un anniversaire. En voici une autre prise quelques années plus tôt : la photo de mariage de Mme Roodveldt ; elle a les yeux baissés, un voile en dentelle sur les cheveux et un petit bouquet de lilas à la main.

Les photos parcourent les années, avançant ou reculant dans le temps, tandis que la famille défile sur la table de la cuisine, libérée des entraves de la chronologie, et me sourit depuis les moments les plus heureux de sa vie. Des fêtes. Des vacances. Un nouvel appartement, un nouveau bébé, différent du premier.

Et voilà la photo de deux jeunes filles dans les bras l'une de l'autre. Celle de gauche a des cheveux bruns bouclés, une légère tache de naissance sur le menton et de longs cils fournis. Ses yeux – que je n'ai réellement vus que fermés, sur la table de M. Kreuk – sont grands et expressifs.

L'adolescente à droite est un petit peu plus grande, elle a également les cheveux bruns, et rit à gorge déployée. Elle porte une couronne d'anniversaire en papier. Je ne l'ai jamais vue.

Les mains tremblantes, je retourne la photo : « Amalia et Mirjam, quatorzième anniversaire de Mirjam ».

Il y a tant de choses que j'aimerais oublier. Les passages les plus durs. Les vilaines blessures, sous les cicatrices, toutes ces choses que je voudrais voir disparaître en les ignorant.

La dernière fois que j'ai vu Elsbeth, avant le jour où je me suis introduite en douce chez elle. C'était quelques mois après que, dans ma chambre, je lui avais dit que j'aurais préféré que Rolf soit mort au lieu de Bas.

Elle est revenue me voir. Elle avait apporté deux faire-part de mariage, un pour moi et l'autre pour mes parents. Elle a accepté, un peu gênée, la tasse de thé que lui proposait ma mère et répondu aux questions concernant sa robe de mariée et les fleurs pour l'église. Quand ma mère nous a laissées seules pour que nous puissions papoter, Elsbeth s'est tournée vers moi.

– Ma mère a dit que je devais t'inviter, a-t-elle fini par avouer. Elle dit que les mariages réparent les brouilles. Mais j'imagine que tu ne voudras pas venir…

Je n'ai pas réussi à identifier le sentiment que je lisais dans ses yeux. L'espoir ? La colère ? Espérait-elle que je viendrais, ou me signifiait-elle qu'elle voulait que je refuse ?

– Non, dis-je. Je ne crois pas que je viendrai.

– Eh bien, parfait. Je suppose que c'est un adieu, alors.

Tout cela était vraiment digne. C'est pour ça que c'était si triste. Mettre fin à une amitié de douze ans, alors qu'Elsbeth était dans ma cuisine, son faire-part de mariage à la main. C'était pratiquement impardonnable, et j'avais passé toute l'année dernière à me demander si c'était pardonnable d'épouser l'homme qu'avait choisi Elsbeth, et laquelle de nous deux devrait s'excuser en premier.

Il s'avère qu'il existe bien des manières de tuer : les Allemands ont tué Bas à coups de canon, Elsbeth et moi avons tué notre amitié à coups de mots.

TRENTE-DEUX

J'ai l'impression que mon cœur s'est décroché de ma poitrine.

Amalia. *Amalia*.

Amalia est la fille qu'Ollie a déposée chez M. Kreuk en pleine nuit. Amalia est la fille qui est morte et enterrée. La fille que j'ai recherchée pendant tout ce temps. La photo d'anniversaire colle un peu dans ma main ; j'y ai laissé par inadvertance des traces de doigt à force de toucher les visages de ces morts et de ces filles disparues.

Dans l'autre pièce, la porte d'entrée s'ouvre, accompagnée d'un léger appel d'air. Mme Janssen ? Mais je n'entends pas le petit bruit sourd de sa canne. Ce doit être de nouveau Tessa Koster.

– Je suis là ! crié-je, la voix rauque.

– Madame Janssen ? demande une voix déconcertée. C'est Christoffel.

– Ah, Christoffel, c'est Hanneke.

Je balaie par réflexe toutes les photos qui sont sur la table et les range dans leur enveloppe. J'ai à peine glissé le paquet sous le plateau à thé que Christoffel entre dans la cuisine. Il a gardé les vêtements un peu plus élégants qu'il portait pour accompagner Mme Janssen au cimetière, plus tôt dans la journée.

– Où est Mme Janssen ? demande-t-il en s'essuyant le front, en sueur, sur sa manche. Quand je suis passé tout à l'heure, elle m'a dit qu'elle voulait que je l'accompagne quelque part. Je lui ai répondu que j'avais encore une petite course à faire et que je reviendrais tout de suite après.

– Mme Janssen…

Je laisse ma phrase en suspens. J'ai le plus grand mal à finir mes phrases. Amalia était-elle retenue au Schouwburg ? Amalia, la meilleure amie de Mirjam ? Amalia qui était censée se trouver à Kijkduin ? Je me rends compte confusément que Christoffel attend que je termine ma phrase.

– Mme Janssen n'était pas là non plus quand je suis arrivée. Est-ce qu'elle t'a dit où elle voulait que tu l'emmènes ?

Il fronce les sourcils.

– Non, elle a juste dit qu'il fallait qu'elle te voie. Mais tu es là. Ç'avait l'air urgent, elle était contrariée que je ne puisse pas l'emmener tout de suite.

– D'accord. D'accord. J'ai l'impression qu'on s'est un peu embrouillées toutes les deux, pour savoir qui devait aller chez qui.

Bon sang ! J'aurais dû dire à Mme Janssen de ne bouger de chez elle sous aucun prétexte. Mais je ne vois pas comment elle aurait pu passer chez moi, elle ne sait même pas où j'habite. Et je ne suis même pas sûre qu'elle connaisse mon nom de famille. Si Christoffel n'était pas là, je pourrais faire le tour de la maison pour voir si elle ne m'a pas laissé un mot avec des explications.

– Elle semblait très préoccupée par quelque chose, précise Christoffel. Je vais attendre son retour.

– Je suis certaine que tu as mieux à faire. Je vais te donner un peu d'argent pour le dérangement, et tu vas retourner à tes affaires, d'accord ?

Mais, exaspérant tant il fait preuve de conscience professionnelle, il prend l'autre chaise, s'assied à la table de la cuisine, puis commence à jouer avec l'une des soucoupes. Les minutes s'égrènent lentement. Une fois que Mme Janssen ne m'aura pas trouvée, que fera-t-elle ensuite ? N'importe quoi ? Essaiera-t-elle de trouver M. Kreuk ? Ou Ollie ? Que lui ai-je confié à son sujet ou à propos de la Résistance ?

– Tu crois vraiment que je peux m'en aller comme ça ? C'est vrai que j'ai une autre course à faire, finit par reconnaître Christoffel.

– Mais bien sûr ! Je lui dirai que tu es passé.

Même le bruit de ma chaise raclant le sol indique mon impatience de le voir partir.

– Je n'ai pas laissé ma casquette ? s'inquiète-t-il en regardant autour de sa chaise.

– Tiens, lui dis-je, excédée, en lui fourrant dans les mains la casquette grise qu'il avait posée sur la table.

Nous franchissons le seuil de la cuisine quand un petit couinement se fait entendre, un léger grincement de gonds en manque d'huile. Oh, *verdorie !* J'avais bien pensé à refermer la porte de l'arrière-cuisine quand Tessa Koster était arrivée, mais pas celle des étagères pivotantes de la réserve. Elle doit battre derrière la porte fermée.

– Les vieilles maisons font toujours de drôles de bruits, fais-je remarquer.

Nous sommes arrivés devant la porte d'entrée. Je n'ai plus qu'à pousser Christoffel dehors, après quoi je tâcherai de retrouver Mme Janssen. Je commencerai par aller chez M. Kreuk. C'est lui qui nous a présentées toutes les deux, il s'était chargé de la cérémonie en mémoire de M. Janssen.

– La prochaine fois, je rapporterai de l'huile, me lance Christoffel alors que je lui tiens la porte. Ces étagères grincent tout le temps quand le crochet n'est pas mis.

Et…

Il ne se rend même pas compte de ce qu'il vient de dire. Il ne s'en rend pas du tout compte ! Ce n'était qu'une phrase banale pour lui. Une succession de mots prononcés pour expliquer les choses. Il met sa casquette. La porte est ouverte.

Au ralenti, comme dans un rêve, je referme la porte dont la serrure s'enclenche dans un doux chuintement.

– Hanneke ?

« Ces étagères grincent tout le temps quand le crochet n'est pas mis. » Je me répète cette phrase mentalement, lui cherchant une signification autre que celle que j'ai parfaitement comprise. « Étagères ». Il n'a pas dit « porte de l'arrière-cuisine ». Il a dit explicitement « étagères ». Il fallait donc qu'il sache que ces étagères s'ouvraient et se fermaient grâce à un crochet. « Tout le temps ». Donc chaque fois. Donc il connaissait la fonction secrète de ces étagères au mécanisme un peu rouillé.

– Hanneke, je croyais que tu devais sortir…

Il me regarde, troublé.

– Tu connais la cachette.

Ma voix n'est plus qu'un chuchotement saccadé.

– Christoffel ?

Il commence à secouer la tête, mais c'est trop tard : un éclair lui a traversé le regard.

– Qu'est-ce que tu sais, Christoffel ? lui demandé-je tout doucement.

– Je ne sais rien du tout. N'en parlons plus, s'il te plaît. Laisse-moi sortir, s'il te plaît…

Il tend la main vers la poignée, mais je m'interpose aussitôt.

– Je ne peux pas te laisser partir. Tu le sais.

– Hanneke, s'il te plaît, arrête.

Il parle si bas qu'il est à peine audible.

Dehors, j'entends le vendeur du journal du soir et le frottement rêche d'un balai sur les pavés. La vie continue, pendant que je suis là, avec un garçon au visage doux soudain livide.

– Christoffel, il n'y a que nous deux ici, nous sommes seuls. Qu'importe ce que tu me diras, bien ou mal, je ne préviendrai pas la police ni ne le répéterai à personne, sauf à Mme Janssen. Mais je t'en supplie, dis-moi, comment savais-tu qu'il y avait une cachette derrière l'arrière-cuisine ?

Dehors, le balayeur était tombé sur un petit bout de métal, peut-être une pièce de monnaie. Christoffel contemple fixement son pouce, une envie, cette petite peau douloureuse et rouge d'être trop souvent tripotée. Il mesure quelques centimètres de plus que moi, mais il est dégingandé, comme s'il avait grandi trop vite.

– Je ne savais pas… pour *elle*. Pas au début. Je te le

jure, je ne savais pas au début. En général, quand je suis ici, Mme Janssen reste dans la cuisine avec moi, et nous parlons ou faisons du bruit, ce qui pouvait couvrir les sons en provenance de la réserve.

– Mais pas chaque fois, hein ?

– Un jour, j'ai livré des courses à Mme Janssen, et elle ne trouvait pas son porte-monnaie. Elle est montée le chercher et elle est restée là-haut un bon moment. Ici, en bas, c'était tout calme. Et puis j'ai entendu quelque chose. Un couinement.

– Tu es allé voir ce que c'était ?

Cela ressemblait tellement à Christoffel, toujours prêt à rendre service, d'entendre un grincement et d'aller voir de quoi il s'agissait pour y remédier.

– Ça n'a pas été nécessaire. J'ai entendu le petit grincement et elle est sortie du placard.

Donc quelqu'un d'autre l'a vue. Quelqu'un d'autre connaissait son existence ! Christoffel a un air vaguement émerveillé au souvenir de ce moment. Comme ç'a dû lui paraître étrange de voir surgir cette fille du placard.

– Elle avait reconnu ma voix, poursuit-il. Elle m'a dit qu'elle avait juste attendu que Mme Janssen ne soit plus dans les parages pour sortir.

« Elle avait reconnu... » J'ai l'impression que mon cerveau est incapable d'enregistrer tout ce que me raconte Christoffel, et qu'il ne capte que des bribes de phrases. « Reconnaître », voilà un verbe intéressant. Ç'aurait été plus logique qu'il dise « entendu ». On reconnaît les choses qui nous sont déjà connues.

– Tu la connaissais, dis-je et, en prononçant ces mots, je décide de qui était « la » en réalité. Tu connaissais Amalia.

– Comment savais-tu son nom ?
– Et toi ?
– Nous étions en classe ensemble. Nous avons grandi ensemble tous les trois. Moi, Amalia et…
Christoffel laisse sa phrase en suspens, et je ne peux m'empêcher de la finir.
– Et Mirjam.
– Et Mirjam, murmure-t-il.
Après quoi, Christoffel fait une chose à laquelle je ne m'attendais pas du tout ni n'avais été préparée. Il s'affaisse jusqu'au sol en se laissant glisser le long du mur, appuie les poings sur ses yeux fermés et fond en larmes. Ce ne sont pas des larmes silencieuses, non, mais de gros sanglots bruyants de petit garçon.
Je m'agenouille auprès de lui. Ce chagrin-là, je le reconnais.
– Christoffel, est-ce que… est-ce que tu aimais Mirjam ?
Sa voix est rauque, à peine audible.
– Ce n'était pas comme ça qu'elle me voyait, elle me considérait comme un frère. J'ai fini par penser qu'elle ne m'aimait pas. L'année dernière, elle m'a dit que ce n'était pas qu'elle ne m'aimait pas, mais qu'Amalia m'aimait. Elle m'a dit qu'Amalia m'avait aimé la première, et Mirjam ne voulait pas trahir son amie. Je crois que je le savais au fond de moi, depuis le début. Amalia s'était mise à être bizarre en ma présence ; elle riait tout le temps bêtement, elle gloussait… Mais, pour moi, elle n'a jamais été autre chose qu'une amie.
– C'est toi, T. Ce n'était pas Tobias, c'était toi !
Christoffel me dévisage sans comprendre.
– J'ai trouvé une lettre, lui expliqué-je. Il y était question

d'un garçon qu'elle appelait T. Un garçon qu'elle aimait bien.

Ah, les stupides princesses d'Angleterre ! Ce n'était pas une lettre de Mirjam à Amalia, lettre qu'elle n'aurait pas eu l'occasion de lui envoyer. Mais une lettre d'Amalia à Mirjam, que cette dernière relisait en classe.

– C'est mon surnom, avoue Christoffel. C'est idiot. Je ne sais même plus comment on me l'a donné. Oui, je suppose que ce devait être moi, T.

L'autre jour, devant le bac, j'ai cru que les amis de Christoffel l'appelaient Mister Cool, parce que c'est ce que signifie «tof» en néerlandais, « cool ». Mais non, en fait ils l'appelaient par son surnom, Tof, forgé à partir de la syllabe centrale de Christoffel.

– Combien de fois as-tu vu Amalia dans la cuisine ?

– Rien que deux. La deuxième fois, elle a de nouveau attendu que Mme Janssen s'en aille et m'a dit qu'elle avait lu un message dans le journal et qu'il fallait que je l'aide à s'enfuir.

Het Parool. La petite annonce de trois lignes : « Elizabeth s'ennuie de sa Margaret, mais elle est contente d'être en vacances à Kijkduin. »

La première fois que je suis venue chez Mme Janssen, elle m'a dit qu'elle avait apporté un journal à Mirjam et recommandé de ne pas faire de bruit parce que son coursier devait passer. Mme Janssen ne m'avait pas précisé qu'elle avait laissé Christoffel seul à la cuisine. Elle n'avait pas dû trouver ça important. Pourquoi Mirjam aurait-elle révélé sa présence au garçon venu livrer les courses ?

– Tu l'as aidée à s'enfuir ?

– Oui.

– Mais… je ne comprends pas. Elle a bien dû te dire que Mme Janssen la prenait pour Mirjam. Pour quelle raison serait-elle partie sans la prévenir? Et comment se fait-il qu'Amalia ait été en possession des papiers de Mirjam le soir de la rafle ?

Il se frotte énergiquement l'œil du plat de la main, tentative maladroite pour sécher ses larmes. Je n'ai pas de mouchoir, et si j'en avais un, je ne sais pas si je le lui prêterais. Suis-je en train de le consoler ? De l'interroger ? Le garçon qui est devant moi a les réponses à toutes les questions que je me pose depuis une semaine. Il est à l'origine d'une suite d'événements qui ont entraîné chagrin et souffrance, et je ne comprends toujours pas pourquoi.

– Elle… elle m'a dit que la nuit où la cache des Roodveldt avait été perquisitionnée, elle était tombée sur Mirjam dans la rue, qui courait comme une perdue et pensait qu'elle allait se faire arrêter, alors Amalia lui a proposé d'échanger leurs manteaux et leurs papiers d'identité. Avec des papiers non juifs, Mirjam pourrait s'en sortir, tandis qu'Amalia se rendrait plus tard à la police pour s'en faire établir de nouveaux. Mais les soldats étaient trop près. Amalia n'avait plus le temps de rentrer chez elle et craignait qu'avec les vêtements de Mirjam et ses papiers, ils ne lui tirent dessus sans sommation. Alors elle est allée chez Mme Janssen, dont Mirjam lui avait donné l'adresse.

– Mais quand elle est arrivée ici, pourquoi n'a-t-elle pas dit qui elle était en réalité ? Pourquoi n'a-t-elle pas demandé à Mme Janssen de l'aider à refaire ses papiers ?

– Je n'en sais rien, répond Christoffel en haussant les

épaules d'un air abattu. Elle m'a juste dit qu'elle ne voulait pas que Mme Janssen soit au courant.

Parce qu'elle voulait s'assurer que Mirjam était à l'abri avant d'avouer la vérité à qui que ce soit ? Parce qu'elle ne voulait pas que l'on sache que la vraie Mirjam Roodveldt était toujours dans la nature, en fuite, et vivait sous un autre nom ? Parce qu'il y a des passages de cette histoire qui resteront à jamais incompréhensibles en dépit de toutes les questions que je pourrais poser ?

– Où est-elle allée ? demandé-je. Après que tu l'as aidée à partir d'ici ?

– Elle est restée un certain temps chez moi. Mon père est si souvent absent qu'il ne s'est pas douté qu'il y avait quelqu'un au sous-sol.

Chez Christoffel… dans son sous-sol. Jusqu'à il y a quelques jours seulement, la fille que je recherchais habitait chez le garçon que j'avais croisé si souvent.

– Pour quelle raison est-elle partie ?

Je peux comprendre pourquoi Amalia ne s'est jamais présentée à la police pour déclarer la perte ou le vol de ses papiers : dans la mesure où elle avait moins de dix-huit ans, on aurait pu exiger la signature de ses parents, et ces derniers avaient déjà quitté Amsterdam. Je peux comprendre pourquoi elle avait pu préférer rester chez Christoffel plutôt que chez Mme Janssen – chez un vieil ami plutôt que chez une inconnue qui ne savait même pas qui elle était en vérité. En revanche, ce que je ne comprends pas, c'est la raison pour laquelle, après avoir bravé tous ces dangers, elle aurait décidé de partir de chez Christoffel.

– Pourquoi a-t-elle quitté cet endroit où elle était le

plus en sécurité ? J'ai besoin d'un peu plus d'explications, Christoffel.

Il pleure toujours et ses larmes redoublent à ma question.

– Pourquoi Amalia est-elle partie de chez toi ce soir-là ?

– C'est moi qui le lui ai demandé, finit-il par avouer dans un hoquet. Elle m'a confié un secret et je lui ai demandé de partir. Ce n'était pas dans mon intention qu'elle meure... Je le jure ! J'étais tellement en colère contre elle. Je lui ai dit que les nazis la traiteraient mieux que moi si jamais je la recroisais. Alors je l'ai jetée dehors. Elle est partie en courant et je l'ai vue tomber nez à nez avec un soldat. Quand elle a été prise dans la rafle, c'était moi qu'elle fuyait ! s'exclame-t-il avec fougue, d'une voix montant dans les aigus.

– Quel était ce secret ? Qu'est-ce qui t'a poussé à la chasser de chez toi ?

– Non, je ne peux pas... Je ne peux pas...

Il était devenu hystérique ; si j'avais eu un sac en papier, je l'aurais fait respirer dedans. À la place, je lui tape dans le dos pour qu'il reprenne son souffle. Son pull est trempé de sueur. Il n'a que quelques années de moins que moi, mais pour l'instant, ce n'est qu'un petit garçon.

– Je n'ai pas envie d'en parler, halète-t-il entre deux profondes respirations. S'il te plaît, n'insiste pas.

– C'est bon, c'est bon, c'est bon, répété-je car, en insistant maintenant, je ne parviendrai qu'à le faire craquer.

Encore une chose. Pas très importante, d'un point de vue général, mais que je dois savoir pour ma tranquillité personnelle.

– Tu as dit qu'Amalia t'avait demandé de l'aider à

s'enfuir le jour où elle a lu le message dans le journal. Mais tu n'as pas pu l'aider tout de suite. Mme Janssen l'a vue dans la soirée. Aurais-tu découvert un moyen de t'introduire dans la maison pendant que Mme Janssen était chez sa voisine d'en face ? Est-ce toi qui as trouvé comment refermer de l'extérieur la porte de derrière ?

– Non. Amalia s'est cachée dans la maison pendant que Mme Janssen était chez sa voisine. Je suis revenu le lendemain.

Sa chronologie ne colle pas. Le lendemain, j'étais là. Le lendemain, j'étais dans la cuisine, avec Mme Janssen qui me racontait la disparition de Mirjam.

– Tu confonds. J'étais là, le lendemain. Je t'ai vu entrer. Tu venais chercher un meuble que Mme Janssen voulait vendre.

– Oui, c'est exact. J'ai bien emporté un meuble.

Christoffel se tait. Moi aussi.

Il me fait une faveur particulière, celle de me laisser reconstituer toute seule le reste du puzzle. Si je n'y tiens pas, je pourrais toujours dire à Mme Janssen que c'était Amalia qui se trouvait dans la réserve, et qu'elle est morte à présent ; ce sera la vérité, et la façon dont elle s'est enfuie importe peu. Ou alors je reconstitue le puzzle, et la vérité sera beaucoup plus douloureuse.

Je dois le reconstituer. Parce que, tout à coup, je me souviens de la façon dont Mina m'avait joyeusement tendu un sac de petit bois que j'ai transporté sur l'épaule sur plus d'un kilomètre, sans m'apercevoir que je jouais un rôle dans sa mise en scène. Je me souviens qu'en réalité le landau était un appareil photo ambulant. Je me souviens que ce n'était pas moi ni Judith qu'Ollie aime :

il aime Willem. Je me souviens que rien dans cette guerre n'est ce qu'il semble être, et que j'ai passé trop de temps à ne pas voir ce que j'avais devant les yeux.

Amalia était cachée dans l'*opklapbed* que Christoffel avait sorti de la maison sur la charrette. Tandis que j'essayais de décider si j'allais aider ou pas Mme Janssen à retrouver sa jeune fugitive, celle-ci n'avait pas disparu. Elle n'était qu'à quelques mètres de nous.

– Elle attendait, coincée dans le lit pliant, que tu la sortes de la maison. Voilà quel était le plan depuis le début.

Je suis fatiguée. Il est fatigué. Nous avons tous les deux hâte que ça s'arrête, pour de bon.

– Elle a attendu des heures, explique Christoffel. Elle est allée s'asseoir dans le bureau pendant que Mme Janssen dormait, mais dès qu'elle l'a entendue se réveiller, elle a repris sa place dans le lit pliant. Je lui avais dit que je reviendrais le plus tôt possible le lendemain matin.

– Et tu es parti. Avec elle. Pendant que j'étais là. Tu savais que Mme Janssen m'avait embauchée pour que je la retrouve ?

– Une amie m'avait demandé de l'aide, finit-il par dire. C'est tout ce à quoi je pensais.

J'essaie de trouver que répondre. Devrais-je lui parler de la détresse de Mme Janssen quand elle s'est aperçue de la disparition de la jeune fille ? Devrais-je lui décrire l'instant où Amalia s'est effondrée sur le pont ?

Il pleure dans la maison silencieuse.

– Chhhh… chhhh…, lui murmuré-je.

Parce que c'est ce qu'on me chuchotait quand je pleurais à cause de Bas et parce que, à cet instant, il n'y a pas de mots.

TRENTE-TROIS

Samedi

Quand les choses prennent fin d'une manière à laquelle vous ne vous attendiez pas, que vous n'auriez jamais imaginée, prennent-elles fin pour de bon ? Cela signifie-t-il que vous devriez continuer à chercher, à chercher des réponses plus satisfaisantes, des réponses qui ne vous empêcheraient pas de dormir la nuit ? Ou cela signifie-t-il qu'il est temps de faire la paix ?

Il me faut deux jours pour trouver une place dans un train à destination de Kijkduin.

Le train s'arrête d'abord à La Haye, ville où, semble-t-il, les soldats allemands grouillent beaucoup plus qu'à Amsterdam. Je change pour Kijkduin, dans la banlieue de La Haye, et à mesure qu'on se rapproche de la mer, l'air se charge en sel. Aujourd'hui, je suis la seule passagère à descendre à cet arrêt avec ma petite valise et l'air d'une vacancière excentrique qui a choisi d'aller au bord de la mer en plein hiver. Le vent fouette mes cheveux et le froid iodé me pique les yeux. Jusqu'ici, cette ville n'était qu'une nouvelle station balnéaire créée une dizaine d'années avant l'invasion allemande. À présent, l'ancien fort français en bord de mer est occupé par les Allemands qui l'utilisent pour l'entraînement.

Je croise quelques rares personnes, des gens du coin qui vivent là toute l'année. La deuxième, un jeune garçon, m'informe que j'ai loin à marcher jusqu'à ma destination et me propose de m'emmener à bicyclette. Je grimpe sur le porte-bagages de son vélo et il pédale jusqu'au centre-ville.

– On est arrivés !

Le cycliste s'arrête après avoir roulé en roue libre et m'indique du menton un groupe de petites maisons de l'autre côté de la rue. Celle du milieu est vert clair.

Je remercie le garçon et défroisse ma jupe. La pension de famille de la tante d'Amalia a un porche peint et une enseigne pimpante accrochée sur la façade, signalant que l'établissement est ouvert en hiver. Je sais ce qu'il y a derrière cette porte, ou tout au moins je crois le savoir, mais j'ai encore un peu l'impression d'être importune. Je n'ai pas écrit pour annoncer mon arrivée. J'avais passé assez de temps en conjectures et dans le brouillard cette semaine, il me fallait à présent des preuves concrètes. Je suppose que la trafiquante du marché noir que je suis avait besoin de réconfort et trouvait une certaine valeur dans le monde réel.

À peine ai-je frappé à la porte qu'une femme d'un certain âge vient m'ouvrir. Hors saison, les clients sont plutôt rares, surtout depuis que les Allemands ont rendu une grande partie de la côte impraticable avec leurs fortifications contre un débarquement des Alliés.

– Vous cherchez une chambre ?

La femme que je suppose être la tante d'Amalia tend déjà la main pour prendre ma valise.

– Entrez. Il y a du feu dans le petit salon, et je vais vous préparer quelque chose à manger.

Je la suis à l'intérieur tout en me demandant que lui dire et surtout jusqu'où je pouvais aller. Je ne suis pas venue non plus aujourd'hui avec un texte tout prêt. Ce que j'étais venue faire, après tout ce que j'avais vécu, me semblait trop concret pour jouer à ce petit jeu.

Finalement, voici ce que j'ai dit à Mme Janssen, quand elle est rentrée chez elle, l'autre jour : je lui ai dit que la fille qu'elle m'avait chargée de rechercher était morte, mais que celle qu'elle voulait que je retrouve ne l'était peut-être pas. Je lui ai dit que je ne lui ramènerais peut-être jamais la jeune fille qu'elle avait fini par aimer au cours des semaines passées cachée chez elle, mais que je pourrais retrouver celle dont toute la famille avait disparu, comme le mari et le fils de Mme Janssen avaient disparu. Je lui ai montré la photo en lui disant que je savais que c'était incompréhensible. Je lui ai dit que je tâcherais de faire toute la lumière sur cette histoire, mais sans garantie aucune. Je lui ai dit aussi que j'étais désolée.

Christoffel a refusé de lui dire quoi que ce soit. Il est parti avant son retour. Il se sentait trop coupable. J'avais l'intention de lui parler d'un certain nombre de choses, de tous les dégâts qu'il avait provoqués, de l'inconscience dont il avait fait preuve, de l'obligation qu'il avait de me confier le secret d'Amalia. Mais, devant tant de culpabilité, je n'ai pu m'y résoudre. Parce que je savais intimement dans quel état il était. Parce que j'avais passé plus de deux ans, et toute la guerre, à ressentir cette culpabilité, convaincue que mes actes seuls étaient responsables de la mort d'un être qui m'était cher.

– Une chambre, donc ?

La femme attend toujours ma réponse.

– Je voudrais savoir si…

Je ne sais pas encore très bien ce que je vais dire. Dois-je parler tout de suite d'Amalia ? Ou dois-je attendre d'avoir une chambre et de redescendre pour le dîner, autour d'un bon petit feu ? Mais il s'avère que je n'ai plus à me poser de questions à ce sujet, car soudain, elle est là, en face de moi.

Une fille un peu plus jeune que moi, menue, les traits fins, descend l'escalier, les bras chargés d'une pile de linge. Sur sa jambe droite, visible malgré la pénombre du vestibule, une fine cicatrice rose descend en dents de scie le long de son tibia depuis le genou.

– Amalia, annonce la dame, il semblerait que nous ayons une cliente ce soir. Pourrais-tu la conduire à la chambre numéro 3 ? C'est la plus grande et avec le lit le plus confortable, ajoute-t-elle avec un clin d'œil en se tournant vers moi.

Elle a un peu changé depuis la photo de son anniversaire. Son visage a mûri et son corps a pris des formes. Tandis que cette fille imaginaire se concrétise sous mes yeux, je la laisse prendre ma valise et la suis à l'étage. La chambre numéro 3, au décor de coquillages, est peinte en divers tons de bleus, la fenêtre a été entrebâillée pour laisser entrer l'air marin, malgré le froid.

– Le dîner est servi à six heures, m'informe-t-elle en s'adressant à moi pour la première fois, d'une voix que je pensais moins grave. Ce n'est pas très varié, mais en général il y a du poisson frais.

– Je sais.

C'est tout ce que je parviens à articuler : pas un long discours, mais une simple affirmation que, depuis des jours, j'attendais de formuler.

Elle sourit.

– Donc, vous êtes déjà venue ici ?

Je secoue la tête, et c'est alors que son nom m'échappe.

– Mirjam. Mirjam, je sais…

Mirjam blêmit aussitôt. Elle jette un coup d'œil par-dessus son épaule pour savoir si personne n'a entendu son vrai prénom. La porte derrière elle est fermée. Dehors, les rues sont désertes.

– Qui êtes-vous ?

– Je t'ai écrit une lettre. Je l'ai pliée en forme d'étoile.

– Je n'ai pas reçu de lettre.

Évidemment, Christoffel avait dû la remettre à la véritable Amalia, pas à la fille qui se faisait passer pour elle dans une pension de famille du bord de mer.

– Je t'ai cherchée, dis-je.

C'est alors que je réalise que si elle n'a pas reçu ma lettre, elle ne peut rien savoir de ce qui s'est passé et que ça va être à moi de le lui raconter depuis le début.

Il me faut un bon moment pour tout expliquer : Christoffel, Amalia, les nazis, le pont. Je répète plusieurs fois les choses qu'elle n'a pas l'air de comprendre, parce qu'elle croyait qu'Amalia ne tarderait pas à la rejoindre. Elle croyait aussi qu'Amalia était en sécurité. Elle m'écoute, une expression figée, consternée, sur le visage, en se mordant la lèvre supérieure, habitude que je n'avais pas imaginée chez Mirjam. J'ai passé une semaine entière à essayer d'en savoir le plus possible sur cette fille, mais en réalité je ne la connais absolument pas. Tout ce que j'ai appris à son sujet n'était qu'une combinaison entre elle et Amalia. J'ai entremêlé les souvenirs que les gens avaient de chacune d'elles pour ne former qu'une seule personne, mais cette personne n'est pas celle que j'ai en face de moi.

Mirjam se laisse choir sur une chaise, à côté de la porte.

– Vous êtes sûre ? me demande-t-elle quand j'ai eu terminé mon récit. Vous êtes sûre de ne pas faire erreur ?

C'est exactement ce que j'avais demandé à Ollie le jour où il m'a dit que quelqu'un du nom de Roodveldt était arrivé au théâtre, tant j'aurais souhaité qu'il se soit trompé.

– J'en suis sûre. Elle est morte parce qu'elle a agi comme si elle était vous.

Je n'avais pas l'intention d'être brutale. J'ai dit ça parce que je continuais désespérément à essayer de comprendre ce qui avait pu se passer.

Les larmes lui montent aux yeux.

– Vous avez déjà eu une grande amie ?

J'acquiesce, la gorge serrée.

– Oui, autrefois. Plus maintenant.

– Alors vous savez. Vous savez ce que c'est d'aimer quelqu'un comme vous-même et puis de le perdre.

Je ne sais pas si je dois la laisser avec son chagrin ou insister, mais je suis allée tellement loin que je ne peux m'arrêter en chemin.

– Que s'est-il passé ce soir-là, Mirjam ? Le soir où vous avez échangé vos identités ?

Elle baisse la tête. Elle ne veut pas me le dire, à moins

qu'elle ne veuille pas se souvenir et, pendant un instant, je pense qu'elle ne va pas me répondre du tout.

– Nous n'avions que quelques minutes devant nous. Je m'étais sauvée en courant du magasin de meubles. Je ne savais plus où j'allais quand, soudain, Amalia est apparue là, devant moi, dans la rue. Elle était déjà en larmes, les cheveux défaits et toute débraillée, et lorsqu'elle m'a vue, elle m'a agrippée si violemment que je pouvais à peine respirer. C'était avant le couvre-feu, et il y avait tellement de gens dans les rues, pressés de rentrer chez eux, que personne ne nous a prêté attention. Je lui ai raconté ce qui était arrivé – que toute ma famille avait été tuée – et aussitôt, sans réfléchir une seconde, elle a enlevé son manteau. Elle m'a dit de prendre sa place, qu'il y avait des papiers d'identité dans la poche et de l'argent. Elle était d'ailleurs censée prendre un train le soir même. Pour venir ici. Le billet était déjà réservé. Sa tante ne l'avait pas revue depuis qu'elle était toute petite. Donc elle m'a dit d'aller chez sa tante et m'a promis de ne jamais révéler à qui que ce soit où j'étais ni ce qui s'était passé avant que je lui dise que je ne risquais rien.

– Et c'est tout ?

– Presque.

Elle me regarde de nouveau, mais ses yeux ont un éclat plus dur à présent, elle semble plus fermée et sur la défensive.

C'est ce « presque » sur lequel je bute et sur lequel j'ai buté toute la semaine. J'avais eu tant d'occasions de croire que j'avais *presque* compris quelque chose pour m'apercevoir bientôt qu'en réalité je n'avais rien compris du tout…

– Mirjam, Amalia avait un secret. Elle l'a confié à

Christoffel. C'est pour cela qu'il lui a demandé de partir de chez lui. Ça l'a mis dans une telle colère qu'Amalia en a eu peur. Tu sais de quoi il s'agissait ? Qu'est-ce qu'Amalia avait bien pu lui dire pour qu'il la chasse de sa maison où elle était en sécurité ?

Mirjam pince les lèvres et détourne la tête.

– Je ne sais rien.

– S'il te plaît, j'essaie juste de comprendre ce qui s'est passé. Tu ne peux pas t'imaginer à quel point certaines personnes tenaient à te retrouver. Mme Janssen donnerait n'importe quoi pour savoir ce qui s'est passé.

Elle a envie de me le dire. Je sens qu'elle désire autant que moi en finir avec tout ça, pour qu'enfin nous puissions repartir de zéro.

– Mirjam, tu as dit qu'Amalia était déjà en larmes quand tu es tombée sur elle. Pourquoi aurait-elle pleuré ? Et d'abord que faisait-elle dans la rue ce soir-là ?

Dis-moi. Dis-moi vite et qu'on en finisse !

Lentement, posément, Mirjam plonge la main dans une poche de sa robe. Elle en sort un papier plié en forme d'étoile.

– Dans la poche d'Amalia, quand nous avons échangé nos manteaux… Dans sa poche, il y avait de l'argent pour venir jusqu'ici. Et ça aussi…

Je lui prends le papier des mains et le déplie. Mirjam se lève de sa chaise et s'approche de la fenêtre, le regard perdu sur la mer.

Très chère Elizabeth,

Pardonne-moi. Pardonne-moi. Pardonne-moi même si j'ai fait quelque chose d'impardonnable.

Je t'écris ce mot dans le tram et, si je te rejoins à temps, je n'aurai plus du tout besoin de te le donner. C'est simplement au cas où. C'est une lettre au cas où.

T et moi nous sommes rapprochés depuis ton départ. Il m'écoute quand je parle. Il rit à mes plaisanteries. C'est comme si c'était la première fois qu'il me voyait véritablement, et je sais que tu ne m'en voudras pas parce que tu ne l'as jamais aimé comme je l'aimais, parce que tu as toujours dit que tu aurais voulu qu'il éprouve pour moi les sentiments qu'il avait pour toi. Et j'ai cru qu'il commençait à m'aimer. Mais ce n'était pas vrai. Ce n'était pas vrai, car cet après-midi il m'a regardée et m'a dit : « Tu devrais arranger tes cheveux comme Mirjam. Sa coiffure est tellement jolie. Et quand la guerre sera finie, peut-être qu'elle pourra te montrer comment elle fait. » Et j'ai très bien vu à sa tête qu'il ne m'aimerait jamais de la vie.

Je te raconte ça parce que je voudrais que tu comprennes que j'étais désespérée. Bien que ce ne soit pas une excuse, je voudrais que tu comprennes que j'étais désespérée quand je suis rentrée à la maison où mon oncle était passé nous voir ; il m'a même demandé pourquoi j'avais l'air si malheureuse. Je voudrais que tu comprennes que je n'ai pas réfléchi quand je lui ai dit que j'étais triste parce que le garçon que j'aimais préférait se morfondre pour une fille qui se cachait dans un magasin de meubles en attendant la fin de la guerre plutôt que de sortir avec moi. Ça l'a fait rire, mon oncle. Il m'a dit que ce garçon était un idiot. Il m'a demandé de lui en dire un peu plus au sujet de la fille. Ce que j'ai fait. Je lui ai raconté tout ce qui te concernait. J'avais oublié qu'il appartenait au NSB.

L'avais-je vraiment oublié ? Très chère Elizabeth, je n'ai cessé d'y penser dès l'instant où j'ai réalisé ce que j'avais fait, dès l'instant où je suis montée dans le tram. Avais-je réellement oublié qu'il faisait partie du NSB ? Ou une part de moi-même se le rappelait-elle et savait-elle pertinemment ce que je faisais ? Je vais essayer d'empêcher ça. Je vais tout arranger si possible. Pardonne-moi. Pardonne-moi. Pardonne-moi.

– Elle t'a dénoncée. C'est à cause d'elle que les nazis ont perquisitionné votre cachette.

Mirjam se retourne pour me faire face.

– Vous ne voyez pas ? Elle a regretté son geste presque dès l'instant où elle a réalisé ce qui allait se passer. C'est pour ça qu'elle était dehors ce soir-là. Elle courait nous prévenir qu'elle nous avait dénoncés. Elle espérait que nous aurions encore le temps de nous sauver.

– Mais c'était trop tard.

Les yeux de Mirjam sont embués de larmes. Je ne peux même pas imaginer ce qu'a dû être cette soirée. Les deux meilleures amies se retrouvant dans la rue pour se dire tant de choses à la fois : « Je t'ai trahie, je t'aime, je veux te sauver, je te demande pardon. » Dans toute l'Europe, des gens meurent par centaines de milliers. Et ici, chez moi, dans ma ville, les nazis massacrent une famille à cause d'une histoire d'amour et de jalousie, et d'une phrase échappée.

– On aurait envie de la haïr, dit Mirjam en contemplant ses mains croisées. Je l'ai haïe. Plus que je n'ai jamais haï quiconque au monde. À présent, je dois la croire. Quand elle a dit ça à son oncle, je pense qu'elle n'a pas imaginé les conséquences. Elle ne l'a pas fait exprès. Vous me croyez ? me demande-t-elle en écarquillant les yeux.

– Je le crois si tu le crois.

Je ne vois pas en quoi cc que je pense d'Amalia, en bien ou en mal, importe à Mirjam. Elle ne me connaît même pas.

Sauf que, l'idée me traverse l'esprit, ça m'importerait s'il s'agissait de moi ou de mes amis, de nous tous – Bas, Elsbeth, Ollie, moi. J'aurais à cœur que quelqu'un comprenne que nous avons été faibles, eu peur et agi du mieux que nous le pouvions dans cette guerre. Nous étions entraînés par des événements qui nous dépassaient. Nous ne savions pas. Nous ne l'avions pas voulue, cette guerre. Nous n'y étions pour rien.

Mirjam s'approche du lit et s'assied. Je m'assieds à côté d'elle. Nous nous taisons et regardons simplement par la fenêtre les vagues qui se brisent sur le rivage et ses fortifications.

TRENTE-QUATRE

Finalement, je ne passe pas la nuit à l'hôtel de la tante d'Amalia. Mirjam ne me connaît pas suffisamment pour trouver en moi quelque réconfort et, au bout d'un moment, je réalise que je ne sais plus quoi lui dire. Je l'informe que je vais rentrer à Amsterdam où elle pourrait habiter chez Mme Janssen, si elle le désirait, mais en vérité, il vaut peut-être mieux pour elle qu'elle reste ici jusqu'à la fin de la guerre, à l'abri dans ce petit hôtel et munie de bons papiers.

Je retourne à pied à la gare et harcèle l'employé jusqu'à ce qu'il me trouve une place dans le prochain train pour Amsterdam. La femme assise en face de moi me chuchote que la bataille de Stalingrad est terminée et que les nazis l'ont perdue – leur première défaite officielle de toute la guerre.

– Dieu soit loué ! dis-je, avant de m'apercevoir que j'ai pris un risque.

Si j'ai affaire à une collabo, ma réponse aurait dû être neutre ou consternée. Mais ce n'est pas le cas, parce qu'elle saisit furtivement ma main et la serre chaleureusement. Et nous nous taisons, car nous ne savons ni l'une ni l'autre qui pourrait nous entendre, et nous nous tenons coites le reste du voyage. Je me sens épuisée. Plus que je ne l'aurais cru, après tant d'épreuves. Peut-être que nous ne pouvons pas troquer nos sentiments, échanger de bonnes actions contre de mauvaises et nous attendre à retrouver notre unité.

Quand je serai rentrée à la maison, papa et maman me demanderont d'où je viens. J'irai dîner avec Ollie, Willem et Sanne. J'irai voir Mina dès que possible. J'aurai encore le cœur gros de temps en temps. Probablement plus souvent qu'à mon tour. Je crois qu'on peut guérir sans se sentir tout à fait entière.

J'ai retrouvé une fille qui n'était pas celle que je cherchais. J'ai laissé partir un être cher qui me manque tous les jours. Je retournerai travailler. J'irai mieux. De mieux en mieux, petit à petit. Je continuerai à découvrir toutes sortes de secrets cachés.

La première fois que j'ai compris que j'aimais Bas :

Il avait seize ans. J'en avais quinze. Ce n'était pas l'après-midi au cours duquel nous avions écouté la radio. C'était quand il a compris qu'il m'aimait. Pour ma part, je l'avais compris une semaine avant lui. Ça se passait dans la cour du lycée. Quelqu'un disait qu'il adorait commencer par lire les dernières pages d'un livre, pour être sûr que ça finissait bien pour tout le monde. Bas a dit que c'était la chose la plus bête qu'il ait jamais entendue. Il a exigé qu'on lui passe le livre en question, après quoi il l'a ouvert à la dernière page, a pris un stylo et commencé à écrire. Je pensais qu'il allait écrire : « Tout est bien qui finit bien. » Mais quand il a rendu le livre, en fait il avait écrit : « Tout le monde a été déchiqueté par un ours, c'était très triste, allons manger une glace ! »

Puis il m'a prise par la main, m'a obligée à me lever et m'a dit :

– Peut-être que l'ours ne t'a pas déchiquetée, toi. Il t'a juste un peu égratignée.

Alors je lui ai fait une grimace, et après il m'a embrassée, et après nous sommes allés acheter une glace. Voilà quelles étaient les belles prémices de notre relation, dans un monde qui était beaucoup plus proche de sa fin que nous ne l'imaginions.

NOTES SUR LA VÉRITÉ HISTORIQUE

Si les récits et personnages de ce livre sont tous fictifs, les lieux sont authentiques et les événements historiques se sont effectivement déroulés en Hollande au cours de la Seconde Guerre mondiale. Les Pays-Bas ont été envahis en mai 1940. Plus de deux mille soldats ont été tués lors de la bataille des Pays-Bas, et les occupants allemands ont commencé à édicter une série de lois restrictives de plus en plus contraignantes pour les Juifs.

Quelque cent mille Juifs hollandais ont péri au cours de l'Holocauste – près des trois quarts de la population juive, pourcentage beaucoup plus élevé que dans les pays voisins. Plusieurs hypothèses sont avancées pour comprendre comment cela a pu se produire : les Pays-Bas étaient un pays plat et développé, dépourvu de forêts et de zones naturelles où se cacher. Les pays limitrophes étaient tous déjà occupés, ce qui limitait les possibilités de fuite. La Résistance a mis du temps à s'organiser – les Pays-Bas étant restés neutres au cours de la Première Guerre mondiale, les citoyens n'avaient ni l'infrastructure ni les connaissances nécessaires pour créer des réseaux clandestins. Le taux de collaboration était relativement élevé, et même ceux qui désapprouvaient l'Occupation allemande ressentaient une impression de sécurité trompeuse à cause de la façon progressive dont les lois restrictives des nazis ont été décrétées ; le pays était comme une grenouille mise à bouillir à petit feu.

Le Conseil juif, composé des dirigeants de la communauté, a cru au début que son rôle de liaison entre les nazis et la population juive améliorerait la façon dont les Juifs des Pays-Bas seraient traités. Au contraire, on estime largement aujourd'hui que les agissements du conseil ont plutôt contribué, incidemment, à faciliter la traque, la persécution et la déportation des Juifs.

Il y a eu toutefois de fabuleux actes d'héroïsme dans ce pays. Ollie, Judith et leurs amis sont représentatifs de différents actes de résistance, mais ils sont inspirés plus particulièrement par le Groupe des étudiants d'Amsterdam, organisation universitaire spécialisée dans le sauvetage des enfants, et par les gens, pour la plupart des Juifs, obligés de travailler au Hollandsche Schouwburg. Le Schouwburg était un lieu de terreur, mais également celui où se sont déroulées les plus courageuses opérations de sauvetage d'Amsterdam. On évalue à six cents le nombre d'enfants juifs évacués clandestinement de la crèche, parfois cachés dans des panières à linge, parfois passés par-dessus le mur de la cour vers les immeubles voisins, ou parfois même sortis au grand jour par des travailleurs résistants qui se trompaient opportunément dans le décompte des enfants dont ils avaient la charge. Les actions de mes personnages se fondent sur mes lectures ou les récits que j'ai entendus des nombreuses personnes en lien avec le théâtre. J'en citerai quelques-unes : Piet Meerburg, cofondateur du Groupe des étudiants d'Amsterdam ; Henriette Pimentel, qui dirigeait la crèche, morte à Auschwitz en 1943 ; et Walter Süskind, qui a falsifié les registres des enfants pendant qu'il dirigeait le Schouwburg, tué en 1945.

L'œuvre de résistance des photographes est authentique : un réseau informel de photographes professionnels s'est fait officiellement connaître en 1944 sous le nom de L'Appareil photo clandestin. Ils risquaient leur vie pour prendre en cachette des photos de militaires et de civils, et leurs images comptent parmi les archives les plus instructives de la vie aux Pays-Bas sous l'Occupation nazie. Les femmes photographes étaient particulièrement efficaces et cachaient leur appareil dans des sacs à main ou des cabas. Lydia van Nobelen-Riezouw, bien que n'appartenant pas au réseau de L'Appareil photo clandestin, vivait effectivement dans un appartement jouxtant l'arrière-cour du Schouwburg ; elle s'est mise à prendre des photos des prisonniers juifs le jour où elle a reconnu parmi eux un ami d'enfance. L'histoire de Mina s'inspire de cette réalité.

Het Parool était un journal paraissant à l'époque et qui existe encore de nos jours. Ses patrons risquaient leur vie en imprimant chaque numéro ; treize de ses collaborateurs ont été exécutés en février 1943, quelques jours après les événements ayant eu lieu à la fin de ce roman.

Je suis moi-même journaliste, et j'ai toujours trouvé que les histoires vraies étaient plus émouvantes, plus intéressantes et plus poignantes que tout ce que je pourrais inventer. Ce projet a pour origine des vacances à Amsterdam, à l'occasion desquelles j'ai visité plusieurs lieux liés à l'Holocauste. À la suite de quoi j'ai fait un certain nombre de recherches et rencontré beaucoup de gens qui m'ont aidée à découvrir les histoires vraies d'Amsterdam en 1943. Ce sont eux que je tiens à remercier.

Lors de mes nombreuses visites, les bibliothécaires du US Holocaust Memorial Museum de Washington D.C. m'ont aidée à trouver d'innombrables documents, sur des sujets allant des tickets de rationnement au genre de langage codé que les résistants utilisaient pour leurs communications téléphoniques.

Greg Miller, du Film Rescue International, m'a patiemment initiée au processus complexe du développement des pellicules couleur dans les années quarante. Paul Moody, qui réalisa le documentaire hollandais, *The Underground Camera*, a fait preuve de la même patience en correspondant avec moi sur le rôle des photographes pendant la guerre ; c'est lui qui m'a conseillé l'ouvrage *De illegale camera (1940-1945)*, recueil de photos de guerre où figurent la plupart de celles que je décris et attribue à Mina. L'historien militaire Allert Goossens a fouillé dans ses archives et m'a permis ainsi d'imaginer un scénario plausible pour que Bas puisse s'engager dans la marine à dix-sept ans, avant l'âge autorisé. À Holland, dans le Michigan, le personnel du Nelis' Dutch Village m'a amplement approvisionnée en produits hollandais, y compris des *banketstaaf* et de la réglisse salée, quelques-uns des mets préférés de Hanneke. Pat Boydens, Hollandais qui réside actuellement en Virginie, a relu mon manuscrit pour vérifier l'exactitude des termes et m'aider à choisir, par exemple, les gros mots les plus vraisemblablement employés par une adolescente. Laurien Vastenhout a passé le manuscrit au crible pour s'assurer de l'authenticité historique de tous les faits mentionnés. Le personnel de Sebes & Van Gelderen Literary Agency m'a fourni un retour historique inestimable concernant les noms des personnages et la culture hollandaise.

Je me suis néanmoins quelquefois éloignée des livres d'histoire. Par exemple, j'ai fait fermer la crèche du Schouwburg en janvier, alors qu'en réalité elle a fermé plusieurs mois après. Il n'y avait pas de rubrique de petites annonces dans le *Het Parool*, en tout cas pas à l'hiver 1943 et, autant que je sache, les gens ne s'en servaient pas pour transmettre des messages clandestins. Ces décisions, ainsi que d'autres libertés par rapport à la vérité historique, je les ai prises uniquement pour des raisons artistiques, et j'espère qu'aucune n'est impardonnable.

Hanneke Bakker n'a pas existé pour de vrai. Pas plus que Bas, Ollie Van de Kamp, Mirjam Roodveldt, ou tout autre personnage dont je cite le nom. Mais, dans la mesure où l'on continue à se demander comment l'Holocauste, un événement d'une telle ampleur et d'une telle atrocité, a pu se produire, j'ai voulu raconter une histoire de petites trahisons au cœur d'une grande guerre. J'ai voulu illustrer la façon dont, en une fraction de seconde, on pouvait décider de faire preuve de courage moral et de lâcheté, et dont nous sommes tous à la fois des héros et des salauds.

REMERCIEMENTS

L'écriture est une espèce de processus solitaire parce que, en fin de compte, seules deux mains tiennent sur le clavier, et la plupart du temps – au moins à mi-chemin de l'ouvrage – j'aimerais bien que ce soit celles de quelqu'un d'autre. Je suis reconnaissante, pour ce livre, aux gens qui ont symboliquement partagé ce clavier avec moi et fait en sorte que l'écriture soit un travail d'équipe.

Mon agent, Ginger Clark, après avoir lu trois paragraphes de l'ébauche de l'intrigue, m'a aussitôt dit que ce livre devrait avoir des adolescents pour protagonistes plutôt que des adultes, selon ma première intention. Elle avait raison, comme souvent.

Mon éditrice, Lisa Yoskowitz, a joué un grand rôle en me suggérant tant de rebondissements et de précisions concernant les personnages que j'hésite à les énumérer ici, sauf à passer pour une parfaite imbécile.

Robert Cox, mon mari, ne s'est pas montré avare en notes scrupuleuses sur mes multiples versions, ainsi qu'en *pancakes* lorsque le besoin s'en faisait sentir. Je n'aurais jamais souhaité lecteur plus avisé ni meilleur partenaire.

Il est un peu intimidant, et peut-être un peu présomptueux, de tenter de raconter une histoire portant sur une culture et une époque qui ne sont pas les vôtres. Mais je savais d'emblée que je tenais à ce que ce récit se passe à Amsterdam, durant la Seconde Guerre mondiale, et je voulais qu'il ait l'air authentiquement hollandais. C'était une chose que de bien maîtriser les dates et la géographie, mais c'en était une autre, qui exigeait davantage de finesse, que de saisir la sensibilité hollandaise. C'est pourquoi je suis reconnaissante au guide touristique d'Amsterdam qui m'a appris ce dicton : *Dieu a créé le monde et les Néerlandais ont créé les Pays-Bas*. Je suis reconnaissante aux cyclistes de cette ville qui m'ont gentiment sermonnée quand je ne respectais pas les règles de leur culture du deux-roues. Je suis reconnaissante aux fabuleuses, et éreintantes, collections des musées, et aux particuliers qui prennent la peine de créer des sites web – en anglais ! – sur des sujets aussi divers que la bonne prononciation des noms hollandais et le sort de tous les torpilleurs lors de l'invasion allemande.

Je suis profondément reconnaissante, d'un point de vue littéraire et humain, aux résistants hollandais qui ont par la suite relaté, dans des récits si riches, ce qu'ils ont vécu à une époque et dans une ville précises. J'ai compris, à me plonger dans les mémoires de Miep Gies, Corrie ten Boom, Hanneke Ippisch et Diet Eman, entre autres, ce que c'était de vivre à Amsterdam pendant la Seconde Guerre mondiale. Enfin, si l'on en a appris autant sur la guerre, cette ville et une expérience humaine, c'est grâce à un certain livre, écrit dans un grenier, en pleine Occupation. Je remercie donc Anne Frank du fond du cœur.

L'auteur

MONICA HESSE a grandi dans la ville de Normal, dans l'Illinois, imaginant qu'elle était Laura Ingalls ou Anne Frank. Elle est journaliste et travaille pour le *Washington Post*. Elle couvre des sujets aussi variés que les mariages princiers, les campagnes politiques, la cérémonie des oscars, les dîners à la Maison-Blanche... Elle intervient également à la télévision pour parler de ces divers sujets. Elle organise chaque semaine sur le site du *Washington Post* un chat sur la culture de l'Internet. Elle est l'auteur de deux livres de science-fiction pour jeunes adultes (*Stray* et, sa suite, *Burn*). Elle habite à Washington D.C. avec son mari et un gros chien noir, Sheba.
Site : http://www.monicahesse.com/bio.html

Le papier de cet ouvrage est composé de fibres naturelles,
renouvelables, recyclables et fabriquées à partir de bois
provenant de forêts gérées durablement.

Mise en pages : Maryline Gatepaille

Loi n° 49-956 du 16 juillet 1949
sur les publications destinées à la jeunesse
ISBN : 978-2-07-066845-8
N° d'édition : 321690
Premier dépôt légal : octobre 2016
Dépôt légal : avril 2017
Achevé d'imprimer sur Roto-Page
par l'imprimerie Grafica Veneta S.p.A.
Imprimé en Italie